少年迈尔斯的海

The Highest Tide

〔美〕吉姆·林奇 著

殷丽君 译

北京联合出版公司
Beijing United Publishing Co., Ltd.

书评精选

一本优美且叙事风格创新的处女作……吉姆·林奇以强烈的故事性及鲜明的人物，让这本以海洋为背景的小说，将科学与诗的意境巧妙地结合在一起。

——《纽约时报》

这本小说由迈尔斯的经历引出一幕幕神秘、未可预知、荒唐可笑而又骇人的事件，它直指我们的心灵深处，开阔我们看待自然的眼光，是一本超越读者年龄界线的杰出作品。

——《学校图书馆期刊》

本书是这么的令人迷醉，它就像一个可以丰富多变的万花筒，给予读者多面向的思考角度。你完全无从抵抗迈尔斯的世界，一件又一件预言成真的惊人事件，在作者吉姆·林奇笔下具有十足的说服力，读起来相当过瘾！

——《旧金山纪事报》

吉姆·林奇以这部充满隐喻的小说提醒人类的自以为是，他独特的说故事技巧，对于那些喜欢探索新奇小说的读者而言，必然是一大收获！

——《好书指南》

诗意、内敛、晶透、令人折服的小说！

——《泰晤士报》

太惊讶了，它竟然是作者的第一本小说！实在是相当精彩、耀眼！

——《0，欧普拉杂志》

这本让人惊艳的小说融合了《杀死一只知更鸟》和《寂静的春天》两本经典文学作品的精神。如果小说是个发光体，来自本书的光亮必然会照耀你的书架！

——俄勒冈州尤金市，《记录卫士报》

就像《深夜小狗神秘习题》的男孩主角一样，迈尔斯既是个天才，但也敏感、单纯，生活中拥有许多无可解决的难题。他是个相当吸引人的角色，他的经历也绝对令你难忘！

——《迈阿密先锋报》

这是现代版的《麦田守望者》。我们敢说，你只要打开读了它，铁定会放不下来……

——英国最受欢迎的"查理＆茉蒂"读书俱乐部

这本小说出现在许多读书俱乐部的书单里，一点也不让人惊讶，它是这么动人，却没有半点矫揉造作。

——《底特律自由报》

无论你对海洋的主题有没有兴趣，你都能在这本不凡的杰作中获得独特而美妙的阅读经验！

——《出版家周刊》

魅力不可挡的小说！丰富的寓意，以诗意装点的氛围，真诚却不失幽默。

——《洛杉矶时报》

这个故事开阔了我们的视野，让读者可以重新思量我们和自然界的关系。

——《华盛顿时报》

推荐序
海湾里的一出戏
作家／廖鸿基

美国西北角的一个峡湾，成为了这本书的舞台；一个十三岁男孩的暑假，他在这海湾里的脚迹与船痕共同演绎了这则故事。作者在书中借一名记者的话为这则故事下了简单的注脚——这只是一则关于某个小男孩不断在峡湾区发现新奇玩意的故事而已。

但是，被喻为美国最伟大的自然文学作家，蕾切尔·卡逊[①]，她的魂魄、她庞博的自然知识及对海洋汹涌不绝的情感，借由小男孩还魂贯穿在整本书里。对照小男孩在潮间沼地上的许多离奇发现，或许可以用蕾切尔·卡逊在接受"美国国家图书奖"时所说的一段话来说明原因。她说："如果我的书中有关于海洋的诗，那并非我刻意放进去的，而是在真心诚意地描写海洋时，没有人能够不用到诗。"

小男孩视蕾切尔·卡逊为偶像，熟读她的每一本书，凝视大海，

---

① Rachel Carson（1907—1964），美国海洋生物学家、作家，以环境污染与海洋自然史的论述闻名于世，她的代表作《寂静的春天》引发了美国乃至全球的环境保护事业。

对海洋有着无止境的好奇。每天，他至少用数个小时在退潮的沼地上看、听和触摸，如此的融入、体验和观察，加上书本得来的知识，让他成为这道峡湾的生态专家。他自己说的："我之所以比一般人看到更多，只因为我是唯一在看的人。"这和蕾切尔·卡逊所说的"诗"的置入，是一样的道理。

故事里安排了许多人物，作者显然意有所指地刻画了其中每一个人物，各自代表了现代多元社会的多个层面：盲目的群众；推波助澜的媒体；青少年的茫然、迷失及对生命的好奇；相当社会化的法官；僵硬的科学家及官僚；宁愿相信神话的密教人士及能力有限的智者先知……

"我们总是看到自己想看的事"、"大部分人想看的是美丽怪诞的事物"，不同的层次，产生不同的视野，小男孩之所以离奇甚至传奇，不过是因为他亲临现场，并且看见及听见。当记者问他，为什么你似乎常在海滩上发现奇妙的生物呢？他的回答直接而有力：因为我一直在看，这里有太多东西可以看。这让我想到一句话：命运随时都在敲我们的门，我们必须先学会聆听，听见了、听懂了，才会去开门迎接命运。

生养我们的环境，随时都在告诉我们一些讯息，而我们"看见与听见"的能力似乎越来越少。小男孩只是能够看见和听见海洋的平凡人，他无意间讲出"也许地球想要告诉我们什么"，就被媒体夸大解读为"海滩对小男孩说话"；被密教人士宣扬为"小男孩的频率有可能与神相通"。茫然的社会都对神秘的事物兴趣大发，因而引发了一连串荒谬离奇的情节。其实，就像智者听说的：我们长大后都丧失了这种技巧，所以必须重新学习。

尽可能去看吧，蕾切尔·卡逊说过：我们大部分人终其一生都"不看"。

这本书特别值得注意的是，除了上述因为人与环境日愈隔离而产生的种种怪诞情节外，作者还以柔软的故事串联且包含了大量的科学知识，而又相当幽默地嘲讽了人世的浅薄和科学的僵硬。"人类总觉得自己什么都知道了，而科学正是对所有已知事物的解释"、"科学家只是决心将所有事物的魔力都榨得一干二净"；当小男孩无意间发现了海湾里的入侵生物，媒体报道后，科学家克拉马教授对小男孩说："你知道吗，这让我和政府看起来都有点蠢。"蕾切尔·卡逊虽然是本书的魂魄，作者也不忘稍事消遣："看吧，就算是蕾切尔·卡逊，也不是什么都懂。"

人类对大自然知识的了解实在少得可怜，即使是科学也常常出错；"连一滴海水中发生了哪些事我们都不了解，我们当然也不了解所有的事。"世界是如此广博，实在不应僵硬地以为我们已经掌握了所有的知识。暑假将结束前，小男孩说，这个夏天他学到了一件事——"所有的一切都在改变"；也学到了"生命是必须独自面对的事，不管是帮人还是被帮助，那都是有限的"。

最后，节录蕾切尔·卡逊的一段话代表这本书的精神——

海之滨，生命的戏剧曾经在此，上演它初登陆地的第一幕戏，或甚至只是揭开序幕。在此，演化的力量至今仍运作不息……在此，生命面对这世界上的宇宙真理，如此奇景犹如水晶般透明清晰。……所以，现在联结了过去和未来，所有活着的生物都与他周围的一切有所关联。

1

我很早以前就学到，如果你说出在涨潮时看到的景象，人们会认为你在吹牛或说谎，但事实上你不过是想尽可能地解释清楚那些奇异又美妙的事物罢了。我对于自己所看到的那些景象，多半只是轻描淡写，因为我找不到足够有力的字眼去形容，不过，这正是海洋生物和我生长的那片内海海湾的特质。除非你是科学家、诗人或演员，否则别期望自己能做出精确的描述；而且即便你是，也往往办不到。事实上，对于那些景象出现的地点和时间，我有时候并没有说实话，但根据这稍稍偏离了的方向去寻找，我不但看到自己说过的一切，甚至更多。

大多数人都知道，海洋覆盖了地球三分之二的表面，但会花时间去了解其中一二的人却少之又少。这只要在你解释潮汐的原理时，看别人的态度就知道了。由于月球和太阳的引力，海洋每天都会膨胀隆起两次，形成一股缓慢、难以察觉却又巨大的波浪涌上我们的海滩。当你解释这种基本知识时，人们会盯着你，好像你在编故事一样。再者，潮汐不会出现在新闻里，它们不像洪水那样造成破坏，也不像河水一样流出海口，它们的运作几乎不会引起任何注意。所有人都能告诉你太阳的位置，但问到潮汐在哪里，只有渔夫、养蚵人和经验老到的水手不需左顾右盼也能知道答案。我从小到大常听一些看似很聪明的大人说："多么美丽的湖啊！"无论我们礼貌地指正他们多少次这里是海湾，是和全世界最大的海洋相连接的内海，还是没用。就算我们指着地图，告诉他们太平洋靠着胡安·德富卡海峡①这个吞吐口，会一路连接到我们这个位于普吉特湾②南端的多泥浅水小海湾，但他们仍然记不住——就像海滩上的清道夫，你永远都无法让他们了解，他们的脚所踏过的地方正是一大群贻贝的屋顶。人们大多不愿花时间去思索这类问题，除非他们刚好在夜间退潮时带着手电筒到沙滩上闲晃，亲眼目睹生命在浅水中吐着泡泡、浮掠而过或是喷出水柱。在这之后，他们将很难不去思索生命的起源，以及最初那个没有人行道、塑胶和人类的地球。

　　人通常要花好几十年，才搞得清楚自己对宇宙的观点——如果他们不嫌麻烦的话。我自己是在那个奇特的夏天才弄清楚的——那个被扑天盖地袭来的科学、名气和各种神秘圣灵的说法所簇拥的夏天。也许你还记得关于这个事件的零星消息，看过那张我满眼血丝，像孤儿一样站在泥滩上的照片。你可能还有印象，在那引人注目的疯狂祭典之后，《今日美国》将一切归咎到我身上，名为"弥赛亚小鬼"的可笑头条新闻；你甚至可能在伦敦的《泰晤士报》或《曼谷邮报》上看过同一篇抄来抄去的报道。更或者，你本身正是不远万里到我们海滩来亲眼瞧瞧的千百名好奇观光客之一。

---

① Strait of Juan de Fuca，加拿大不列颠哥伦比亚省温哥华岛和美国华盛顿州之间的海洋通道。

② Puget Sound，位于美国太平洋西北区，通过胡安·德富卡海峡与太平洋相连。整个海湾周边地区集中了华盛顿州九大城市中的六个：西雅图、塔科马、埃弗里特、肯特、贝尔维尤和费德勒尔韦。

会引起这样的骚动，有部分原因是我的外表所致。当时的我还是个皮肤粉嫩、身高一百四十二点九厘米、体重三十五公斤的"女高音"。虽然我是个阅读速度飞快、对性越来越好奇的十三岁失眠症患者，但外表看来却还像个九岁的天真小鬼。而我之所以会失眠，都是蕾切尔·卡逊害的。她早在我出生之前很久就过世了，但我无法抗拒地一遍又一遍阅读她的著作。我甚至还曾经用大声朗诵的方式来牢记她的《大蓝海洋》（The Sea Around Us）。

整个海洋，就连在海洋深渊最深处的所有水滴，对于创造出潮汐的神秘力量都毫无所悉，也无以回应。

你是怎样看待这句话的？打个哈欠然后把灯关上吗？

我家是间铁皮顶的小屋，位于潮湿、雾气弥漫的海峡底端，太平洋喘息的所在。更往北一些，水花飞溅的断崖上若隐若现地矗立着一栋栋梦中豪宅，但到了奥林匹亚湾①附近，岩石已化作细碎的沙砾，浅褐色的断崖逐渐转为绿色平原，而沿海的豪宅也变成一间间改建过的度假小屋。

我们家门前环立着半圈结实的矮桩，每年少数几次大涨潮时会被整个浸湿。房子后方有一栋独立的车库，我就住在里面一间还算凑合的储藏室里，那儿还附了一间小小的橱柜式厕所，就和帆船上的一样。我房间最棒的是天花板低矮倾斜，刚好让成人止步，而且背面还有个楼梯，可以让我在晚上偷溜出去却不被发现。我生命中的那个令人难

---

① Olympia's bays，文中的奥林匹亚市，是美国华盛顿州的首府。

以忘怀的夏日夜晚，就是这么开始的。

我将短铲、背包和夹链塑胶袋装到我的小皮筏上，然后向北划出斯库克姆查克湾。从彭罗斯角附近进入查塔姆湾，映入眼帘的是一片环绕着半圈雪松的平坦碎石浅滩，看来就像一片闪闪发亮的巨大圆盘。那是凌晨两点十五分，距离整个夏天夜间退潮最低位的时刻还有一小时。就像得了白化病一样的月亮，是如此的靠近而明亮，仿佛还会散发温热的气息。没有风，也没有说话声，只有偶尔传来挥动翅膀的呼呼声、蛤蚌喷水的声音，以及退潮海水流经沙砾所发出的微弱咝咝声。能感受到的大部分都是气味——活着的、死了的或是垂死的海藻、海白菜、蛤蚌、螃蟹、沙钱①和海星所散发出来的腥气。

那年夏天，我第一次采集海洋生物标本去卖钱。我卖过海星、海螺、寄居蟹和其他潮间生物给公立水族馆，也卖过蛤蚌给奥林匹亚的一间餐厅，还卖过各种海洋生物给一个私人水族馆的掮客——他每次开着粉蓝色的埃尔卡米诺小卡车猛地停在我面前时，总是让我喉咙一紧。几乎所有东西都有人要买，而且我发现在明亮月色下采集来的往往是最佳货色，这使得我的失眠症更严重了，也让接下来发生的故事变得更复杂，因为我在黄昏之后是被禁止到沼地上来的。但是，夜色也许会让你看不清四周，却也能让你看到更多，尤其是那些结果证明并非事实的东西。

我借着微弱的光线往前走，头上的探照灯一弹一跳，沙钱和蚌贝像一个个迷你圆盘卫星天线般朝天躺在地上，我小心翼翼地避免压碎它们。我先是看见一个紫海星，又发现在海滩更高处还散布了超过

---

① sand dollars，一种海胆纲的棘皮类动物。

十五个，它们的五只腕足耸起，背对海面，像慢动作的风车一样盘转着往前爬。不过它们都不够特别，没办法卖给水族馆。就像所有其他事情一样，大部分人想看的只是美丽怪诞的东西。

我从沙砾地一直走上细沙和泥地，见到一个巨大的玉螺，这是蚌类的杀手克星，它高顶在身上的壳显得不合比例的小，像起重机的小驾驶舱，而底下肥胖、布满黏液的身体则在沼地上来回搜寻倒霉的蛤蚌。玉螺很难找，因为它们通常都埋在沙堆深处吃蚌类。它们会用有锯齿的小舌头在蚌类的绞合处正上方钻个洞，然后注入一种肌肉松弛剂让蚌肉融化，再像喝奶昔一样将蚌肉由小洞中吸出。这也就是为什么蚌类的空壳总是碰巧在相同位置上有个完美的小圆洞，感觉就像有人曾想用它们来穿项链，或是整个蚌类家族都被黑道杀手用同一种手法谋杀了一样。

一队活泼的紫滨蟹在玉螺旁疯疯乱转，拖着过大的螯足，像握着乌兹冲锋枪似的。我考虑要不要捡起玉螺，但我知道，就算它像软骨功特技演员一样挤回壳内，还是会在我的背包里占去太多空间。所以我只是记下它的位置，继续前进。我突然看见了一道蓝色闪光。其实那并非真的闪光，不过是月光在它身上反射出的光影。我调稳了头上的探照灯，靠近一点看，原来是一只散发着蓝色光辉的海星，就好像刚从烤炉中被拖出来一样。不过怪异的还不只是它的颜色，它下方的两只腕足奇怪地紧贴在一起，顶上的一只则直直地往上延伸，两侧还各有一只垂直往外，看起来就像一根立在黑色泥滩上的蓝色十字架。

杂色海星十分常见，但我观察过好几千只海星，却从未看过这种颜色或姿势的。我把它捡起来，它腹部的颜色就像黑人的手掌一样苍白，而且下端的两只腕足是连在一起的。我很怀疑它这样要如何移动猎食，但它看起来很健康的样子，上百只的细小管足显然也功能正常。我将它放进塑胶袋，加入一些水后密封起来，放到背包中。之后，我继续蹒跚地涉水前行，往史坦纳法官的中型牡蛎田走去。

要是我在那里被逮到，就可以用照顾法官的牡蛎做借口。他每月给我二十美元让我照料牡蛎田——当然不是在晚上。不过，万一有人问起我在这时候到牡蛎田干什么，能找到借口来回答总是不错的事。我有史坦纳法官当靠山，而且我很清楚大家对他的感觉。只要他在附近，我父亲一定会将衬衫下摆塞好穿戴整齐；而且当这位法官用他低沉舒缓的声音说话时，绝对没人敢插嘴。

在靠近牡蛎田时，发生了一件总能在黑暗中把我吓得魂飞魄散的事——我看见法官的牡蛎田周围三十厘米高的网栏上，爬着几十只滨蟹。螃蟹在一小群一小群时还挺好玩的，但到了晚上它们全聚集在一起时，就会把我逼疯，尤其是它们在水里移动的速度比在陆地上还快两倍。当天晚上的螃蟹很明显比平时多——而且也更大，所以我尽量不让视线范围移动太快。但这压根没起任何作用——我看见了上百只，甚至上千只螃蟹，像坦克部队般聚集在一起。我往后退了几步，感觉到它们的硬壳就在我脚边嘎吱作响。我忍不住倒吸一口气，努力平静下来，将头灯照在正在网栏上勇猛攀爬的三只红岩斜纹蟹身上，看起来简直像是几个大头目正领导手下进行一次越狱大逃亡。突然间，我听到咔咔的响声，它们正用螯钳紧紧抓住围栏，将披盔戴甲的身体撑得更高些。那声音我怎么可能认不出来？法官的牡蛎正遭受围攻，但我没办法介入——我觉得自己不该多管闲事。

我小心翼翼地走开，因为我知道，万一脚打滑摔倒了，不但靴子里会浸满冷水，还得忍受它们从我身上掠过的感觉。我绕到牡蛎田的另一端，发现那里的螃蟹相对少很多，这才松了一口气。当时正值退潮，海水在最高点犹豫踯躅，既不前进也不后退，似乎是在耐心地等待地球重力引擎的推动。几十只焦躁不安的蛤蚌开始一起喷水——每当震动的沙粒发出掠食者来袭的警告时，它们都是这副反应。我停下脚步，与它们一起等待，想亲眼看看潮汐回流时，为蛤蜊、牡蛎、贻贝带来浮游生物大餐的景象。此时水深及踝，我的脚已经有些麻木，目光也放松涣散，就在这时候，我看见了一只海蛞蝓。

我在沼地活动这么多年，却从未见过海蛞蝓。当然，我曾在书上看到过，也在水族馆中触摸过，但野生的还是头一回见，而且照片中也远没有这般美丽。

它只有七八厘米长，但透明的身体背后却伸出十几根角状"羽毛"，尖端透出淡淡的橘色荧光，就像从它体内点亮出来的一样。

海蛞蝓常被称为海蝴蝶，但这个称号并不足以描述它们令人目眩的斑斓色彩。在北太平洋里，为了配合周围苍白暗淡的环境，几乎所有生物都会伪装自己，海蛞蝓却是个例外。一方面是因为它们的味道让人难以恭维，不需要靠伪装来求生；但一方面我想也是因为它们确实美得令人震惊，所以能四处畅行无阻——就像我们平常碰到孔雀、游行花车和超级名模时也会不由自主地停下脚步。

我把海蛞蝓——它几乎没什么重量——装进塑胶袋里，放在背包中的海星旁边。接着我远远地避开螃蟹，找到之前发现的玉螺，戳戳它的肚子，等它缩回壳里后便收进袋子中。一切安妥，我摇着船往南朝家的方向划去，近乎满月的月亮静静地照耀着水面。

事情就在这里发生了。

深黑色的泥沼地在夜色中隐隐浮现，就像一长片湿润且平缓的沙丘，直直地延展到我家门前的斯库克姆查克湾。这里看起来似乎贫瘠得无法供养任何生命，但只要你了解它，你总能找到肥美的蛤蜊和其他有趣的海洋生物；倘若你对它一无所知，你只能盲目地陷在细软的泥地里。我不知道自己为什么会决定要过去看一下，毕竟离日出还有一个钟头，而且那个时刻月光下沙滩的模样我是再清楚不过了。但出于一种莫名的原因，我无法抗拒地划了过去。

我先是听到了声音，像是在呼气，又像是在叹息。我立刻猜想会不会又有鲸鱼搁浅了。两年前的夏天，曾经有一只年幼的小须鲸被困在那里，也是不断发出类似的声音，后来救援人员一直到涨潮海水够高时，才设法帮它重获自由。整个城市的人全把它当成自己的小宝宝，在引导小须鲸回到较深的水域时，都骄傲得不得了。于是我四处搜寻是否有庞大笨重的身影，但哪儿都没有。我等待着，却没再听到任何声音。不过，我还是往原本传来声音的方向走去——本来我尽量不想踏进泥地里的，但现在看来必须如此了。我很了解这块沼地，你走在上面随时都有可能会被陷住动弹不得，所以不要冒险越过被潮水冲上岸的贝壳和沙砾所形成的警戒线，这是一个最基本的原则。尽管如此，结果我的膝盖还是两次陷到泥里，靴子里浸满了冻人的海水。

南湾算是峡湾中较温暖的一端。整个峡湾中大部分的海湾都不超过十三米深，斯库克姆查克湾甚至还要更浅，不过即使在八月水温也很少会超过十三摄氏度，通常都冷得让你喘不过气来。我继续走着，心中逐渐产生一个念头：我希望自己什么都不要发现。

当我停下来休息、拉正我的背包时，头上的探照灯从"它"的身上闪过。我第一个念头是：一只巨章！

普吉特湾里有全世界最大的章鱼。它们通常重达四十五公斤，就连伟大的雅克·库斯托①也曾亲自跑来研究。但当我看到那长长的管状身体和混乱交缠的触须时，我意识到这绝不是章鱼。我又走近了一些，和它距离不到五米，足以让我看清它正微微颤动着的巨大圆柱状呼吸管。此时，我已无法分辨它是否有发出任何声音，因为我耳中除了自己的脉搏声外，什么都听不到。妈妈曾经告诉我，她的心脏比一般人大，我完全认同她的说法。因为有时我真觉得自己的心跳声，以一个我这种体型的小男生来说，实在是过大了。

那奇怪的生物身体呈尖三角形，窄窄的鳍像翅膀一样摊平在泥地上，但我没法估量它从头到尾究竟有多大，它的触须究竟有多长——我害怕得根本不敢将目光从它交缠的触手上移开片刻。我不知道它是不是能碰到我，它的触手得有我的脚踝那么粗，上面还布满了五毛钱硬币大小的吸盘。只要那触手稍稍抽动一下，我一定会拔腿就跑。因此，我盯着它却又不敢真的看它，视线因我的心跳而变得闪烁不定。我把看到的枝节、片段，试图在脑海里融合拼凑，却始终无法确定它的全貌。我知道它绝对是那个东西，但我连去想那几个字的勇气都没有。接着我逐渐意识到一件事——那个陷在一大坨橡胶似的物体中、黑得发亮的盘状物，实在圆得太完美了，根本不可能是泥巴或光影反射。

——我忍不住尖叫出声：它的眼睛足足有一个轮胎的钢圈那么大！

---

① Jacques Cousteau（1910—1997），法国知名航海探险家，被誉为"地球卫士"、"环保之父"，1956年他制作的深海题材纪录片《寂静的世界》（The Silent World），获得戛纳电影节金棕榈奖。

2

　　克拉马教授家的电话答录机一启动，我再也无法控制自己的声音。妈妈穿着西雅图水手队的 T 恤、拖着脚步走出来，把食指压在嘴唇上，仿佛当下最重要的事就是别把爸爸吵醒。我用一只手挡开她，她发现我脚下的厨房地板上有一摊逐渐扩大的泥水，开始咬着牙咒骂。我不理会她，继续疯了一样地大声留言，她只好暴怒地冲进洗衣间。这时教授接起了电话，我重复着和刚刚一模一样的话，只是更大声了，我听见自己大叫："那是一只巨鱿！"

　　并非我想那是一只巨鱿，也不是那可能是只巨鱿，我只是在陈述一件事实，发生在这个凉爽的黎明里的事实。原本还在怒气冲天拖着地的妈妈，停下手中的活儿，眯着近视的泡泡眼盯着我看，仿佛她儿子说的是什么古怪的外星语言。

　　我看过很多关于巨鱿的书，我知道巨鱿最特别之处并不在于它的大小，而在于它出没的地方。它们可不是到处都能看到的，特别是像这样一个海水几乎不流动的小浅湾，一个距一家小酒馆只有几百米远，离保龄球场、高尔夫球场和州政府大楼只有几公里的地方，它们是绝不会出现的——不是很少，而是从来没有。大部分被发现、可谓少之又少的巨鱿，不是出现在鲸鱼的肚子里，就是摊在新西兰、挪威和纽芬兰的海滩上。

还有一点就是：它们被发现时都是死的，除非你把那些古老水手传说中会攻击船只、与鲸鱼搏斗的六十米长的巨鱿也算在内。我知道大多数人宁愿相信神话也不相信科学，尤其是说到海中怪物的时候，因为这让他们更有理由害怕海洋。我是从不理会那些废话的。但在沼地上与那只庞然大物两眼相对时，我的第一反应却是拔腿就跑，虽然我靠岸之前的目的是去救它。

克拉马教授到达时，泥滩已在晨曦照耀下闪闪发光，逐渐涌起的潮水在微黑的沙丘上开辟了一条交杂着泡沫和海藻的大道，但距离搁浅的巨鱿仍有好几米远。教授不是一个人来的，跟在他身后的还有本地鲸鱼救援小组：包括三位女士和两位绑着马尾的男士，他们拿着毛巾、水桶和相机，从货车中艰难地走进泥滩里。

他们都只把我当做某个不相干的野孩子，直到教授说明我就是打电话通报发现那个"生物"的家伙为止。我当时对教授称呼它为某个"生物"感到不满，认为他有些瞧不起我，而事后我才了解原因。不过我对于他的信任还是感到受宠若惊，因为他不只自己赶来，还惊动了地方的救援队。更何况，他还没有亲眼见到它呢。

克拉马教授是我最喜欢的大人。在他帮霍尔沃森太太代课带我们去实地考察旅行时，我问了他好多问题，因此他邀请我到他的实验室去。他向我展示了一小滴海水里所存在的所有动植物，让我看到胡椒粉大小的生物是如何靠比它更小的植物维生的。我完全被迷住了。他还教我搜集标本的方法，给了我一台显微镜、一个将近八十升的水族箱，最后还给我一堆名单，告诉我有谁愿意购买我所搜集到的东西。他不是像蕾切尔·卡逊那样的偶像，而只是一个脑袋里有正确知识的凡人，他全身上下看起来最与众不同的，只有那头卷发，直直地由他头皮上冒出，像码头木桩上粘满的红色管虫一样，在他头上怒放盛开。教授到达以后，我对整件事就丧失了主控权。我独自经历的那个夜晚，一碰上晨曦的日光便缴械投降了，沙漏型的海湾在白日下整个亮晃晃地暴露出来。我的发现不再是属于我个人的。

即便在白天，那巨鱿看起来还是很不真实。它就像独角兽、鹿角兔或某种传说中的动物一样——有一个超大尺寸的章鱼头，套在某种鲸豚类或鱼雷形状哺乳动物的身体上。但最让我印象深刻的是，它看起来是那么的强壮和坚不可摧。那布满紫色斑点的皮肤让我联想到防寒泳衣用的厚橡胶，十只触手的内侧都列满了吸盘，而且越到尖端部分缩得越小，最尖端的大约只有一角硬币那么大。

"耶稣，玛利亚和约瑟啊！"克拉马教授绕着它走了两圈后，喃喃说道。大部分的救援人员都不愿意靠得太近，他们嘴里边咒骂着边往后退，好像那东西有着恶臭——事实上一点臭味也没有。我们在旁边看着，教授一边检查测量它的头、呼吸管、触手和那对直径二十五厘米的眼睛，一边对着小录音机低声说了些专有名词。我看得出来，他完全不知道该如何确定它是否还有生命迹象，也不知道要怎样帮它维持生命。但我还是忍不住问了这些显而易见的问题。

他头也没抬地回答我："它就算还没死也差不多了，迈尔斯。"

不过，救援人员还是像灭火一样，不断往它身上一桶桶地浇水。"是谁说它还有呼吸的？"他们其中一人这样问。

教授瞟了我一眼："迈尔斯，你为什么会在这么晚的时候来这里？"

"我听到了它的声音。"

"你听到什么？"

"呼吸声。"我知道他们现在全都在盯着我，但我只能看得到他们高大的黑色轮廓，以及他们身后巨大、闪烁的太阳。我转开视线，看着海滩边上层层叠叠的雪松和冷杉，像是一袭长长的夏日洋装。

"你听到有东西在呼吸，被吵醒了，所以跑到这儿来？"一名热心过头的救援人员问道。

"嗯，它好像是在尖叫，或是别的什么的，总之声音很大，于是我就套上靴子跑来了。"

有时你的面部表情就是没办法配合你所说的话，例如现在。我希望他们对海滩上那只鱿鱼的了解，还不足以判断它是否会尖叫，声音是否能大到将一个好几百米外的小孩吵醒。我究竟听到了什么？是粗闷的鼻息还是呜咽的悲叹声？一切都是我的想象吗？会不会解剖尸体后发现它七个小时前就已经死亡，证明我根本是在说谎？

好险，没人有空多管我。因为这时有一辆国王第五频道的采访车驶上了哈龙桥，采访小组像军事行动一样从车里跳出来。救援人员又开始往巨鱿身上倒起了海水。他们至少都还有正事可以做，而当电视台采访小组涉过泥滩走来时，我连自己该站在哪儿都不知道。一位身材矮小、头发迎风不动、长得就像橱窗里的假人模特儿一样的女士在泥滩上跌了一跤，倒抽了一口气，当她走近对上巨鱿那双黝黑阴沉的眼珠子后，她能发出的唯一声音，就是转身在泥滩上的呕吐声。四只小野鸭突然排成一列由我们头顶振翅飞过，发出嘎嘎嘲笑声；某只不满的蓝鹭也咒骂了一声，从一旁滑翔而去。

我感觉时间像是跳跃般地前行着，没多久后几乎所有人都爬到泥滩上来了，包括我的爸妈在内，在这之前他们可能从没来过浅滩这么外面的地方，至少我没见过。妈妈设法站在踩不到水的地方，和巨鱿离得远远的，我爸爸则在不停看表，生怕到酿酒厂接早班的工作迟到了。从远处望去，他们两个人好相像，都裹着相同的运动夹克，看起来矮矮的，但是彼此间总是保持好几步远的距离，像是两个处得不太好的邻居。

兴高采烈的史坦纳法官带着两只热水瓶过来了，好像是按计划准备来主持什么活动似的。他一如既往地有先见之明，还带了一堆充气橡皮艇和独木舟，以备浅滩被潮水淹没时派上用场。另一辆采访车也到了，一辆接着一辆，很快整座桥上塞满了闪亮亮的白色采访车，碟型卫星天线在早晨的天空交错延展。法官边打招呼边穿过他们，往我们这块逐渐缩小的泥滩孤岛走来。我从来没看到过这么多像假人模特儿一样的人，或者说是这么多害怕一只死亡动物的人。紧接着他们开始争先恐后地向克拉马教授大声提问。最后，教授要求所有人都安静下来，听他说几分钟话。

　　"现在说确定还为时尚早，"他说，"但以这只鱿鱼这么大的体型来看，不可能是那种偶尔会被冲上华盛顿州海滩的太平洋大型鱿鱼。这一只看起来确实是 *Architeuthis*，也就是我们俗称的'巨鱿'。"他为记者拼出 *Architeuthis* 这个字，继续说道："非正式测量的结果，这只鱿鱼从套膜的顶端到最长的触手尾端，总共有十一米长。因此它不仅是只巨鱿，还可能是全太平洋所发现的头号巨鱿，更可能是有史以来发现的最大一只。"

　　教授每次在演讲时，声音总会有点变调，但这次不一样。他的声音里有一种难以压抑的兴奋，仿佛他花了很大的努力才克制住尖叫的冲动。"最让我惊讶的是，这只巨鱿是一种深海生物，"他继续说，"它是怎么毫发未伤地被冲上南湾的浅滩上的呢，这真是……"他迟疑了一下，思索着最完美的形容词，"……一个巨大难喻的神迹啊。"

　　当他说出这些话后，泥滩上的气压改变了。没错，这仅仅是一只鱿鱼被冲上海滩，又不是人类登陆月球或肯尼迪被刺杀，但是当教授赋予这只浅褐色的生物伟大愿景时，当天早上在泥滩上的所有人都感觉自己见证了一个伟大的时刻。

接着他开始解释，巨鱿是世界上最大的无脊椎动物，并且拥有全地球上最大的眼睛。"关于巨鱿我们了解得很少，因为还没有人在它的栖息地进行过研究。我们甚至连它到底是什么颜色都不知道，不过它也有可能会随情绪改变颜色。"他深吸一口气后做出了预言：全国各地的科学家可能都会赶来研究这个标本。

某位绑着马尾的救援人员打破了沉默，他慷慨激昂地发表演说，谈论污染物是如何危害南湾中的哺乳动物——我猜那和这只迷路的鱿鱼一点关系都没有。接着法官也自动自发地谈起有关这片海湾的历史和地质学，侃侃而谈的样子就像某人在描述自己是如何盖房子的一样。我努力想听清每个人在说什么，并且试着设法在不惊动我爸妈的情况下搭便车去海边。就在这时，我听到有人问起是谁发现这只巨鱿的。

克拉马教授说出我的名字，向我这边微微地点了点头，亲切地微笑着，好像这只鱿鱼是我送给他的礼物似的。摄影机立刻向我转了过来。

"迈尔斯，你看到了什么？"刚刚呕吐过的那位人形模特儿问道。

"和你们现在看到的一样，"我说，"只不过我看到的时候它应该还有呼吸。"

"麻烦大声点，迈尔斯。"她特意用一种想让我放松的语气说话，反而让我更惊慌起来。"所以，它当时是活着的啰，迈尔斯？"

"它有发出过声音。"我希望他们不要再叫我的名字了。我转头看向克拉马教授，希望他能接过话去，但他的眼睛正盯着巨鱿。

"你知道那是什么吗？"她问。

我眯起眼睛，说："嗯，我看得出来这是一只头足类动物①，而且

---

① 属海洋动物，鱿鱼、章鱼和墨鱼都是头足类动物。

我一看到它的眼睛，就很确定这是一只鱿鱼，而且很可能是一只巨鱿。"

越来越多的人和摄影机向我挤过来，挡住了刚升起的太阳。我可以看出他们脸上的焦急和兴奋，这让我感觉更害怕了。

"你刚说它是头什么动物？"她问。

我已经可以和别人讨论各种关于生物的问题，比如分类、水螅、软体动物、甲壳类动物，就像其他小孩讨论乐队和电影一样轻松。问题在于，和我同年龄的小孩完全没兴趣听这些东西，就连我父母也没兴趣。这些东西就像某种神秘语言般在我脑子里翻搅，偶尔溜出口时，大家就盯着我看，好像我突然说了葡萄牙语一样。"是头足类动物。"我纠正她，"基本上那表示它的触手是从头上长出来的意思。"

"你来这里时天是黑的吗？"她问。

"月光很亮，而且我有戴头灯。"

这答案吓到他们了。他们在我面前跪下，四只麦克风挤到我下巴前来。

"它真的把你叫醒了吗，迈尔斯？"

看过别人是怎样把你逼到不得不说谎，否则就有麻烦的窘境了吗？我此刻就是最好的例子。我努力四处搜寻妈妈的泡泡眼。"我那时候已经算是醒着的了。"

"所以你听到声音后，就出来看是怎么回事吗？"

"嗯。"

"就你自己一个人吗？"

这是你年纪还小时经常听到的废话。我没有回答，希望摄影机和麦克风可以转到别人那里去。

"迈尔斯，你几岁了？"

"快十四岁了。"我听到人们在低语，重复着这个数字。

"你觉得这只深海生物，也就是克拉马教授所说的'巨鱿'，为什么会出现在你家附近的小海滩上呢？"就在这个时候，我说了那句话。那是宣传单上经常可见的句子，我也在电视上听过有些很聪明的人，被问到难以回答的问题时，曾经说出类似的话。我可以推说是太疲倦的缘故，但其实就某方面来说，我自己还蛮相信这句话的。不过这些都不重要，反正我就是这么说的：

"也许地球想要告诉我们什么吧。"

他们爱死这个答案了。当有小孩说出这种话时，大人就会发出赞叹。你要是回答一个似是而非的科学说法，他们会打哈欠；但要是你和神秘事物稍有牵连，尤其当你看起来还是一个纯洁无邪的小孩时，他们就会想替你写首歌了。

3

　　整件事情发生的时候，安琪·史坦纳几乎都在睡觉。等她起床时，只看到那只鱿鱼已经摊在浅银色的防水油布上，被大货车载着开上酒馆旁的上船坡道。她在它旁边快速地绕了一圈，立刻仰天哈哈大笑，好像那只鱿鱼是天上掉下来的笑话似的。接着她又慢悠悠地从桥上晃过，往我家那边的海滩走去，屁股后头还跟了一个我。

　　我爸妈赶去上班了，走之前还不忘看了我好几眼，是那种"你得给我好好解释"的眼神——可谁会在乎呢？我昏昏欲睡，安琪用手臂环住我，撑起我，仿佛她看出了我随时可能会虚脱昏倒。我趁着这个机会，尽可能将脚步放慢，努力想将她带着草叶味的发香、挂在我肩膀上的古铜色长手臂的重量和温暖，都牢牢记在心里。我想问她，我们是不是该在这只鱿鱼被拖进实验室之前，找老弗洛伦斯出来看看。但我知道那一定会是场痛苦的折磨，而且我不想和任何人分享安琪。

　　我对安琪的依恋，是从她念《月亮，晚安》①给我听开始的，但那个年纪我除了情感之外，脑袋里还记不住其他东西。早些年，她常常

———————

① *Goodnight Moon*，作者玛格丽特·怀兹·布朗（1910—1952），该书1947年出版至今，一直是最畅销的儿童睡前故事书之一。

来当我的保姆，她的味道对我来说熟悉得像是家人一样，但要追上她的情绪和变化仍是一件困难的事。她在满十八岁时，将头发剪到和下巴齐短，并在肚子上刺了一个黑玫瑰的图案。她还在眉毛上穿了一个银环，看起来好像被渔夫钓上后，又挣脱了一样。她咬指甲、很少洗头，总是穿着松松垮垮的工作裤，用尽各种方法掩藏自己的美丽，但这可骗不了我。我发现在她身边时我总是很难正常思考，就连呼吸也变得紊乱起来。

安琪在一个叫 L. O. C. O. 乐队——也叫"疯子"乐队——里当主唱。她的表演我只看过一次，那是在西尔威斯特公园的一场户外演唱会。她穿着一件红色与粉色横条纹交错的短洋装，唱着——准确说是呢喃外加尖叫——一首有关什么迷人恶魔和双面天使的歌，整首歌重复了一遍又一遍，仿佛她很害怕停止似的。台上只有她和鼓手——一个毛发茂密、手臂粗壮如蟹螯的家伙。她边弹贝司边号叫，还不停地摇晃着脑袋，力道刚好可以甩动她的短发，而那个疯狂的鼓手却像个臭汗洒水器。那音乐吓到我了，但其他人却一副很感动的样子。大家都没跳舞，只是随着音乐不自觉地摇摆，在草地上晃动着。安琪之所以很有名，部分原因是她偶尔会在表演时昏倒，这给海边居民提供了丰富的八卦题材。我曾经听到妈妈问她的朋友，自己唯一的女儿在外疯疯癫癫抛头露面，史坦纳法官对此不知有什么看法。至于安琪昏倒的消息，我听到时只有一个想法：我要想办法在她下次昏倒时紧紧地抱住她。

安琪提出的问题比其他人好多了，而且我也不介意告诉她我所知道的一切，外加一些我编造的事情。当我终于将目光移开，不再紧盯着她看时，才注意到潮水已经一路升高了。涨潮总让我有安心的感觉，尤其那天的潮水涨得比平时还高，映照着天空，时间仿佛也跟着慢下了脚步。

把整件事从头到尾都说完了之后，我又重复了一遍她最感兴趣的片段——也就是只有我、月光和巨鱿的那一时刻。同时，我一边爬进妈妈在我出生很久之前从墨西哥买回来的巨大吊床里，一边暗地里希望她不要马上离开。

安琪不仅没有离开，还用肚子推我的屁股，轻轻地摇起了吊床。我抬头看着她绿色的眼睛，和她脸上可以玩连连看的雀斑。我和她近得足以听见她胃里的咕噜声。如果非得永远困在某种处境中不得脱身的话，我愿意选择停在这一时刻。但我的意识违反了我的意志，开始模糊起来。我的睡意总是如此，来得不是时候。

我漏听了她前面几个字，只来得及听到她说男孩子老是拼命想取悦她。听到这里，我说："这很正常啊。"我跟她描述三刺鱼——一种栖息在礁石间丑丑的鱼——疯狂跳舞求偶的样子。"那真的非常夸张，"我边说边模仿，"夸张到难以置信。雄蟾鱼更可笑，它在求偶的时候，会拼命快速震动气囊的肌肉，发出很响的嗡嗡声，声音大到船屋上的人都受不了。"

她咧嘴一笑，露出了亮晶晶的牙齿。如果我从海洋生物中学习和发现的东西无法让安琪微笑的话，谁知道我还会不会对海洋那么着迷。

我的意识又模糊了，直到她用肚子上的黑玫瑰撞到我的屁股，坦诚说她还没遇到过任何追求超过一夜爱情的男孩或男人。我不懂这话的意思，但又不想让自己说的话听起来太天真，所以就说出了脑子里蹦出的第一个念头，不过那只是一句汽车贴纸上的口号，我自己也搞不懂意思。

"吃牡蛎，"我喃喃地说，"爱持久。"

她咯咯的笑声是我对那个早晨最后的记忆。

4

所有的新闻频道都提到了巨鱿的消息，大部分都只把这当成奥林匹亚又一件奇闻逸事来处理。他们显然不晓得这件事的成因为何，所以只能不断重复它的尺寸——长十一米、重四百二十公斤——然后便话锋一转，开始空泛地揣测这条巨鱿是被共和党还是民主党的人摆在那里的，还有，它是不是会引起到海湾中游泳的民众的不安。拍到巨鱿的镜头很快闪过，大概是怕吓到观众。第七频道是唯一除了这些零星消息外，还有延伸报道的。

除了史坦纳法官外，我从来没在电视上见过其他认识的人，所以当我发现克拉马教授看起来这么矮时，还真有些吃惊。他看起来很苍白，几乎像个犯人，领子歪歪的，头发也乱七八糟。接着镜头转到一个小鬼身上，他身高只能勉强够着克拉马教授胳膊上的肱二头肌，看起来非常像我。他正盯着巨鱿，橘红色的头发随风飘动。由摄影机的高度往下拍，让他看起来就像是史努比漫画里的大头小鬼。

突然间，我脱皮的鼻子就这样大咧咧地出现在我眼前。我像个婴儿一样直盯着摄影机，仿佛不了解在我面前的到底是个什么东西——事实上也确实如此。

"小迈尔斯·欧麦里说，今天凌晨天还未亮时他发现了这只巨鱿，当时它还是活着的。"电视上说，"果真如此的话，这将是有史以来第一次也是仅有的一次，有人亲眼目睹活生生的巨鱿。海洋科学家不断努力想在野生环境下研究这种难以捉摸的生物，却都以失败告终。"

我盯着出现在我家电视机里的自己。"它在呼吸。"我说话的样子像在描述和外星人相遇的经历。摄影镜头对准巨鱿的一只眼睛慢慢放大，再渐渐淡出回到摄影棚，一位兴高采烈的女士赞叹道："哇！迈尔斯一辈子都不会忘记这件事的！"

之后出现了一位有办法同时微笑和说话的气象播报员，表示下面将有气象预报；再接着是一则让我有点困惑的广告，意思好像是说戴卫生棉条滑水就会更安全又更好玩。我等待着，等着电话铃声大作，大门崩塌，房子外围满前来质问的激动人群。但什么也没发生。

等我脉搏跳动的速度慢下来后，发现并没有人出现质问我地球想要"告诉我们什么"后，才松了一口气。不过这时我才惊觉：我上电视了！看起来是不是像个喃喃自语的小矮子呢？我又慌了，斟酌起他们刚刚的遣词用句。果真如此，言下之意便是：这个宣称他看过活生生巨鱿的迈尔斯·欧麦里，只是个不可靠的小鬼头。果真如此，意味着我们都知道这小鬼是在骗人或者不过是想象力丰富罢了。我不禁又开始怀疑起来，我真的有听到它在呼吸吗？证据最后会出现在克拉马教授的报告中，对不对？然后会发生什么事呢？没错，到时我就会因为说谎被送到感化院去！

我爸妈没有看下午五点的新闻，但是他们已经听说了，因此两人晚上十点五十五分就拿着消夜——隔夜的金枪鱼卷和黄铜色的鸡尾酒——挤在电视机前面。

自己儿子上电视的事让他们大受惊吓，以至于根本忘了质问我关于巨鱿的死亡呻吟把我从床上挖起来的谎话。不过，老爸还是耳提面命了一番——露出了满嘴的金枪鱼泥——警告我会有多容易陷进泥沼里，但其实他对沼地根本一无所知。教养小孩就是这么一回事，时不时就要警告孩子一下那些其实他们比你懂得还多的事情。妈妈责备我为什么每天都该死地穿同一条绿色军装短裤，然后微微一笑说，真不知道我是从哪里跑出来的。我每次听到这句话都不禁怀疑，不是从你那里跑出来的，还能从哪里？

没有人问任何有关巨鱿的问题。他们实在没办法从惊愕中恢复过来。我竟然会在某一天被归为和法官同一类的人，这简直像是一场身份错乱的大乌龙。

如我所料，我爸爸终究还是注意到我在电视上看起来有多矮了。很不幸的是，从他站的方向看过去，可以看到那天正好是七月一日。他要我脱掉鞋子，站到杂物柜前面去。一如往常，我开始冒汗——大部分小孩一年只会量几次身高而已，但对我来说，每个月的第一天都是我的量身高日。

我爸爸是个很迷信身高的人。他本身只有一百六十五厘米高，却希望自己能有一米八二，要是能有一米九三就更好了。他会用身高来评判他人，只要是高个子的人他都很尊敬。仿佛他们的身高是他所欠缺的某种优雅教养或谋生技巧。倒不仅仅是因为女人最喜欢高个子男人这种无聊废话，他只是还坚信如果你个子够高的话，别人听你说话时就会比较仔细；高的人可以找到较好、薪水也更高的工作；而且在人群中鹤立鸡群的风采就像神一样。除此之外，个子高的人打篮球还可以扣篮——还有什么比这更厉害的吗？

关于我，有些事是你必须先了解的：我很喜欢自己的矮个子和没有变化（我五年级、六年级和七年级的照片看起来几乎一模一样）。高个子的小孩一走进来，就会被人期待要发表演说什么的，而我在光天化日之下也可以隐身起来，所以脑袋离脚近一点还是有好处的。我可以爬树，可以从矮屋檐上跳下来，而且个子小，出错的机会也相对小多了。唯一的问题是，当我读到书上说小孩子的发育最主要是在睡眠中进行时，难免会因为阻碍了自己的发育感到有些罪恶。

我揉松头发，努力挺直身体，感到脊椎一节节分离为止。我抬高下巴，偷偷在脚跟下撑起一点点难以察觉的高度。要是爸爸用铅笔画出的线能比上次量的高出个零点五厘米，他的心情就会很好，家里也会随他的好心情而充满活力——金枪鱼好吃得不得了，妈妈看起来美丽动人，而我则是全世界最完美的小孩。不过在这个晚上，在和妈妈争执顶在我头上的硬壳精装书放得够不够正之后，爸爸只在上个月的铅笔痕上再加深了一次刻印，然后以深深叹了一口气——闻着有金枪鱼混上波本酒的怪味——作为收场。在过去的十三个月里，我只长高了零点七厘米。我被困在一百四十二点九厘米里面了。

后来我听到他们在争辩，哪边的家族该为我的脑袋负责，还列举了一堆聪明的叔叔伯伯、表兄表弟外加祖母的名字。这时爸爸发表看法："以他的体型，他算是相当聪明了。"然后妈妈提醒他说，要不是莫名其妙被他套牢的话，她本来准备读医学院的——这话她这星期已经说第二次了。我很清楚这个念头已经在她心里根深蒂固，一件又一件令人烦心的事，将她困在这局促的小房子里，将她与一个毫无野心的棒球迷绑在一起。这家伙到现在还跟他的高中密友——号称三剑客——在酒吧里厮混，在听奥斯卡奖获奖感言时还会哭呢（我妈妈不是那种多愁善感的人，我们的家族照片全部都收在鞋盒里，而自从我七岁后，圣诞老人、复活节兔子和牙仙子①这类东西通通没再出现过）。或许，我心想，最让她失望的，是她在州政府人事局的可悲工作吧。

又或许，根本就是我。

爸爸把她越来越常出现的咆哮吼叫，当成卡通片里疯狂的夸张演出。她偶尔会用一种无声的讥讽方式来开玩笑，但你可以轻易分辨出她是在说笑还是真的生气。她要是火大的时候，说话速度就会变快，嘴唇也会变得苍白。

事实上，我爸爸只看得到他想看的东西，任何能够解决争端的方式，他都会接受。我很少听到他会说出引发争端的意见或建议，让妈妈怒火越烧越旺的往往就是他犹豫的态度。这时他开始关上声音看水手队的球赛转播，免得惹恼妈妈，然后拿着一根铝棒，站在沙发后面打量投手。等球由我们二十一寸的电视机荧幕中飞来时，他挥出球棒——其实应该说是在试探挥棒或临时收棒才对，因为他到最后都还不确定该不该做这件错事。

潮水又开始一路往后退了，泥沼地又开始传来臭味，这总是让我很不安。妈妈很讨厌我们的房子：冬天潮湿发霉，秋天满地蜘蛛，最糟糕的是夏天，每当因日晒而腐败的海草散发出过多的硫化氢时，整个泥沼地就会臭气冲天。这或许也是为什么，我老是做噩梦梦到海水连着好几天退潮，泥沼地上的所有生物都被烤熟了，在炎热的空气中死亡、散发出臭气，搞得妈妈尖叫着说要搬家。

最后，我听到爸爸又老调重谈提到我在电视上看起来很矮的事。"他还是没有长高，"他发牢骚说，"真是丢脸啊。"

---

① Tooth Fairy，美国小孩从小就被告知，有一个仙女专门收集小孩换牙时掉落的牙齿，小孩把自己掉的牙齿放在枕头下，就会得到一些礼物，否则会遭到厄运。

5

两天后，低潮的水位是负三，海水比平日下降一米多，让查塔姆湾多出一个足球场的泥巴和沙砾地，也让我们看见一些不寻常的事物和找到大蛤蚌的机会增加了三倍。

克拉马教授曾经帮我从州政府弄到一份收藏标本的合约和采集蛤蚌的商业执照。所以如果我发现了任何特别的蛤蚌，就可以卖给"神秘西贡"餐厅的老板。而当我想挖出藏在泥地最深处的大蛤蚌时，通常就会求助于肯尼·费普斯的长手臂。

费普斯比我小一个月，却比我高出一个头，走起路来懒洋洋地跨着大步，低头看人时长长的棕色刘海总是垂落地盖住他的右眼。他管那叫做"去你妈的刘海"。他最喜欢的娱乐是弹"空气吉他"——佯装自己在弹吉他的伎俩，但他和我们其他人不一样，他是很认真的。譬如说，在模仿亨德里克斯①的时候，他会将虚拟的吉他反转过来，还会上下颠倒和用左手弹奏。和他相关、不得不提的还有另外一件事：他

① Jimi Hendrix（1942—1970），出生于美国西雅图，被公认为是流行音乐史中最重要的电吉他演奏者。因为是左撇子，他把一把右手吉他的琴弦颠倒安装以便左手演奏。

是个彻头彻尾的大懒鬼。他的人生哲学是——工作量最少的差事，就是最棒的差事。

他最爱耍的招数是什么呢？

他会在秋天挨家挨户去自我推荐清理屋顶和排水沟。据他说这差事最棒的地方在于，屋主看不到你工作的状况。如果他说得工作两小时，就算其中一个半小时都缩在烟囱旁吞云吐雾，抽从他妈妈那里偷来的肯特薄荷烟，那也还是算两小时。费普斯对抽烟也很有一套。他喜欢先吐一个大烟圈，然后再连吐三个小烟圈从中间钻过去，只要有观众的时候他就会露这么一手。唯一和他的坏男孩行径不相称的是，他很容易就会露出一种深远且友善的微笑，他可以保持那样的笑容很久，就算用最古老、最慢速的照相机，也能拍出很自然的照片。

费普斯希望我按小时计酬雇用他，半小时的午餐时间和每三小时两次各十五分钟的抽烟时间，通通要算在工时里。他的继父是电工工会里的重要角色，所以费普斯很喜欢拿工会的标准和口号来对付我。我付给他我们赚到的所有钱的一半，但有时候我们根本没什么收入，他就会说这是奴隶制度。我为什么能如此容忍他呢？因为我和其他同龄小孩并不都那么要好。我最好的朋友是老弗洛伦斯，但她从来不肯踏出她的小屋半步，而且病得一个星期比一个星期严重。找费普斯是最方便的，他是所有孩子里住得离海滩最近的，所以一到夏天我们自然就走得比较近。再加上，他那细长的手臂和强壮有力的长手指，根本就是为挖蛤蚌而生的。

我们从研究泥地上烟囱状的小洞着手，那是蛤蚌吸吐海水的管道，我们借由这些泄露它们踪迹的小洞，寻找体型巨大的象拔蚌。这种巨大的蚌类大多生活在海滩较外侧的区域，但如果潮水退得够低，而你也知道该到哪找的话，你还是能看到许多它们暴露在外的洞穴。

和平常一样，我们是唯一在那里的人。大部分的采蚌人和海边流浪汉都到北边岩石较多的海岸去了，理论上说那儿的潮间生物比较丰富，尽管南边的海湾实际所经受的潮汐变化是整个西岸最大的，六小时内潮水水位的落差高达六米，而且南湾还以大量出产沙钱和其他小型贝而闻名。但支持那些理论的人，很显然绝不会把时间花在这个查塔姆湾。但多数人一般都认定这里是属于史夸辛人①，尽管他们只拥有一小部分的泥沼地，就连史坦纳法官也拥有一小片，其余部分则属于州政府。因此我推断，乏人问津的查塔姆湾及其北边的浅滩，每隔一个星期一定聚集了许多新品种的海星、海螺、螃蟹、海虫或水母——当然，费普斯是不会注意到这些的。

　　在我们寻找"8"字形的凹陷处时，他开始向我报告温蒂·普拉多的胸部近况。他是在连锁超市遇见她的，他发誓说她至少又比前一天在学校看到时大了一个罩杯。"我猜她现在有 34C 了。"他权威地下了结论。

　　他弯下腰，轻轻捏起一条草根啤酒颜色的海带末端，嚼碎后又吐掉。最初他曾努力游说我雇用他品尝沙滩上各种生物的味道，其实这根本是为了他自己好玩罢了。而现在这已经成了他的一个习惯。他会啃一啃海白菜和大叶藻，尝一尝小虾米，或是直接吃掉还连着壳的温哥华蚬。我看着他跑到另一边，在一个小水塘里抓到一条杜父鱼的幼鱼，然后一口气将这条两三厘米长的小鱼吞了下去。对了，他还给我提供了有关克莉丝蒂·戴克胸部的最新消息，他宣称自己在基督教青年会的游泳池畔看到了她的乳头，那简直可以用来挂他的浴衣了。

---

① Squaxin，华盛顿州普古湾区的原住民，有"水之民族"的称号。

我不是没注意过他所说的这些女孩，但对我而言她们就像电影明星一样遥远，只存在于平面的二维空间里。如果我不和她们交谈，她们就不会进入我的幻想。安琪·史坦纳是个例外，我能和她交谈——虽然有时我也会说出一堆无厘头的话。

　　只剩三分之二的苍白月亮，依然挂在天空中。出于某种原因，我挑了这个时刻向费普斯提到，蕾切尔·卡逊相信月亮原来是地球的一小块，是在地球还在冷却的过程中，由太平洋底分裂出来，飞旋到天空中的。

　　"她说过，来自月球的引力会造成摩擦力，让地球的自转渐渐变慢。现在地球自转一圈需要二十四小时，但到最后会需要五十倍的时间。你能够想象得到，生活在整整五十个白天后，再连续五十个夜晚的世界吗？"

　　费普斯从我们挖蛤蚌的壕沟里拾起眼睛，透过"去你妈的刘海"盯着我看。"你真是个怪胎。"他说，"你为什么不把读那些娘娘腔的书的时间，拿来研究一些有用的东西呢？"

　　"比如？"

　　"比如 G 点。"

　　"那是什么？"

　　"G 点，鱿鱼小子。"费普斯拿出一根肯特烟，夹在他最不脏的两根手指中间，点燃它。

　　"女人身体里，一个可以让她们狂野起来的小按钮。"他像个土匪一样叼着烟咕哝说道，"只要能找到它，我们就搞定了。"

　　我困惑了。我从来没听说过任何有关女人身体里控制面板的秘密。

　　"我们来看看你的手指。"费普斯说。

　　我不情愿地伸出手。他皱着眉头说："我想应该太短了。"

"做什么事情太短？"

"碰到按钮啊。我老哥说手指至少要六厘米才够长，要不然就是小鸟必须往上弯才行。"

我想着自己的小鸟，它如果有弯的话也只是微微往左弯。"那应该要怎么做？"

他就像看着一个迟钝的笨学生一样看着我。"专心一志！"又是一副内行人的口吻。

"听你瞎吹的。"我说，"你老哥又跟你一起胡搞了吧。"

"你说什么就是什么啰，鱿鱼小子。"

"我说，继续挖！"

G 点？这话题绝不会出现在性教育课程里。其实这种课程一点让人兴奋的东西都没有。我从里面只学到令人不安的知识——原来我的生命是一次可笑的高风险赌注。首先，爸爸要在梅科尼餐厅等待肉丸子三明治上菜的无聊时间内，逗得妈妈乐陶陶的。接着，从他十八万亿颗精子中脱颖而出的唯一一颗，还得闪躲过各种守门员——这是我爸爸的用词——的层层守备（而妈妈则说我是个"意外"，我偷听到她至少说了七次）。然后他那颗盲目的、用显微镜才看得到的小精子，必须在不确定的有限时间内，找到并击破她那颗喜怒无常的卵子，而且日后还不能有某个正分心想着水手队候补球员区的秃头医生，动个令人沮丧的堕胎手术才行。这样成功的概率能有多高？所以我不过是这个人口过剩、到处都是"幸运儿"的星球上，某一班侥幸出生的学生里，一个侥幸出生的小鬼罢了。

过了一会儿，我发现费普斯瞥了月亮一眼，月边紧贴着一朵云。"蕾切尔·卡逊是什么时候写那些玩意的？"他问。

"二十世纪五十年代初吧。"

"她几岁的时候写的？"

"四十多，快五十吧。"

"她什么时候死的？"

"一九六四年。"

"怎么死的？"

"乳癌。"

"她写了多少本书？"

"四本，全都是畅销书。就是她警告我们，如果继续在农地里喷洒农药，就别想在春天里听到小鸟唱歌。"

"她有几个小孩？"

"一个都没有，她没结婚。"

"你对她可真是了解得一清二楚，对吧？"

我停了一下没说话。"我知道她很勇敢也很聪明。"

"你知道我知道什么吗？"费普斯无法控制他的微笑，"我知道你爱上了一个已经死了几十年的老处女。"

"……继续挖！"

费普斯终于挖到了一只差不多七斤重的象拔蚌，那可以替我们每个人换来三块半美元的收入。如果你是第一次看到象拔蚌的话，肯定会大吃一惊。它们和你所知道的蚌类都不一样，它们的壳小得可笑，就连缩回壳里的时候，脖子还是垂在外面。你不妨想象一下健美先生穿紧身小泳裤的画面，或者像克拉马教授说的，它们的样子和马的那活儿简直一模一样。

当我帮克拉马教授向三年级解释潮间沼地的时候，实在很难让那帮学生停止傻笑，去了解样子可笑的象拔蚌事实上拥有地球上最坚固耐用的构造。它们把自己埋在五十厘米深的沙里，然后将巨大的脖子推出海底，就这样安安稳稳地吸入浮游生物，再吐出废物，时间可以长达一世纪或更久。当我告诉他们，最大的象拔蚌可以长到九公斤重，完全不用移动就这样活超过一百五十年的时候，我觉得自己根本是在自言自语。

潮水回涨的速度比我预期的快，就在我心神游移的时候已经偷偷淹到我的脚边了。我停止挖掘被潮水淹盖的洞穴，开始涉水搜寻任何水族馆可能感兴趣的东西，心里暗自后悔刚刚早该开始找了，不应该浪费时间去教育像费普斯那样的笨蛋。

我要他帮我趁还没被海水淹没前把石头翻过来，希望能找到一些小章鱼，并且提醒他之后要把石头放回原位。几分钟后，我看见五只脚细得像牙签一般的矶鹬，正跨着剪刀步越过沼地，仿佛是在表演精心设计过的舞蹈，让我忍不住期待它们下一刻是不是会甩弄拐杖、合声齐唱起来。这时我听到了费普斯的尖叫声。

等我朝他的方向看去时，他已经往后摔倒，坐在紧实的沙地上了。这倒也不是什么奇怪的事，费普斯很少有哪天不弄伤自己的。除了他，还有谁会在打保龄球时弄断自己的锁骨，或在打喷嚏时扭伤脖子的吗？但这次他像是被人追赶一样，边摇摇晃晃地往后退，边厉声尖叫："它咬我！"

我还没走到被他翻开的石头边，就知道他看到什么了。

蟾鱼是海峡中最令人毛骨悚然的底栖鱼类之一。它们的头占了全身绝大部分的体积，而整个头上最大的则是眼睛和牙齿。通常雌鱼会从黑暗的峡谷中游到浅滩的石头边产卵，由雄鱼负责守卫直到孵化，如果你惊动它们，它们就会对你露出食人鱼一样的牙齿。看到这只龇牙咧嘴的鱼爸爸后，我发现被翻开的石头底端黏附着一些小小的卵，已经有小蟾鱼在里面打转，身上金属色的条纹打造出一种灿烂灯光秀的效果。我向费普斯招招手。

他犹豫地站到我身后时，这些闪亮亮的小鱼正从卵中蹦出，啪啦啦地跳入五厘米深的水中，簇拥着挨在鱼爸爸的肚子旁。骚乱过去，它们全都慢慢安静下来。鱼宝宝们消失不见了，鱼爸爸也混入了岩石丛中。

"这真是……"费普斯低声呢喃道，"太神奇了！"

"你看看四周。"我伸出双手，像是要抓住雨丝一般。

6

　　我们带着一只象拔蚌、三十二个温哥华蚬和八个奶酪蛤回到我家时，听到史坦纳家传来阵阵的说话声、笑声和音乐声。

　　基本上，史坦纳家算是我的邻居，但他们的房子坐落在四百多米外的小山丘上，和海滩边的其他房子都不一样。房子的设计，完全看不出来那原本是一座卫理公会教派[①]的教堂；但以它面向日出、盘踞在海滩低地最高点之上，不难看出为何会有人选择那里作为与上帝对话的地点。不过，我还是很难想象得到，在史坦纳家之前，那里还曾属于过其他人。那房子很符合他们家的成就和名声，至少在史坦纳法官还结着婚、安琪的三个"雄鹰童子军"[②]哥哥也还住在里面的时候确实如此。我妈妈曾经去过他们家两次，她发誓自己两次都听到了卫理公会唱诗班的歌声。

　　我们发现安琪正靠在窗边，和法兰基·马克思共享一支烟。法兰基对我一直很友善，但我还是很讨厌他——他帅得让人厌恶，而且我

---

① Methodism，基督教新教卫斯理宗的美以美会、坚理会和美普会合并而成的基督教教会。
② 美国童子军所能得到的最高奖励级别。

不相信任何轻轻松松就能让自己看起来很酷的人。所以，当然了，我决心一定要把安琪从他身边解救出来。但我爱死了他那只容易兴奋的巧克力色拉布拉多犬——丽兹，它正垂着舌头跑来迎接我们。

安琪吹了声口哨，把丽兹叫回草坪去，并摸了摸它的肚子。我从来没见她碰虚伪的法兰基一下，倒是常搂着丽兹又亲又抱的。真令人羡慕。我问了她一些有关派对的事。

"那是替我爸爸那些有钱的赞助人办的牡蛎餐会。"她头也没抬地回答我，眼皮沉重的样子像是在隐瞒什么。

我点点头，但我只晓得州立高等法院的法官就和市长或州长差不多，完全不懂她所说的意思。在一阵尴尬的沉默之后，费普斯突然意识到眼前的女孩就是他老哥狂热吹捧的那个安琪。"听说你贝司弹得很棒。"他说。

"是吗？"她咧嘴一笑。

"酷哦。"费普斯说。

"你这么觉得吗？"她朝天吐了一口烟。"如果我弹主吉他不是更酷吗？"

"是啊，不过贝司也很酷了。"

她看看我，想知道我喜不喜欢他们的这番对话。她刚刚绝对是在哭。我瞥了法兰基一眼，他亲切地回我一个微笑。那轻松自在的模样就像万宝路香烟广告里的男人，让我觉得自己像是马戏团的侏儒。

"你也会弹吗？"她礼貌性地问。

"一点点。"费普斯说。

"空气吉他。"我替他阐明，还模仿他嘴唇撅起，手指疯狂乱弹的样子。

"去你妈的，迈尔斯。我老哥有一把吉普森①，"他吹牛说，"是电吉他。"

"他让你弹啊？"她问。

"趁他不在家的时候弹啊。"费普斯露出一个大大的微笑，安琪也笑了。

"要吃东西自己拿。"她告诉我们，"趁还没被那些老家伙吞光之前快去。"

我看到一群戴着遮阳帽，穿着花衬衫和复活节彩蛋颜色裤子的人。"我们的装扮可能不太合适。"

她看了看我们溅满泥巴的短裤。"你们这样刚好啊，现在可是夏天呢。"她走了回去，边走边轻轻抚摸丽兹，弄得它的脚像无力的船外小马达一样抽动个不停。

我们四处乱逛，我偷偷回头看时，却刚好发现安琪在哭。这让我想起一个月前她在我们家门前赤脚玩水时，我妈妈是怎么说她的。当时只有我一个人看到她的眼泪，但我还没来得及为她争辩，便听到妈妈质问爸爸除了跟那个疯狂的 *dundula* 猛抛媚眼外，就没别的事好做了吗。这个字眼是从我克罗地亚裔的外祖母那里传下来的，我没有问那是什么意思，也没告诉任何人，一个星期后我还看见安琪在他们家屋顶上走来走去——那里又斜又滑，是会摔死人的！

我带费普斯往放餐点的长桌走去，一群人围在史坦纳法官旁边，好像他正在发钞票一样。

"我的牡蛎先生来了！"他一看到我就立刻大喊起来。

———————————

① Gibson，知名乐器品牌，创立于1902年，主要生产空心吉他与电吉他。

灰白头发的脑袋全都转了过来，我甚至听到有些人的脖子传来扭转软骨的啪啦声。他们的目光在我头顶上方乱转搜寻了一阵，才落在我身上。牡蛎"先生"？法官大人真是很爱骗小孩。

　　我认出其中一人曾经在电视和报纸上出现过。法官向我伸出干净、强壮的手。

　　法官最令人印象深刻的是他的声音。他几乎没有下巴，呆滞的眼神让人过目即忘，海鸥白色的头发稀稀拉拉地贴在脑袋上，看起来脏脏的。但只要他一开口，就会让其他人的声音听起来像是刚刚上手、只会咯吱作响的单簧管。我张望着寻找费普斯的踪迹，却发现他早就抛弃我，朝食物进攻去了。法官介绍了我的全名——以防那些对爱尔兰宗谱有特殊研究的人跳出来说话——并解释说今天大家享用的大餐就是来自我所看护的牡蛎田。

　　人们适时地哦了一声，但这只是法官计划的一个开始。他就是这样，总是不慌不忙的，但其实很清楚自己的目标。"就是这位年轻的先生发现了巨鱿。迈尔斯，来告诉大家那是怎么一回事吧。"

　　我朝它搁浅的地方点了点头。"我听见声音，"我低声说，"所以就过去看看是什么东西。"

　　"大声点，迈尔斯。"法官高声说道，"大声地说给我们每个人听听。"

　　看来是没办法脱身了，我跨开步子以便在草地上站稳些。"嗯，我本来以为是生病的鲸鱼或是海狮之类的被困在泥滩上了。"

　　一位女士突然惊呼说她在电视上看过我。看到她一边兴奋地分享这个消息，一边把刚吞进嘴里的辣椒蛋又吐了出来，我简直快疯了。

　　"那地方不是没有可能搁浅的，"我继续说，"曾经有一只小须鲸，甚至一只灰鲸被困在那里过，因为那儿的潮水退得确实太快。说实话，刚开始靠得很近的时候，我都还不确定自己发现了什么。可当我看见那些长长的触手、大吸盘和巨大眼睛后，我马上就知道了。"

我突然浑身起了一阵鸡皮疙瘩——有些故事越说就越令人觉得阴魂不散——这些大人都凑了过来，以免错过可以和朋友分享的绝佳八卦。我看见他们用舌头清着牙齿，像是看什么奇珍异兽一样盯着我瞧。一位戴着粗重金项链的女士缩了一下，仿佛这个话题让她的胃感觉不太舒服，但法官却好像我是什么表演独轮车的小丑似的，兴高采烈地宣布："现在在你们面前的，也许将是下一个雅克·库斯托。"

这话听起来就像法庭宣判一样不可反驳，令所有人都大感惊奇。比起你现在的样子，大人总是对你将来可能变成什么要感兴趣得多。

"它的眼睛有多大？"一个高高的驼背男人问道，同时将一片小脆饼送进他的两排大黄牙里。

"和你的脸一样大。"我说。

男人停下咀嚼的动作，有人笑出声来，还有一位女士在味味地窃笑。接着法官开始描述那天早上面对蜂拥而至的媒体时，他是如何同时扮演水上计程车司机、历史学家和服务生的角色。他详细且夸张地描述了每一个细节，引起了阵阵骚动的笑声。我趁他们没再注意我的时候赶紧开溜，却发现费普斯正盘腿坐在草地上，张着油腻腻的嘴，努力解决一大盘鸡翅。

我抓了一些酵母面包和四个烤牡蛎，又递给费普斯一张餐巾纸，让他整理一下仪容，免得我看着难受。然后我带着他往海滩边走去。

"那个法兰基·马克思好像挺酷的。"他看着我说。

"他是个白痴，"我塞了一口面包，"全身上下没一点老实。"

"嗯哼。"

从他的语调可以听出来，我已经泄露了自己的秘密。我可一点都不想让费普斯知道安琪的事。而且，要是他开始夸耀她身上的"挂衣钩"

上可以挂几件浴袍的话，我不知道自己会做出什么事来。

我看着前次涨潮带来的垃圾，在沙滩上留下一条蜿蜒的曲线。克拉马教授认识一些人，他们会依这种潮汐线来预测洋流和海洋生物的变化。依我看，那像是从海峡中筛出的残渣，从十几米远的距离里，我看出那条细细的线中有海草、海带、碎贝壳、海鸥羽毛、螃蟹钳子和鲑鱼骨头。

在吃完第三个牡蛎的时候，我看到丽兹跑了出来，沿着我家屋后的海滨一路嗅着。我猜安琪和法兰基一定是打得火热，根本没发现他们的狗不见了。我想丽兹跑得再远，也不会超过我们家另一边那片公有的黑莓灌木丛。那片带刺的树丛，就连猫也不会冒险跑进去，多刺的树藤有电线杆那么粗，生长的速度快得可以赶上恐怖电影里的场景。要不是我三不五时地修剪一下，现在大概已经长满整个车库，把我的窗户都挡住了。我听到丽兹的吠声，然后看到它追着一辆卡车跑上了两线道的短桥，在发现巨鱿的那天早上，那儿曾塞满了新闻采访车。那辆卡车后面还拖着一节放置工具的白色小拖车，但丽兹显然没有注意，因为它放弃追赶后，便直接在卡车后方转身，结果刚好被拖车撞到，一路弹出桥旁的矮围栏。

我站起身来，冲过我房前的土地，挣扎着想跨过黑莓丛前的浮木，与此同时我听到安琪和法兰基大叫：“丽兹！”我边跑边盯着丽兹落水的地方，但除了一圈波纹外没再看到它的动静。这时潮水正涨到一半，这表示桥中心下方的水有一点五米深了——如果潜水的话应该还是够得着的。

等我赶到桥中央时，看到丽兹离岸边只有一两米的距离，但它既没有浮出水面也没沉到底下，而是像被卡在冰里一样悬在水中。我气喘吁吁地翻过桥，扑通跳入及膝深的烂泥和海草中，用一只手拉住它的项圈将它拖上岸，再用另一只手抱在它的胸前，好不容易才将它拉高，让头露出水面。我探探它的鼻子，已经没了呼吸，我只好用手在它嘴上环成杯状，往里用力地吹了三口气。还是没有呼吸。我喘了口气，再试一次。这次我直接将嘴贴在它嘴上，更用力地吹着气。可还是没有反应。

我可以听到费普斯在我身旁的呼吸、安琪的呼喊和远方史坦纳家宴会上宾客嗡嗡的交谈声。我再一次往丽兹嘴里吹气，这次我感觉到了它的挣扎。它从我怀里挣脱，摇摇晃晃地倒在地上，吐出了一些水，像是在喘气又像是在呜咽，过了一会儿才站起来，抖了抖身体，呜呜地低叫几声后又趴到地上，吐出舌头，胸口剧烈地起伏着。

我觉得有点想吐，我擦了擦嘴，那味道还真是不太好。我打了个嗝，牡蛎的气味灼烧着我的喉咙。我用水泼泼脸，但还是过了好一会儿才有办法站起来。这时安琪和虚伪的法兰基已经赶到了，眼神慌乱地在丽兹和我之间转来转去。费普斯添油加醋地重述着刚刚发生的事。"谢谢，谢谢，谢谢。"法兰基不断重复地说着。我发现史坦纳家的宾客也来到水边，正目不转睛地盯着我们看，七嘴八舌地将彼此看到和没看到的片段都拼凑在一起。在这种状况下听到人们各自发表意见，你会很惊讶那些警察都是怎么弄出所谓正确的调查报告来的。

我看不出安琪是以我为荣，还是在为我担心。我耸了耸肩，她却突然用力地抱紧我，把我耳朵都压贴到了肩膀上。我浑身沾满了湿淋淋的泥巴，脸上还残留着狗的口水，但她显然毫不在意。法兰基打断我们的拥抱，过来向我再次致谢。"不客气，"我虚弱地说，"但我这么干可不是为了你。"当安琪离开时，我刻意避开她的目光。不久，只剩下费普斯和我还留在那儿，合力扭干我的 T 恤。

"我开始了解你了，迈尔斯。"

"是吗？"我用手背拼命擦着嘴，直到嘴都麻了才停下。我看到一只苍鹭正滑翔飞过海滩，霎时间感觉自己变成了它。我低下头好让自己回过神来，海白菜前所未有地闪闪发亮，我拾起一枚从未见过的桃色扇贝，还看到一只红色的大水母搏动着游过，活像个拖着四根触角的血淋淋心脏。

"你喜欢死掉的老处女，"费普斯顿了一下，"和追卡车的狗。"

这些废话并没有破坏我的心情。我阻止了一件坏事的发生。只要我用心的话，不知还会有什么成就呢！一只长长的鳗鱼或是海虫从桥下钻了出来，转眼又消失了。

这话题太精彩了，让费普斯舍不得闭嘴。"刚刚，我连克莉丝蒂·戴克的挂衣钩那种健康话题都没办法和你聊，"他发现脚底的泥地里藏了只小虾，抓起来稍微洗了洗后，就像吞维他命一样往嘴里一丢，"结果马上就看到你和一只巧克力色拉布拉多犬亲热起来。"

我耸耸肩，看看四周，想找一个柔软的地方，赶快躺下来。

7

　　我睡不着。睡眠顺利无碍的人永远无法理解：睡眠不是你可以随心所欲控制的，也不是你说服自己就能办到的，你要不就是睡得着，要不就是睡不着。所以我醒着，随意翻阅一本叫《欲望深海》(*The Erotic Ocean*)的书，书里有一些科学家持续观察——就像费普斯一样的"专心一志"——浅海域中所有的交配行为，其中包括一种极度好色的海胆，会用红色的卵和白色的精子装点月色下的海水。就在这天晚上，我偷听到爸妈讨论离婚的事。准确的说法是，妈妈在讨论，而爸爸只是低声地咕哝。

　　大人吵架，有时不过是随即后悔的大吼大叫比赛，不管对错只想吵赢，过了一会儿就会为自己的浑蛋行为道歉。他们如果是这种吵法就好办了。那天晚上我偷溜去吃花生酱的途中，听到妈妈在现实地评估离婚的利弊，语气像是在争论要不要飞去拉斯维加斯度假，或重新整修厨房一样。

　　我没有等着鸟儿的鸣啼声催促自己入睡，而是在日出前天空还是紫铜色时便溜出门去。你可能会怀疑，我怎么能如此轻易地自由进出呢？一方面是因为我住在车库里，另一方面也是因为，我的爸妈从来没有打心底想为人父母。这也是我偷听来的。他们并不是不爱我，他们只是不想管我。

海湾平静得像个盛满水的浴缸，每次看到这般景象总是令我震惊，因为我曾经目睹过某些早晨的狂风巨浪，恐怖得会让人觉得树木和房子还能幸存真是个奇迹。不过到了七月，波光粼粼的银色海面上，只看得到鸭子游过的 V 形波纹，和海草露出水面的一截截小弯月。如此平和，总会让人遗忘海湾发怒的样子。而当潮水漫到比平常高出三十厘米的地方时，与陆地交接边缘的水面便会悬鼓起来，就像一杯满溢的奶昔在玻璃杯缘鼓出一层一样。这个无风的早晨便是如此。

我知道这时大概没什么值得采集的，但总还是能找到一些值得看的东西。如果你常盯着海湾看，迟早会发现一些无法解释的事。我曾见过一只展翅有一点五米宽的雄壮老鹰，潜进水里抓鱼，却再也没能露出水面；我观察过一只红色胸脯的秋沙鸭骑在海豹头上，时间长达一分钟；我甚至还目睹了一只小枪虾冲着一只比它大两倍的杜父鱼挥动钳子，并把它击昏。我还曾经不止一次看到水面鼓起阵阵波纹，像是被鲸鱼顶起似的，但清澈见底的水下根本什么都没有。我花了很长的时间才学会——这些事情藏在自己心底就好。因为任何人都没有办法将它们记录存档，包括我自己在内。

我在高涨的潮水中往前划，迎接第一道直射的曙光。两只海鸽正飞越海湾，像喜剧搭档一样跌跌撞撞地找鱼，它们不停地猛拍翅膀，但蜡红色的脚老是控制不住往下掉。这时有只西部鸥也急速飞过，后面还跟了一只蜂鸟，正用它天生的螺旋桨悬停在空中挑战物理学原理。

我是在斯库克姆查克海湾学会如何计算距离和辨认方向的。这里最宽的地方有一点六公里，长度则有三点二公里，是一个南北走向的狭长海湾，越往北向彭罗斯角的方向划，海湾就变得越深，沙砾也更多。在彭罗斯角对面是一座废弃的牡蛎包装工厂，早在我出生之前就已经倒闭了，但仍然像是被装入时空胶囊一样，保持着昔日小港湾的风貌，因为人们根本就懒得去拆它，也没人想去拖走那些堆积如山、比我还高的废牡蛎壳。往南再走八百多米，就是泥湾酒馆和一排不牢固的小屋，全都向着海湾底端最宽的地方。海湾的西侧被陡峭的森林所掩盖，沿着西边的海岸线零星散布着十一栋房子，房子后方则是一大片宽阔平坦的草原，上面永远放牧着一群群的羊和马。就像法官常说的，海湾六十年来都没有任何改变，这大概就是当海湾南岸将兴建百万豪宅的计划传来时，大家会如此吃惊的原因。从春天起，我便听到呜呜的链锯声和隆隆的水泥车搅拌声，但直到这个清朗的早晨，我才真正划到如此靠近的地方，近到可以清楚看见游泳池大小的建筑地基，以及日落房地产大门前的装饰假喷泉。

我转个方向，朝北用力地划去，试着让自己沉浸在某种正常的感伤中，像一个普通小孩偷听到父母谈离婚时一样。在我六岁时，妈妈曾在我的一群表兄弟面前，要求我一整天都不准哭。从那之后我就很少哭了。除了这个可能的原因之外，身处在黎明海湾中的我实在也很难感到恐惧或悲伤，太阳还要十五小时又三十二分钟才会落下山去，海水又是如此的清澈见底。我静静地看着海底的世界，酒馆附近的大叶藻丛中，藏着许多调皮的朝鲜长额虾；彭罗斯角凹陷处，白色的贝壳铺满了深不见底的海床。

那些像骨头一样独特而看不出年代的贝壳，帮助我了解到一件事：在地球漫长的生命中，我们的寿命实在是相当短暂，如同苍蝇一般，不过一闪即逝。

§

"你是被派来这里做大事的。"那天早上稍晚的时候，我跌坐进弗洛伦斯的摇椅对着她看，听到她是这么向我保证的。

这是弗洛伦斯的招牌台词，我猜她对所有来诉说自己"美妙的一天"的朋友，都是这么说的。但当我一星期内发现了一只巨鱿外加救了一条狗之后，她这句话还真点醒了我。倒不是我觉得自己背负着什么崇高的使命，而是我开始有一种感觉，好像我去参加试演会，结果得到了一个远比我所应征的还重要的角色。

弗洛伦斯的房子在史坦纳家的另一边，是一栋和我家很像的铁皮度假小屋，不过比我家还小。我们家的房子有一半是架在支柱上的，而她的房子却不是。每年都有十次大潮会冲刷进她的小屋下方，地板和海水泡沫、海草和水母之间只剩大概六十厘米的距离。她那透风的小屋常散发着旧硬壳书的霉味和近来开始出现的微微尿臊味，但每当退潮时，海风吹进来的腥味，便会盖过其他所有气味。

自从十多年前她姐姐去世后，弗洛伦斯就独自一人居住。她在一九三八年便搬来了，是这里最资深的住户——如果撇开某些居住时间可能长了两倍的贝类不算的话。安琪说，弗洛伦斯曾当过法官的保姆，法官最近刚满六十八岁，因此就算弗洛伦斯不肯说，你也能猜得出她的年纪有多大了。

这天，我发现她额头上出现了一道将近三厘米长的伤口，就像拳击手眉毛上的长长伤疤。我知道她得了某种可怕的帕金森症[1]变种，她给我看过一些研究报告，但我太迟钝了，没看出那和她有什么关系。我只知道，每次我看到她时，她似乎就变得更僵硬一些，有时候，连

---

[1] Parkinson's disease，一种常见于中老年的神经系统变性疾病，多发于六十岁后。主要表现为患者动作缓慢，手脚或身体的其他部分震颤，身体失去了柔软性，变得僵硬等。

走路也变成了拖着小碎步。这时她会摇摇肩膀，让腿放松些，然后婴儿学步般颤巍巍地往厨房走，好像踩在一根湿滑的圆木上一样。我发现，如果一个人总是拖着小碎步走路，最后一定会跌倒。

她的老朋友伊凡娜会帮她采购，所以她不用外出，但现在这栋没有楼梯的小屋对她来说也变得很危险了。这已经是这个月以来，我第二次发现她用 OK 绷贴住头上的伤口了。她不太理会自己的伤口，但我坚持一定要冰敷，一直等我说到伤口如果肿起来反而会引人注意时，她才同意这么做。

过去这三年来，我每星期至少都会来看她一次，部分原因是她似乎变得和我越来越像了。她又矮又瘦，却拥有一双底栖鱼类般的大眼睛，似乎生来就是为了在黑暗中阅读的。而她阴暗的屋子里的确也堆了满坑满谷的书，如果有超过一个以上的客人来访，就必须得移动书堆才能腾出空位。有人传说她是个疯子，而她混乱的房间也让这种揣测合理化了。对于一个自称会通灵的人，大部分人除了"疯子"外大概也想不出别的称呼了。但我妈妈可不一样，她管弗洛伦斯叫做"神经老巫婆"。

她以前在法兰克林街有一间在楼上的小办公室，招牌上写着：手相、纸牌占卜及其他通灵预言。在我看来那比附近的保险公司、餐厅或服饰店有吸引力多了，但那儿除了她自己之外，从没出现过任何访客。最糟糕的是，她是出了名的预测不准的通灵人。

在弗洛伦斯开始出席听证会，凭她对安全性的直觉来作证反对在公路出口匝道和圆环附近兴建房屋之后，妈妈说，不论准不准她至少也算出名了。弗洛伦斯甚至也反对在州议会湖附近建造豪华公寓，她说建筑物将会经不起未来某一起地震的考验。毫无意外，公寓最后还是建了，而且十三年来屹立不倒，除了在几次区域性的地震中天花板出现一道裂缝外，什么也没发生。

然而这一切都没有让我对她心生怀疑。我只需要看着她的眼睛就知道了，从她眼里反射出的光，像是来自四面八方，你看不出来她的目光究竟是在盯着你，还是越过了你，或是直接穿进你的心里。况且，弗洛伦斯比所有人都更能看透我的心思，害我在她身边时都不敢想得太多。

"这是属于你的夏天，迈尔斯。今年夏天将会让你的特质清楚地显现出来。"

自从学校放假以来，她就不时说出这样的话，仿佛她知道将有什么事会降临到我的头上，所以不断提醒我做好心理准备。而且她还一直强调，她不想成为我的负担。

一开始，我真的没有把服侍她和帮她拿药当成是一种负担。为了回报我，她开始渐渐告诉我一些她认为我需要的东西，像是如何冥想、如何"在清醒时做梦"，以及如何看到"灵光"。

我全试过了。我练习将脑子里的思绪全都踢空，结果不但没办法进入冥想，反而引来一些更疯狂的念头。我也试过在完全清醒的状态下做梦，除了让自己感觉像个疯子之外并没什么帮助。至于灵气呢，我照着她教的盯着某人额头中间一个想象的点看，直到视线模糊为止，但试了整整一星期后，我还是什么都没看到，反倒把别人搞迷糊了，反过来看我眼睛里是不是有什么东西。弗洛伦斯发誓说，我身上的黄色灵光是她所见过最强的。我把这当成是一种赞美，但无论我在镜子中偷看自己多少次，还是看不到她所说的灵光。

"诺曼怎么说的？"弗洛伦斯常常会问到法官诺曼·史坦纳。

"什么东西怎么说？"

"关于你救了那只狗的事啊。"

"他说：'不愧是我的牡蛎先生啊！'"

弗洛伦斯笑开了嘴："他很喜欢你，你知道吗？"

我脖子上冒出了一层汗水，每次我坐在她的摇椅里都会这样。弗洛伦斯总把空调定在摄氏二十六度，而且老爱讲些让我害羞发热的事。

"你有办法睡着吗？"她是唯一知道我失眠的人。

"一点点，"我解释说，"通常可以从凌晨三点睡到早上七八点。不过昨天晚上完全没睡。"

"你醒着看书，还是去冒险了？"

"都有。"我说，"我读了一些科学家们有关巨鱿的疯狂争论。有些人认为它们是海里游得最快的生物，拥有喷射推进器般的呼吸管，外加两颗疯狂跳动的强力心脏，让它们可以像赛跑选手一样以每小时超过四十公里以上的时速向前猛冲。你可以想象有两颗心脏在你身体里赛跑吗？但是你知道，没有人真正见过它们游泳，所以也有其他科学家坚称，它们可能行动很迟缓，而且以它们的尺寸来看算是相当弱的动物，因此只能在深海里漂浮盘旋，瞪着巨大的眼睛傻等着，直到有东西游进触手可以抓到的范围，才将猎物拉进嘴里。它们的嘴和鹦鹉的鸟喙很像，只不过大了十倍，而且强壮到连钢索也咬得断。有一件事我们倒是能确定——抹香鲸可以把它们整只吞下，完全不管它们的触手里是否充满了增加浮力用的氯化铵，尝起来就像漂白水一样。很恶心吧，对不对？"

我告诉她克拉马教授前一天刚打来电话说，他们研究了我发现的那只巨鱿，但所得相当有限。"他们很兴奋地想看看它肚子里有些什么，因为他们还不知道巨鱿到底吃些什么。你猜发现了什么？什么都没有！

也许它才产完卵正在禁食状态中，谁知道呢？巨鱿原本叫做 kraiken①，意思是'被连根拔起的树'。如果你画画看就知道，这个称呼还真妙。"

弗洛伦斯听得很专心，她静静地听我说话，然后慢慢体会，不像其他大人老爱讲——我懂……总之……无论如何……好吧——这些填补空白的话，或是发出嗯啊、哼啊和叹气声，除了证明他们根本没在听之外，一点意义也没有。最后，她缩了一下坐直了身子，告诉我要相信自己的直觉，然后半闭着她那鱼一样的大眼，说未来两周内即将有大事要发生，而且就在海湾里。

"比巨鱿还大吗？"我努力让自己听起来很困惑。

"不同意义上的大。"

"什么意思？"

她不喜欢被逼问，只是淡淡地说道："而且今年秋天会有一次反常的涨潮。"

"什么时候？"

"九月八日。"她泄露天机般地说，"潮水会高到超出所有人的预期。"

我移开视线。也许弗洛伦斯以前有点通灵能力，至少是曾有过类似的能力，但她的天赋显然在没有向她告别的情况下，早已消失无踪。在她身边我没理由还要刻意压抑自己的思绪。含糊且令人迷惑的预言是一回事，但要是跨足到蕾切尔·卡逊那精确、严谨的科学世界，她就真的越界了。

潮汐表是十分精确的。潮汐对人类来说已经不再是未知难测的事了，不像日出偶尔会比预期的提早一小时。况且，九月的潮汐是众所

---

① 即俗称的"挪威海怪"。

周知的和缓。

"即便是科学有时也会出错的，迈尔斯。"

我脸红了，希望她至少能垂下眼睛，不要看着我。

她发现我又盯着她的伤口看，"谢谢你没有对任何人提到这个小伤口。"她说。

这就是典型的弗洛伦斯。她不会要求你帮她保守秘密，而是事先表示感谢，预防你说出去。她用奉承夸赞来代替麻烦别人。

"如果州政府的人知道我偶尔会这样跌倒，"她说，"一定会要我搬到老人之家的。"

我不知道她是在预言，或者只是在陈述一个事实，但我看得出来她很害怕。奇怪的是，我也感到害怕。不只是因为我无法想象失去她后的世界会变成什么样子，同时这也印证了我最近越来越强烈的一种感觉：我脚下的世界一切都在改变。我指的不只是爸妈有关离婚的谈话，九月安琪很可能就要离家去上大学了，也许法官会决定他不再需要那么大的房子。就连海湾本身似乎也变得不太一样了——变成了在日落房产兴建豪宅的那些有钱人的战利品。

我不知道自己能有什么好办法，但在这个夏天剩余的时间里，我的目标就是要阻止事情再继续改变下去，要让我的海湾完整如初。

或许弗洛伦斯听到了我的想法，也或许她只是要对抗自己心中的恶灵，她泛红了眼眶，用肿胀的指节朝我招招手唤我靠近她，让她可以不必起身就能在我的额头上亲吻一下。

8

我熟睡了几小时后，醒来时发现家里空荡荡的，只留有一张字条，上面写着："老爸和三剑客去看水手队球赛，我和珍妮阿姨约在西雅图看表演。我们会晚一点回家。冰箱里有剩下的金枪鱼卷，碗橱里也有拉面。爱你的妈妈。"

这张字条，看着只是很普通的夜间外出行程安排，却使我突然感到一种不祥的寒意。三剑客不再只是爸爸的玩伴，一群管我叫"老大"的老朋友——他们是三个离婚的老单身汉，也是妈妈常说的永远长不大的小屁孩。珍妮阿姨也不再只是妈妈的有钱姐姐，而是某个似乎对老爸从来没有过好感的人，她偶尔会拐弯抹角地表达对我爸的不满——我老妈可能完全没察觉到，但敏感的老爸总能在之后的几小时里指出来。我一边看着爸妈的结婚照，一边吃掉了两碗喜瑞尔谷片。他们看起来像是和现在完全不同的人，岁月让他们脸上的颧骨变得不那么明显，也让他们的眼神和皮肤变得黯淡。就像海浪会将岩石磨蚀变圆，直到它们看起来都一样为止。

我将洗碗机中的碗盘清空，再将脏的放进去，然后在一堆没拆的邮件上发现了妈妈的家务清单。打扫和吸尘都很简单，给玫瑰花圃除草也不难。我试着用洗碗皂清洗炉子，但似乎弄不干净；我找不到马桶刷，所以就倒了一堆彗星牌洗衣粉到马桶里，按水一冲了事。在将浴室里的体重计往回调轻三斤后，我出门往查塔姆湾的方向走去，感觉对一切又充满了希望。

§

我在和费普斯一起钓鱼时，却又感觉到，有些事还是变得不一样了。

他一直拐弯抹角地问我关于潮间生物的事。我发现这些疑问早已经在他心里蔓延了。好奇心只可能被压抑一阵子而已，最终你还是会想知道答案的。

因此我由布满浮木、岩石和植物根团的海滩顶层开始解释。"这是潮间带里最原始粗糙的一个部分。"我说，"基本上，只有强韧的藤壶①和蚌类才能应付得了海浪、气候变化和鸟类的攻击。比如藤壶圆锥状的身体，可以避开海浪的侵袭，它还会分泌一种天然的胶水，让自己永远固定在出生着陆的地方……"很显然，费普斯开始觉得有点无聊了，我只好让他猜猜藤壶是怎么繁殖的。

"把母藤壶灌醉？"

"拜托，认真想想嘛，"我催促他，"它们无法移动，从落地开始就一辈子待在同一个地方，要怎样才能怀孕呢？"

他耸耸肩："圣灵感孕②？"

---

① Barnacle，喜欢吸附在礁岩、船只或原木上的潮间生物，拥有灰白色、石灰质的外壳，吸附能力很强。

② 天主教徒认为，圣母玛利亚怀耶稣，是蒙受天恩而受孕的，并非经过世俗的性行为，也就是所谓的处女怀孕。

"当然不是。公藤壶的阴茎就像消防水管一样卷在壳里，时机恰当时，才把阴茎展开到壳外探寻有意愿的雌性，然后将精子射入对方的壳中。"

费普斯大笑："拜托，消防水管？"

"没错，藤壶的阴茎长度是本身直径的四倍。所以呢，你别小看那些沿着海岸边生长、十厘米宽的大藤壶，它们的壳里可是塞了四十厘米长的阴茎哦。"

费普斯指着一根被细小藤壶包覆了一半的浮木，"这些家伙是海滩上的种马？"

我指给他看一只到处闲晃的寄居蟹。它正在寻找较大的壳，伸出天线一样的球状眼睛观察两侧，然后急匆匆地从过小的旧壳中钻出来，冲进一个海螺留下来的壳里。这只寄居蟹努力地想背着新壳走，但发现实在太重了，所以又慌张地钻回旧壳中。"它们的屁股上有杯状的小吸盘，"我说，"可以帮它们安稳地待在壳里。"

费普斯打了个哈欠。

我又指着一个尺寸几乎是同类四分之一大小的笠螺，壳上有条纹花色，看起来就像一顶斗笠。我告诉他，它们认路回家的能力让亚里士多德也赞叹不已，它们可以在海滩上弯弯曲曲地爬，到处搜刮食物，最后却总能回到原来的地方。这时我突然警觉，我必须找人说说弗洛伦斯的近况。她曾经像只笠螺，可现在已经渐渐变得像是无法动弹、一心等死的藤壶了。

我回过神来，在海滩上与更多的海虫和螃蟹偶遇。而我唠叨的讲解终于令费普斯不耐烦起来，他呻吟着说："除了藤壶的阴茎那段之外，其他的都是从学校放假以来，我所听过最无聊的垃圾了。"

听到这里，我甚至不敢与他对视。

"打起精神来嘛。"他拍拍我,"我带了一些真正好玩的东西来哦。"他从背包里拿出一本破破烂烂的《教父》,翻到第二十七页——哪几页比较色,他都已经背起来了——念起了其中的几个场景。书里某个虚构的女人,正向她的朋友描述她想象中的桑尼那活儿到底有多大,接着大鸟桑尼突然出现,和那群朋友中的某一个干了起来,动作又快又粗野,完全没有肥皂剧中一对陌生人在自助洗衣店里邂逅,并展开的浪漫对话。

这其中的某些东西又让我有点戒备起来,每当我直接或间接地听到女生们喜欢什么东西的时候,都会有这种反应。女孩儿们要的是什么?高大、黝黑和帅气?可我只是个矮小、苍白又平凡的小鬼头。我开始担心,我的身高会将我剔除在恋爱战场之外,就像一只叫声不够大、无法吸引雌性的青蛙。

"这些宝贝怎么样啊?"费普斯色眯眯地向我抛了一个媚眼。

"很像你喜欢的调调。"我嘀咕道,"大就是好,强权就是公理,这些废话跟你非常般配。"

他张大了嘴,说:"废话?你是在质疑马里奥·普佐[1]吗?"

"你爱上了马里奥·普佐。"我不耐烦地说。

"你很可笑耶。"

"就算你通读了某人编造出来的有关性的谎话,也不会让你变成爱情专家!"话一出口我就后悔了。

"爱情?"费普斯大叫,"谁在谈爱情了?你又觉得爱情是什么玩意呢,鱿鱼小子?"

---

① Mario Puzo(1920—1999),《教父》原著小说的作者。

"爱情就是，就算你知道不会得到任何回报，你仍愿意为某人做任何事。"我没办法控制自己。我又想起营救安琪的事了，不知为什么，我感觉很火大。"为此，你甚至愿意默默不署名地付出！"

费普斯盯着我，好像我疯了一样。"你说的都是他妈的废话。"

"是吗？"

"没错。爱情又不是搞慈善。爱情是做一些让彼此都开心的事，你送她一束花，她脱掉你的 T 恤之类的。"

"那和你直接去西雅图买一个妓女摸个痛快，又有什么不同呢？"我质问他。

他被问倒了。"买来的人你又不认识，"最后他终于说，"而且，那得花上一大笔钱，就没那么好玩了。"

"所以，爱情就是和你付得起、又认识的人快乐地上床啰？"

"一点也没错。"

"你真恶心。"

"我恶心？和巧克力色拉布拉多犬搞法式热吻的人可不是我！"

"你被开除了！"我说完转身就走。

他大笑："开除的原因是什么？"

"因为你是个浑蛋！"我回头向他大吼。

"你知道这根本不足以被开除！"

费普斯跟在我后面踏进水里，把话题岔开，想再和我搭上话。我不肯理他，虽然我其实很想问他，在他爸妈离婚前他收到过多少警告？在他妈妈和继父结婚前，他在那间公寓里住了多久？还有最重要的，他们花了多少时间，才挑选到合适的继父或者说新的家？

但我还是连看他一眼的心情都没有。当你很生气的时候，要你去看任何东西都很难，所以除了那只懒洋洋地躺在三十厘米深水里的巨大海参，那会儿没有其他东西可以引起我的兴趣。

接下来发生的事，对那只海参或费普斯来说都不太公平，但谁有办法对自己在愤怒时所作的决定进行辩护呢？

"那是什么鬼东西啊？"

它至少有四十厘米长，身体红艳艳的，水族馆绝对会买。但当时我想到的并不是钱。

我用双手轻轻地将它捧到腰际，费普斯伸手过来碰它。我小心翼翼地交到他手里，并后退了几步。

他专心地研究着那只海参，想借此修补和我的关系。他将海参翻立起来，想看看像花瓣一样的底端时，它突然喷出一股黏稠的红色内脏，力道之大，就这样直直地溅在费普斯的右脸上。

从我站的地方看去，费普斯的脸就像中弹了一样。他没发出任何声音，只是吃惊地盯着我看。

我从他长长的手指中接过那只缩瘪下来的海参，放回海湾中让它复原，然后脱下我的 T 恤递给费普斯。

"你早就知道会这样了。"他擦了擦脸后，又不断用水泼洗自己。

海参在受到惊吓时，会有吐出内脏恐吓敌害的护身妙法，等脱离危险后它们的内脏又会以惊人的速度长回来。我从来没有亲眼看过它们这样做，但书本里写得很清楚。因此我是在报复的同时顺便达成了我的愿望。

他继续泼水洗脸。水面逐渐平缓后，映出他的微笑，我这才松了一口气。

平静开阔的水面会将声音放大，即使是轻声谈话在百米开外也能听得到。所以，如果说一两公里外有人听到我们的笑声，那也绝不夸张。

9

七月十七日的夜晚，算是夏天里让人最难忘的几个日子之一吧。所有人都被夏日的热浪弄得昏昏沉沉懒洋洋的，似乎没有发生任何值得回忆的事。落日时的一片炫紫——和贻贝壳里的颜色一样——就算是一天中比较特别的景象了。

南湾沿岸的气温通常都在四到十六摄氏度之间，到了夏天也差不多，只有少数几个星期会突然间骤升到二三十度，酷热得就像是老天在和我们开玩笑，糊涂的邮差把热带的气候错送来这里了。不过和山区一样，太阳下山后气温就会跟着降下来了，只不过让空气冷却下来的不是海拔高度，而是海洋。除非经过太阳的烘烤，否则吹拂到北太平洋上的风都被又深又冷的海洋冷却过，因此对于峡湾沿岸长大的小孩来说，晚上只穿 T 恤简直是一件怪事。这又是一个典型的峡湾之夜，手中的桨像是一支湿淋淋的火把，每一次划动，都会在水面上溅起点点光亮。

磷光闪闪的夜晚将船桨变成了魔杖，把孩子变成了巫师。我沉溺在这种神秘的幻想中已经好多年了，听过克拉马教授解释其中的原理后，反而让我的幻想更丰富了。

在某些浮游生物特别繁盛的日子里，整个海湾会布满许多比尘埃更细小的发光性植物和动物，它们不断相互撞击，在海水被搅动时也会发光。这样的夜晚在平静的内陆水域通常并不起眼，但在海边，当浪花冲击到岸上激起一片花火时，总能烙印在我们的心中。教授的解释让我明白，大海里生物的密度要远大于陆地上，就连那三十多米长的蓝鲸吃的也不过是米粒大小的磷虾，就像大象靠吃小昆虫维生一样。

就这样，我被热浪和磷光所诱惑，划着小舟来到海湾上。我没有带袋子或铲子，因为在这最安静的时刻，除了莹然如玉的船桨和其他熠熠生辉的东西之外，我一无所求。我坐的位置太低，除了我自己制造出来的亮光，以及飞梭而过的鱼激起的点点流星之外，看不到太多东西，但在彭罗斯角附近翻腾着的一抹闪光，是如此的夺目，让我忍不住改变了航道。

我猜那可能是一只顽皮的海豹或鸟儿打架所造成的，但那亮光又强烈得不像是它们的杰作。它并非一闪即逝，而是持续了很久，因此即便相距四百米，我还能赶得及划过去看看。划到附近时，我放慢了速度，在还不清楚那狂热的东西是什么之前，我可不想贸然地闯过去。在我敢靠近的最近距离外，我转开快没电了的头灯，感觉自己像是划进了某个古老的航海故事里——船长们发誓自己真的看到过水面上有多臂怪兽在翻腾的那种故事。

我随着水流往前漂，那骚动的亮光横跨大约有两米，本来看着像是在黑暗中发亮的大章鱼，但随着我的靠近，也渐渐变成某种我似乎了解的东西。我曾经在书上看过，海虫偶尔会群聚在海面上交配，但我从未见过甚至不敢想过会有这么多、这么大的海虫。它们离我还有五六米远，但我可以数得出来的就得有十来只，它们扭动着蓝绿色的身体，每只几乎都有六十厘米长。这些好色的发光海虫，我发誓这一定是我这辈子看它们的最后一眼，光是想到它们可能扭动着身躯钻进我的小船里，就足以让我心惊胆战。我疯狂地一阵乱划，朝着长青州还未开发的海岸线逃去。

§

那附近有所大学，能彰显这一点的唯一线索，便是位于一整排高耸杉树外的那片裸体海滩。在那里最常看到的是留着大胡子、满身刺青的男人，他们看起来就像是不小心掉了浴袍一样；但偶尔也会出现个把全身赤裸的女人，这足够引诱我不时地过去逛逛了——就连晚上也不例外。我把小船划得更近些，近到可以看清海滩上有一堆压皱的牛仔裤和一只半空的酒瓶——因为刚才的海虫，心脏还在跳得飞快的我，急切地往海滩上张望，希望能在凌晨四点的月光下，看到一群酒醉的裸体女人在沙滩上狂欢作乐。

我让潮水将小船托高滑上岸，没有搁浅，也没撞上山坡冲刷或跌落下来的大石头和树桩。

我努力搜寻，终于看到有个东西正在泛着泡沫的海水边缘摇晃。

当然了，我头一个想法是，但愿那是一对纠缠在一起的情侣，不过那东西看起来太长太大，就算是一对胖情侣也不可能。我靠得越近，越觉得那像是一只麻斑海豹，但未免还是太长了。莫非是海狮？但我知道海狮不会出现在南湾的泥滩上，而且体型也没这么大。我将小船拖上海滩，伸了伸腿，朝那不知是什么鬼玩意的东西走去。不断拍打着海岸的潮水，让人有那家伙还活着的幻觉，但其实这只生物已经发臭了。它至少有两三米长，身体有金枪鱼那么大，但完全没有金枪鱼的那种优雅。它身上有鳍，但没有鳞片；它不是海豹，也不是海豚、海狮或幼鲸。我越看越觉得它像某种史前生物，巧克力色的皮肤上疤痕累累，仿佛曾经被拖船擦撞过或被人从碎玻璃上拖过。它身体的侧边还有弯弯一排的环状伤口，我惊讶地想到，这似乎和那只巨鱿触手上的吸盘大小差不多。

我解开我的系船绳，绕在那只鱼的尾巴上，再将绳子另一端绑在一根残树桩上，暗自祈祷这树桩不要随潮水漂走。然后我把船推下水，努力地往家的方向划，像一根燃烧的引信，跨越了黑色海湾的两个对角。我想象着安琪正从上方看着我，为了打动她，我奋力摇桨，之后手臂还因此酸痛了好几天。

§

这一次来的只有克拉马教授和一位州政府的生物学家。一开始，我还担心把他们叫来只是白忙一场，但他们看了那鱼一眼后便对视了一眼，从那神色看来，我知道这对他们而言绝不是一次普通的发现。

不过，教授还是尽了他的首要义务：先教训我晚上独自划船出去有多危险。他检查我的救生衣，咂巴了一下嘴后，又检查了我的小皮筏。

这艘皮筏是在一次神奇的暴风雨中漂来的，之后爸爸要我把它放在我们屋子侧边的沙滩上，放了整整一个月。尽管那是将近一年前的事了，但我仍然很害怕随时会有人来把它要回去。

"你就划着这个东西到处跑？"他问。我看得出来，这只小船在他眼里不过是一个二十多厘米长的便宜塑胶废料。

"它完全不会漏水，"我辩护道，"而且从来没有翻过船。它很完美……对我来说。"

教授又嘟嘟囔囔地说了一些要小心之类的话，就跟生物学家一起去查看那条鱼了。我没有说出发光海虫，也没有询问巨鱿的事去打扰他们，只在等了一会儿后才向他们指出那些伤口。

生物学家透过厚厚的眼镜盯着那条鱼，镜片将他惊讶的表情更加夸大变形了，然后他不时瞥教授几眼，想确定他们注意到的是不是同一件事。这些家伙就是这样，只会埋头测量、分类、素描画像和嘀嘀咕咕一些专有名词，在做完这些之前，他们绝不会说出自己的想法。我猜这是一只底栖鱼，但我不明白，这只来自海底深渊的神秘怪鱼，就像那只巨鱿一样，通常应该只会被发现在抹香鲸的肚子里才对，为什么现在都出现在我面前？好一会儿后，两个大人终于迟钝地勉强承认了一件显而易见的事实：它侧腹上的环状伤口，不论是形状或大小都的确与巨鱿的吸盘相符合。

"天啊！"教授呻吟着说，"这只褴鱼①跑到这里来做什么啊？"

让人吃惊的是，他提出这个问题时并没有看着那个州政府派来的家伙。"你想它们是一路搏斗着游到海湾来的吗？"他问，"天啊，迈尔斯！"

我开始兴奋起来。他的话让我脑海里的鱿鱼动了起来：它挥舞着黏糊糊的、像鞭子般的触须，和这只底栖大怪鱼搏斗着。两个家伙一定是从无底的深海一路翻滚摔打来到峡湾上，并朝着浅水域接近，在一阵乱斗后，终于精疲力竭而死。

"我的老天啊。"克拉马教授又感叹了一次。这只鱼当然会令我感到惊讶，但教授可是见多识广又博学多闻的，他一定是困惑极了，才会这样把老天爷挂在嘴边。

差不多同一时刻，我开始暗暗怀疑，自己是不是真的被选为传递

---

① ragfish，北太平洋鳍鱼类，一般生活在深海里，通常以巨鱿、章鱼等为食。

某种讯息的人了。也许弗洛伦斯说得对,我心想,我真的是被派来这里做大事的。

不过是找到两只死了的怪物就这样自大,这听起来或许有些孩子气,但有哪个十三岁小鬼可以在这种让海虫兴奋发光交配的奇特夜晚中,看着两位厉害的科学家彼此交换怪异、兴奋的眼神呢?他们的手电筒在那鱼的身上闪烁,让它看起来更像是不属于真实世界的东西,仿佛是海洋吐出的某种遗迹,要提醒我们人类掌握的知识实在少得可怜。但这景象如果出现在白天,就不会有这样的效果了。

这时,一对衣不蔽体的大学生情侣刚好经过我们身边。原本吵吵闹闹的两个人,看到那条鱼的瞬间也困惑得说不出话来。

10

那条鱼到了早上就和巨鱿一样，被拖到同一所大学的实验室去了，克拉马教授和其他科学家到现在还在检查那只该死的巨鱿。隔天，一位记者打来电话，问她是否能来和我谈谈那条不寻常的鱼。

我打开门后，有一位瘦骨嶙峋、相机斜挂在胸部正中间的高个子女士低头看着我，问我迈尔斯·欧麦里在不在家。当我告诉她我就是时，她的欣喜让人一目了然，而我只能微微一笑。

"就是你发现了那只大鼠鱼①吗？"

"是襤鱼！"

"发现那只巨鱿的也是你？"

"嗯哼。"

我还以为她会尖叫呢。她的脸看起来就是那种，你得聋了才能和她相处愉快的人。她问我爸妈在哪里，知道他们都去工作后，她似乎更开心了，不停地四处打量。然后我把她带到外面，让她去看我的房间。她跪下来，潦草地记下堆在我床边的蕾切尔·卡逊和其他海洋书籍的

---

① "襤鱼"的英文是ragfish，女记者口误说成了ratfish，即"鼠鱼"。

书名。从我的角度看过去，她那没扣住的衬衫领口可以窥视到蕾丝胸罩和大小适中的上半个浑圆。我就是没办法控制自己不去看，要是让费普斯看到这一幕的话，他大概连三只水母都咽得下去。我让她看我的水族箱，又和她聊到我的标本采集生意。她边听边点头，好像听的是她最喜欢的音乐。

我猜这一切都让她着迷不已，就像它们吸引我一样。我终于发现在我的引导下，也有人能分享我所着迷的事物了。启迪费普斯是如此的费力且无果，但之后竟能发现一位漂亮女士，看起来不但能理解这些让我兴奋的事，连我说的话都会记笔记，这简直让我乐到发抖。在我们往海湾走的路上，她不断鼓励我继续发表长篇大论的无聊废话，还开始帮我拍照——她疯狂地拍着，好像我是什么牛仔裤广告模特儿一样。

"假装你在采集什么东西的样子。"她从镜头后面指导我摆姿势。

我四下看看："可现在是涨潮呢。"

"你涨潮时就不采集东西了吗？"

"应该不会吧。"

"哦，那就假装一下好了。"

有些小孩很会假装，我不算很擅长，但如果你看到那些照片就知道，我蹲下来捡起一个普通扇形贝壳时的迷惑表情，还真像捡到了什么神秘宝贝似的呢。

"迈尔斯，那是什么？"她一边按快门一边问。

"一个蛤壳。"我说。

"真的吗？哪一种蛤类？"

她蹲下身子，相机仍然贴在脸上，上衣领口垂下露出一个口。我忍住自己再去窥视的冲动，紧张地看看四周，确定没人跪在我后面，免得我心跳加快时一往后退就被绊倒。像费普斯，他就最喜欢这种恶作剧了，而且他会这么做，一点也不让人意外。不过，四周除了我们两个外没有别人。

就在我目光扫过海湾时，她拍下了那张登在报上的照片，照片里的我拿着那个愚蠢的贝壳，凝视着水面，好像正要发现另一只襁鱼、巨鱿或十几只蓝鲸的样子。

我本来以为这些东西都只会被埋在报纸的某个小角落而已，但之后她突然向我要克拉马教授和爸妈办公室的电话。她还说，她想和史坦纳法官及费普斯也聊一聊。

"为什么？"不断涨起的海浪将一根海草或是垃圾什么的悄悄送到她身后。

她不耐烦地皱起眉头。"如果我要写你的故事，就必须和认识你的人谈谈，不是吗？"

"我还以为你要写的是襁鱼的故事。"

她大笑起来。她倒很坦白："只是个关于某个小男孩不断在峡湾区发现新奇玩意的小故事而已。"

"怎么样的故事？"

"好故事。一个很好的小故事。"

我点点头，但其实还是很困惑。她放下相机，朝她车子的方向看去。

"下一次的大退潮是明天的七点十八分。"我绝望地说，"你需要的话我可以带你到处看看。"我感觉自己好像快要失去一个朋友了。

"我很乐意。"她说，但她的表情告诉我那不是实话，"但我不确定是不是一定能过来。"

她瞄了一眼手上小巧的腕表。"迈尔斯，以你的年龄来说，你会不会太矮了？"她说。

"以你的年龄来说，你会不会太没礼貌了？"我脱口而出。

她往后退了几步，好像我吐了口水在她额头上似的，然后像卡通人物一样哈地干笑了一声。

"说得好。"她说。

突然，她向我致谢，并用温热的手用力地和我一握，仿佛我免费帮她的花园除了草似的。

接着她便一路小跑到她的车边，把车开走了，车轮还扬起了阵阵沙粒。

我走到水深及臀的地方，去查看刚刚漂到她身后的是什么东西。那玩意上面长满了细小的藤壶，等我把它翻过来才发现原来是一只曲棍球手套。

如果是棒球手套还比较合理，我认识的人里没有在玩曲棍球的。而且，那手套已经硬得像木头一样，又重得不可思议。我研究了好一会儿，心想不知道这是否也有什么特殊寓意。

§

我妈妈看到报纸时，双手都发起抖来。

有时候，光是她的脉搏跳动就可以达到同样的效果——她的骨头会随着每一次的心跳而晃动。我爸爸的手就从来不会抖，不过他常常很臭，身上不是沾着古风止汗剂，就是曼能菲子粉或斯科普漱口水的味道；否则就是金枪鱼味掺上 BO 白兰地以及皇冠牌威士忌的大杂烩；甚至可能以上皆有。这天早上，他的嘴巴臭得简直就是一个月没清洗的水族箱。他站在妈妈身后看报纸，每当她要翻页就不停地叫她等一下、等一下。

那篇报道我已经看过两次了，一次是在信箱旁边，一次是走回房子的道上。那位记者女士把我塑造成本地的汤姆·索亚①，整个夏天都和伙伴"哈克"·费普斯②在海滩上寻宝。克拉马教授称呼我是小天才，"对海洋生物有着永远无法满足的兴趣"，还说巨鱿和鳕鱼是南湾有史以来最重大的发现。然后是史坦纳法官，他宣称在他雇来照顾牡蛎田的所有年轻人里，我是知识最丰富、最值得信赖的一个。至于我最忠实的好伙伴费普斯呢，对我的评论则是："他是个怪胎。这家伙还算不错啦，但只要一谈到海洋生物，他就变成一个彻底的怪胎。"

报道里面有我说过的话，也有那位女士宣称是我说过的话。这篇文章将随着时间泛黄，最后会像那些冰冷的历史资料一样，垫在人们的抽屉里当衬底，一想到这我就忍不住口干舌燥，头晕目眩。我自己在脑海里先将这些都想过一遍后，才不情愿地将报纸递给妈妈，那感觉就好像床上盖了好多层毯子，让你的感冒由发冷变成冒汗。我知道那篇报道会写一些糟糕的事，但这天早上我看过之后完全不知道该说些什么。如此大胆无耻的谎言，让我说不出话来——"海滩对迈尔斯·欧麦里所说的话。"

我可没这样告诉过她啊！我和她谈了将近两小时，从来没说过海滩曾告诉过我什么狗屎东西！她是从哪听来的啊？其他小孩已把我当成科学怪胎了，还有必要再让他们以为我是能跟沙子说话的疯子吗？

我等着爸妈来质问我有关那句话的事，质问我是不是个疯子，但他们只是匆匆地略了过去。真正把妈妈惹毛的是文中对我们家房子的描述："两栋寒酸破旧的小屋，看来就像随时会崩塌在海滩上一样。"

---

① 马克·吐温小说《汤姆历险记》的主角。

② 哈克是小说中汤姆的冒险伙伴。

"西恩，她说我们很穷！"

"她在哪里这样说？"老爸的两眼充满血丝，看了半天还没发现在哪里——也许其实他已经看到好几次了。"看起来还好啊。"他说，然后又回头从他刚才看到一半的地方继续看。妈妈只好不断偏过头去避开他的呼吸，并反复地指着那行字——"迈尔斯的爸爸西恩·欧麦里在酿酒厂工作"。她一心想激起他的怒气，说道："她没有提到你是轮班经理，不是吗？"

爸爸咕哝了几声，耸耸肩。当有人问到他的工作时，爸爸总是回答做啤酒，只留下妈妈去夸耀他手下还带了二十六个人。他缓慢吃力地看完那篇报道，然后看着我，既没有骄傲也并不觉得丢脸，而是一脸疑惑地问道："你床边堆了这么多书，而且几乎每本都看了至少两次？"

他不断发出哇的惊叹声，不过对我的评价并没什么提高，直到电话不断响起，他们接到四个朋友兴奋的来电后，情势才有了改观。突然间，妈妈开始煮起我最喜欢的荷包蛋，而且还管我叫做"我们的天才宝贝"。我很喜欢她用"我们"这两个字。一只丑陋的怪鱼竟然能帮忙把我爸妈凑在了一起，这听起来实在不太合理，但自从史坦纳法官说她是他所知的最见多识广的公民以来，我还没见妈妈这么开心过。至于爸爸呢，则是一副头刚刚被猛撞过的样子。他跟在我后面，走进好几个月没来过的车库，盯着我不断翻搅的半满水族箱，目光停在那只橘红色的海蛞蝓身上久久不能移开。

爸妈去上班后，另一波的电话蜂拥而至。《塔克玛新闻论坛报》《西雅图时报》和其他三家报纸的记者，都努力地想哄我邀请他们过来谈谈。可我没什么想谈的。我拿起那个《奥林匹亚报》的记者留在我们桌上的名片，打电话给她。电话还没响满一声，她就接起来了。

"我是迈尔斯。"

"大红人迈尔斯？有什么事吗？"

"我从来没说过沙滩会对我说话。"

她哈地干笑了一声："那是我说的，不是你说的。那是我用来传达的一种方式，你知道，就是你非常了解沙滩的意思。"

"那只会让我听起来像个疯子！我的意思是我听到蛤蚌喷水的声音，那告诉我它们可能很紧张；我听到潮水流经沙砾的声音，那告诉我它们正在往后退而非前进；我还听得到螃蟹掠过水面的声音，和藤壶闭上壳的咔嚓声……但海滩并没有对我说：'嗨，迈尔斯，最近好吗？'"

她又哈的短短干笑一声，仿佛很赶时间没法好好笑完。"那会让人感觉你很聪明，而不是疯狂，所有读过报纸的人都知道，只有加上引号的句子才是当事人说的话，其他的部分都是我说的。迈尔斯，是我根据我所观察到的东西说的。"

她这很明显是在试图狡辩，但我也不想让她觉得有罪恶感。就是有这么一种人，无论你给他们多少次机会，他们永远都不会承认自己把事情搞砸了。"两小时之内就要退潮了，"我说，"如果你真的想看海滩上有什么的话。"

"什么？"她听起来像是突然变了一个人，"抱歉，我得去忙了。再联络吧。"

她当然没再跟我联络，直到她捏造出的小迈尔斯·欧麦里的神话有了更戏剧化的转变为止。

11

"所以，现在海滩正在对你说些什么呢？"费普斯问，表情像个传教士一样正经八百。

"闭嘴！"我的脸已经红了好几小时了，"你才是怪胎。你是个乳头怪胎，你知道吗？"

"我有否认吗？你火大是因为我告诉那位女士你是怪胎吧？所以你才心情这么差吧？你应该以身为怪胎为荣才对，迈尔斯。看，大家多注意你啊！"

"是啊，真是太棒了！"

"嘘！"费普斯打断我，"我想海滩刚刚好像在说什么呢。嘘……"

"少来。"

"嘘……它又说话了。"他压低了声音，嘴唇真的几乎没动，"我等不及那该死的、他妈的潮水赶快涨上来了。"

他大笑着，几乎无法控制自己的平衡和呼吸，看起来实在太笨拙可笑了，害我也差点忍不住笑了出来。

这天我们又来到了查塔姆湾，根据我们的判断，退潮的水位是负二。即使天空阴阴的，太阳还是像七月时一样炙烤着我。费普斯却没有这样的困扰，照他自己的说法，因为他又高、又黝黑、又迷人。每当我觉得自己的确晒黑了一些时，他就会将红彤彤的手臂伸到我的旁边，吹着口哨，进一步证明我比他想象的还弱小。

在我们休息吃午餐时，我担心起弗洛伦斯来。过去一星期来，我帮她准备了六天的午餐，虽然只是金枪鱼三明治和一些葡萄，但我看得出来，如果我没准备，她就根本不吃饭。我想到她坐在椅子里等我的样子，才惊觉这一星期以来，我的心情已经从很自傲能帮她准备午餐，变成了如果没去就会自责。

费普斯打断了我的罪恶感，他说他又带了另一个富有教育意义的玩意给我。我本来预期他又要念一段《教父》，让我自觉像个发育不良的小矮子，没想到他这次带的是一本叫《变化》(Variation)的杂志，大小和《电视周刊》差不多。封面上的女人对我展示着舌头和胸部。

"你从哪儿拿到的？"

"从我哥的《汽车与驾驶》杂志后面拿到的。"

"她是歌手吗？"

费普斯大笑："这很重要吗？"

"我只是很好奇她是不是演员或歌手，或者某个我们认识的人。我只是想知道自己看到的人究竟是谁罢了。"

"是吗？"他又大笑，"那你来看看这个宝贝，也许你可以认出她是谁哦。"他快速地一页页往后翻，里面大部分是文字，但也有很多小照片。他翻到某一页，上面有个穿牛仔短裤的女孩，不过裤子已经褪到她的膝盖附近了。她用双手托着自己的乳房，像在卖苹果一样展示着，照片上还有一行字：邻家女孩。

"认得她是谁吗？"费普斯设下圈套。

我的脑子里一片混乱："不认识。"

"她是那个邻家女孩啊。"他挤了挤眼睛。

"谁的邻居啊？"我开始冒汗了。

"某人的邻居啊。你以为漂亮女孩就没有邻居吗？"

我不知道该说什么。她看起来的样子，就像是胸部摸起来很舒服，舍不得将手放下似的。费普斯解释说，这照片一定有用喷枪美化处理过，他听他哥哥说这种图像处理小技巧可以盖掉青春痘、蚊子叮咬的痕迹和胎记。"还可以改变嘴唇、微笑、眼睛颜色和乳头大小呢。"他一副行家的口吻说道。

"我知道。"我说。这种无知的感觉让我十分厌烦。

他继续用手指一页页地翻，找别的东西看。突然间他翻到一堆小小的照片，上面的女人展示着自己的私处，引诱我跟她们上床——至少那大大的标题上是这么写的，上面还登着她们的电话号码。我简直不敢相信。显然如果你有胆的话，就可以马上打电话给她们。

我往后退，觉得难以接受。我看过《花花公子》的插页照片，也仔细研究过《体育画报》比基尼专题里的每一张照片，但我从来没看过女人的私处就这样明目张胆地展示在她们的电话号码旁。费普斯大笑道："怎么了？你不喜欢看裸体的女人啊？"

"我又不是她们的医生。"我说。对费普斯这种人来说，这个回答真是愚蠢到家了。

他在旁边自顾自地大笑了一阵，然后说："我打赌你一定想当安琪的医生。"

他还在那摇着后脚跟，半闭着眼的当儿，我扑上去啪地给了他一巴掌，开始拼命地追赶，直到他上半身躺平，膝盖整个跪在沙滩上为止。但他还是没忘了把他老哥那本变态杂志紧紧抓在胸前（天啊！），免得把书弄湿了。

事情发生得太快，连我自己都搞不清楚是怎么回事，在费普斯来不及第二次骂我"他妈的怪胎"之前，我听到摄影师的声音，还看见那个在我发现巨鱿的早上问过我许多问题的女记者。他们一面磕磕绊绊地跨过覆满藤壶的岩石朝我们走来，一面大声说话，对于自己的大嗓门毫无知觉。

"糟了，"我说，"是电视台的人。"

"太好了，"费普斯爬起身来，"他们可以拍下我把你踢得屁滚尿流的样子。"但他显然只是嘴巴说说而已，谁会想被拍到自己以大欺小的样子？

那个女记者大声喊着我的名字，挥手跟我打招呼的样子好像我们是表姐弟一样。

"她很可爱。"费普斯根据远在十五米外的判断，断言道。

她走了过来，向我伸出一只手。我试着想和她握手，但又有点尴尬不知该真正握住，还是用对待淑女那样只是轻触手指。她握完后连忙检查手上有没有沾到泥巴，结果还真的沾到了一些。

"还记得我吗，迈尔斯？"

我心想，你就是那个呕吐的假人模特儿，然后点了点头。我打定主意什么也不说，但会不会事情其实没那么严重？如果她和我对话的方式，就像那个记者小姐一开始时的那样，又该怎么办？

她并不像费普斯说的那样性感可爱，两只眼睛分得太开，看起来好像一只双髻鲨①。她说了一大堆废话，我都没仔细听。最后只听见她提到发现巨鱿的那个早上，我说过也许地球想要告诉我们什么。

费普斯强忍着没笑出声。

---

① hammerhead shark，头的前部向两侧突出，眼睛在突出部分的顶端，如同古代女子头上梳的双发髻，又称丫髻鲨。

"我不应该那样说的。"我咕哝着。

"为什么不应该？当时我们都觉得这句话很有煽动性，是一种很聪明的说法。现在，根据你所发现的鼠鱼来看——"

"是鳉鱼！而且我也没有任何证据！"

"什么东西没有证据？"

"没有证据可以证明地球想告诉我们任何事！"我听着海滩、海水和天空的声音，就是没去听她在说些什么，但我努力别让人看出来。

"那么，你要怎么解释那条……什么鱼呢，迈尔斯？"

"我没办法解释，我只是看到它而已。"

"很好，好极了！那我们可以跟着你在这儿逛逛，看看你看到了什么吗？"

我故意看看四周，又低头看她脚上全新的橡皮靴。"我们只是在挖蛤蚌和找些东西而已。"我说。

"太棒了！"这时她才终于想起，向我介绍了一下那位摄影师，他含糊地打了声招呼。摄影师肩膀上扛着摄影机，半蹲着身体，看起来好像要放屁或是掷铅球一样。

我忘了自己到底有没有同意，还是我根本什么也没说，反正她和那个摄影师就这样跟着我们往潮汐线走去。这个时候，费普斯自动变身为我所见过最权威、知识最渊博的标本采集家。"看到那个钥匙孔形状的洞了吗？"他指着泥地上的一个小洞，"那底下有一只大约二十厘米长的奶酪蛤。"他用铲子瞄准那个洞，用夸张的姿势往里用力地铲了几下，然后用铲子边缘轻轻地刮，直到那只肥硕的灰色软体动物现身为止。接着他将贝壳轻松铲起，得意扬扬地丢进篮子里，双手完全没沾到一下。电视台的人呆呆看着那只从壳中探出身体的小家伙，又惊讶地看看费普斯。他对着他们眨了眨眼睛。

我在不断后退的潮汐线边缘闲晃，听着费普斯胡说八道，希望他们会因为听不下去而离开。

这时我发现一个象拔蚌的呼吸管，只好不情愿地把他叫过来。他这次可真成了英雄人物。他英勇地铲着，额头上冒出了点点汗珠，因为铲出的洞又迅速被水填满。当他整个胸部贴在泥地上，伸长手臂把象拔蚌给抓出来时，我听到那位女士由喉咙里爆出了阵阵笑声。我就知道费普斯会这样做，但我不想看，因此转身大步走开了，几秒钟后，就听到他像匹种马一样自鸣得意地笑着。

有好一会儿他们都没跟上来，我喜欢这样，因为身边没人时，我可以看到更多的东西。但她很快又赶到我的身边，问我在找什么。"最主要是海星，"我说，"但任何其他特别的也都可以。"

我希望她能离开，但又忍不住把那些在浸水区舞动羽状触手的藤壶指给她看，就像花枝招展的南方女子。"它们正在捕捉细小的动植物，抓进壳里吃掉。看到了吗？"

她嘀咕着说了些什么它们"很难拍"之类的，但她离我太近了，飘来的阵阵香水味让人很难专心。有些香水会让你敬而远之，或让你打喷嚏，但她的味道却能诱惑人更靠近一些。

"你连藤壶都有兴趣啊？"她问。

"要不是有它们，我们可能都不会存在。"我告诉她。

她张大了嘴巴，但发不出任何声音。我继续往前走，将她带进深及足踝的海水里，介绍黑爪泥蟹、沼地瓷蟹和绿滨蟹的分别。她要我抓一只螃蟹来看看，但摄影师就尾随在我们身后，我不想拿着某个我根本不会想搜集的玩意，又被拍到一张做作的照片。

"你有听到嘎吱嘎吱的声音吗？"我问。

"有。"

"因为你踩死了很多沙钱。"

她缩了一下。

"走这边吧。"我说。

她有点不好意思，小心翼翼地跟在我旁边。摄影师咕哝了几句，然后打了一个哈欠。

"你觉得那是什么？"我问。

"轮胎残骸？"她顺着我指的方向看去。

"不对。"

"通马桶的活塞？"

"也不对。那是上千个月螺的卵。"我开始解释月螺是如何将卵和沙子、黏液混合在一起的，还有它们庞大身躯上的保护膜会分离出来，不经意地遗弃在沙滩上。有些好心来沙滩上捡垃圾的人就会把那也当成垃圾捡起来。

正当我努力讲些无聊话题好让她不耐烦离开时，突然看见某个长得像是太阳一样的多触脚生物，在沙滩上爬行。

它差不多有一个下水道的盖子那么大，背对着海水一寸一寸地在沙滩上爬着，速度是我所见过的海星里最快的。它那偌大的微微发亮的红棕色身体，被二十二只触脚簇拥着。女记者倒抽了一口气，摄影师则是一阵咒骂。

"它在这里做什么？"她问。这时费普斯也赶了过来，嘴里忍不住爆出一串脏话。

"享受蛤蚌大餐吧。"我带着推测的语气回答道，"通常只有潜水员才有机会看到向日葵海星，尤其是体型这么大的，不过这家伙显然只顾着吃忘记了时间，或者根本没想到海水会涨到这么高的地方来。"

我伸出双手，小心翼翼地把它翻过来，它那带着上千只细小吸盘的脚微微地闪烁发亮。我将它翻回来，把它每一只脚尖端上对光线十分敏感的眼睛指给其他人看。"向日葵海星是全世界最大的海星，所以我们现在看到的，很有可能就是全世界最大的一只呢。"我向他们解释，向日葵海星就像是潮间沼地上的大灰熊，"其他海洋生物一嗅到它的味道就吓死了。海参会立刻让路，海扇贝会连忙往水里跳，连沙钱埋进沙里的速度都会比平时快。"我开始测量这只海星的尺寸。

我仔细研究它的体色，又用一根手指摸过它多刺的背部，

"你觉得为什么会是你发现了它呢，迈尔斯？"女记者突然问。

我刚想开口回答便被呛到了。

"为什么你似乎总能在这片海滩上发现奇妙的生物呢？"她锲而不舍地问。我注意到她手上银色的麦克风，又看向她身后的摄影机。

"因为我一直在看，"我说，"这里有太多东西值得我看了。"

"但是你不断发现人们在一般状况下应该不会看到的东西，不是吗？"

"如果你在这里待得够久，不同寻常的东西也会变得极其普通。"我忍不住说个不停，"就像威士忌角那些钳子上长毛的新种螃蟹，我五个星期前才第一次看到它们，现在那里已经到处都是了。还有煎饼湾也被一种新的海草占据了，你在那里几乎很难看到其他种类的海草。"

在我还说了一些类似的东西同时，她身后有一只大老鹰正准备往水里潜，但又突然放弃了突袭行动，改从海滩边上滑翔而过。跟老鹰相比，其他鸟类看起来实在是太过寒酸了。

"所以，或许呢，"她试探性地问，"就像你发现巨鱿那天所说的，也许地球想要告诉我们什么事。如果真的如此，你觉得它想说的是什么呢？"

我犹豫了一下，说："它或许是在说：'你们要注意了。'"

"这意味着，你觉得人们不够注意某些东西吗？"

我闭上嘴巴，听见费普斯嘀咕着："你又来了。"

"我没有说这是一个问题。蕾切尔·卡逊曾说，人们对海洋了解得越多，就越不可能去伤害它。"

"谁是蕾切尔·卡逊？"

费普斯在我身后咯咯傻笑。"她是个天才。"我说。

"死掉的天才。"费普斯补充道。

她试图让我再多说一些，但我已经说完了。我告诉她我累了，这是实话，但更重要的是，我希望这一切就到此为止。

"你觉得有什么事是我们该做的呢，迈尔斯？"

我深深地吸了一口气，说："我想我该把这只大海星放到我的水族箱里。你能不能拉我一把？"

她当然照办了。她也像安琪那样把手臂环在我身上，但没有任何感觉是值得我留念珍藏的。

突然间，她的香水味变得如此刻意，和这块泥沼地格格不入。这让我感到害怕。

12

幸好家里没有人在等我回去，我一回到屋子里便倒头就睡，这一天简直是场噩梦。

无论是喋喋不休的海鸥和吱吱喳喳的苍鹭，或是哈龙桥上零星的车流和远方一零一公路传来的笛声，都没办法将我吵醒。就连日落房产工地上的卡车、榔头、电锯所交杂发出的隆隆噪声，也对我毫无影响。我一直到睡够了，才自己慢慢醒来，茫然地研究着一粒在空中盘旋打转的灰尘，这让我想起从前在我婴儿床上旋转的电动小鱼。根据妈妈的说法，我会说的第一个字就是"鱼"，剩下的要怎么想就随便你了。我闭上眼睛，各种影像开始在我眼前盘旋，其中最清楚、最强烈的就是安琪和那张邻家女孩的照片。我将两者融合在一起，果然在我和床单缠绵亲热时发挥了短暂的刺激，但邻家女孩的脸又突然变成那个电视台模特儿假人的脸，这把我吓得几乎完全清醒过来。无论我多努力，就是没办法把安琪的脸固定在融合的影像中，这会让我有罪恶感，而且把她的脸和别人的身体拼在一起，更让我觉得自己不忠。把弗洛伦斯"在清醒时做梦"的小技巧用在这么唯心的目的上，感觉也不是很好。

我门上的插栓早已经松了，所以只要有人敲门就会配合地咔嗒咔嗒响。但这一回，我听到门发出极富节奏感的咔嗒声时，不仅没有醒过来，反而更迷惑了。

　　我为什么没听到有人爬上楼梯的声音呢？妈妈是唯一敢冒险上来的人，但这个时间对她来说还太早，不是吗？刚刚所有跟性有关的念头，此刻都消失得无影无踪了。我匆忙拉上短裤，心中暗暗祈祷——要是费普斯的话，就是上帝助我了——不管来的人是谁，最好刚刚都没有人从窗户偷看过我。

　　我打开门，我的安琪·史坦纳正站在门外垂眼看着我，她微微扬起嘴角，露出了一个疲惫的微笑。"媒体宠儿来啦。"她边说边瞥了我赤裸的胸膛一眼。

　　这是安琪第一次在不是当保姆的时候来我的房间，也就是说，这是三年来的第一次。她笑眯眯地看着我房间里成堆的书、袜子和内裤，便大摇大摆地走了进来，双脚大开着一屁股坐在我皱巴巴的床上。身上闻起来有香烟和肥皂的味道。

　　"恭喜哦。"她说，目光再次扫过我已经红彤彤的身体。

　　"恭喜什么？"我问，"我刚刚正在做伏地挺身和抬腿运动，为明年的摔跤比赛做训练。你知道的，如果我愿意的话，是有可能出赛的。我是说，他们也想要叫我参赛，可我还不确定。那个教练是个怪胎，而且我还有很多别的事可以做……"

　　我在某些书上看过，人在说谎的时候会不自觉地屏住呼吸，也许这就是我会觉得头晕的缘故吧，如果我再一直说下去的话，可能会马上昏倒在地。

　　她眯起眼睛打量着我，歪嘴笑了笑，然后抬起臀部，抚平底下的床单。"所以，你是怎么把最近的新发现变成头条新闻的啊，自作聪明的小鬼？"

　　"那又不是我自己想要的。"

"不是吗？"

"很丢脸耶，"我口干舌燥到嘴唇都粘在一起了，"我真没听过沙滩跟我说过话，好吗？"

她咯咯笑道："我以前只知道，报纸上写的向来都是些下作的事，现在突然间，竟然出现了一篇和我的小迈尔斯有关的温馨小故事。"

我考虑要不要告诉她关于第七频道的事，还有我是多害怕自己跟他们说得太多了。但突然间她的头躺了下去，开始在我的枕头上滚来滚去，穿着牛仔裤的膝盖也前后摆动着，我这才发现自己邪恶的想象又修补得更完整了，因为有她在现场。

"迈尔斯。"

"干吗？"

"我可以在这里抽烟吗？"

"当然可以，我常这么做啊。"

"为什么？抽烟是最蠢的行为了。"她边说边拿出一根烟来。

"没错，"我说，"所以我也不经常抽。"

她听完大笑起来，但即使她在嘲笑我，我也只想待在她身边。

我回忆起安琪来当保姆时，我看见她下跳棋的样子，或是大声咆哮把艾瑞克森家的猎犬吓得跳走的模样。我还想起我们爬过她家的草坪，假装正在攀岩的情景，我会不停大叫：准备攀登——我只会这么一句行话——直到她输掉为止。我们曾经一起在沼地上闲晃，安琪是第一个陪我在那里消磨时间的人。她教我识别飞过的鸟儿的种类，告诉我如何从蚌壳上的轮环推测蚌类的年纪，还花了一个秋天的时间解释鲑鱼像回旋镖一样轮回的生命周期。那时候的她瘦得像个芭蕾舞者，脸上满是雀斑，一头从未修剪过的闪亮乱发。我那时才一年级，穿着成人用的救生衣坐在她的独木舟船头，看着她将船划向那些游弋在整个海湾里、像特技演员般跳跃个不停的鲑鱼。她说它们这样疯狂地跳跃着，是为了要松开身上的卵囊。她还告诉我，当它们还只是一丁点大的鱼宝宝时，他们就要离开故土，在海洋中游历三年后，才会游回家中产卵，死在当初孵化自己的同一条溪流里。"迈尔斯，你觉得它们在没有地图的情况下，是怎么找到回家的路的？"可当时的我已经被吓坏了，说不出话来。那些跳跃着的鲑鱼看起来是如此的憔悴和可怕，它们伤痕累累、体色黯淡，身体两侧的皮肤斑驳脱落。其中有两只跳得太近，让安琪连声诅咒起来，接着又有一只冲破水面，朝我们的小船中央蹿了过来，又猛地一冲撞上了船身，我慌忙抓住扶栏。"你走路不长眼睛啊！"安琪冲那条鱼大吼，然后大笑起来，笑声震得我耳朵嗡嗡直响。

安琪盯着自己吐出的烟雾，萦绕着飘向天花板。"迈尔斯，老实告诉我，你觉得我的歌怎么样？"

这个问题来得太突然，我的脑子一时塞住了。"我很喜欢。"事实上我并不喜欢她唱得那么用力，她的声音总让我联想到警笛，"我觉得歌词很棒。"我又加了一句。

她又吐了一口烟，说："不要谄媚，迈尔斯，拜托你绝对不要谄媚我。我的世界里已经充满太多一心只想讨我欢心的人了。"

我不知该如何接话。

"好吧，"她说，"那你说说你最喜欢哪段歌词。"

"我喜欢的是你的歌声。"我说，"你写的那些歌词我觉得很难懂。"

"这样才诚实嘛，迈尔斯。反正那些歌词不是写给你这种天真小男孩的，我写的是有关坏男人和容易受骗的傻女人，有关复仇和觉醒，以及那种把求死视为选择自由的人。"

我呆住了。"我不懂，"我说，"我的意思是，这么急着死干吗？"

"嘿！"她轻笑了一声，"这话说得好。这是我听过赖着不死的最好理由了。'这么急着死干吗？'我们来写这首歌吧，迈尔斯。"

我觉得这个主意还蛮烂的，她却仰头大笑，手上的香烟擦过低斜的天花板，留下一道黑色的焦痕。只要她别离开，就算在这里引起大火我也毫不在乎。

"对不起，"她在清了三次喉咙后说，"我现在真觉得要飘起来了。"

我一副理解的模样点了点头，仿佛我也准备卷上几根大麻烟的样子。

"你真的很有鼓舞人的能力，迈尔斯。"她看着烟雾聚拢在天花板上，"你从来不会失去自己的重心，要保持下去，好吗？我的人生已经完蛋了，我昨天晚上所作的错误决定，比大部分人一辈子都来得多。"

"我不相信。"

"是吗？好，我昨晚灌了半瓶的龙舌兰，然后从佛雷蒙桥往下跳，嗑了一些快乐丸后，和一群我希望这辈子再也别碰到的人上床鬼混了一场。在那之后呢，我几乎搭了大半夜的计程车才回到家，那个倒霉的司机不得不靠边停了两次，让我吐个痛快。"她的眼睛比平时更绿，也更透亮了。她仰起头不让眼里的泪流出来，说道："我是个废物。"

"你才不是！"我喃喃自语，心里一边努力地想把她刚刚告诉我的一切兜拢起来。

她想笑，却又笑不出来。"听起来还真没说服力啊，不过还是谢了，迈尔斯。"她往后躺，移动了一下大腿，一只靴子踩在地上，另一只放到床上。沾得床罩上都是土。"我他妈的老聊自己的事干吗，该死的。我来这里是要恭喜你的。告诉我，你最近又学到哪些新玩意？"她问道。

我想让她看看水族箱里那只向日葵海星，但又不希望她改变姿势。该死的，我可以在不引起她注意的情况下，看见她两腿之间，这对她和我来说都不太公平，可是她这样我真的很难不胡思乱想。

我想告诉她，我爸妈最近又形同陌路了；我想问她，她妈妈当初为何要离开，而她花了多长时间才习惯的；最重要的是，我想在不违反自己的承诺下，告诉她弗洛伦斯病得有多严重——她连自己吃饭都越来越困难了。但我说出口的却是："你知道大部分海洋生物是如何让自己融入环境中的吗？譬如伪装蟹，就会将海草、海白菜和大叶藻绑在自己壳上尖锐的边缘，打扮得就像要参加化装舞会的小鬼一样。"我看不出来她是否在听，她的脚在地板上打着拍子，仿佛准备开口唱歌似的。"有些海马看起来很像漂在水中的植物，会让人完全看不出来是动物。"我继续说着，"除非你发现它们的眼睛，或者注意到像是蜂鸟翅膀一样飞快摆动的鳍。"我强迫自己别去看她的胸部，它们就像水球一样在她领口附近轻轻起伏。"但最强的应该还是孔雀鲽……"她将两手伸直举过头顶，T恤也跟着往上缩，露出了平坦的肚子和黑玫瑰文身。玫瑰的茎被没系皮带的 Levi's 牛仔裤遮住了。"它的样子和一般的比目鱼很像，但是我看过一个表演，他们将棋盘放在水族箱底，然后丢进一只孔雀鲽。它的眼睛像望远镜一样往外突出，探看棋盘的颜色，几秒钟后，你会发现它的身体开始变色。原来，它的眼睛会通知皮肤细胞应该制造哪种色素，啪地一下就这样变色了。"我弹了一下手指，"呃，当然那不是瞬间就变的，而且颜色也不完全一样，可是那只米色的鱼真的就这样在我眼前变成黑白棋格状的花色哦……"

　　她闭上眼睛，打了一个大大的哈欠，时间长到我可以数出她有三颗臼齿补过牙。她绝对没在听我说话了，她竖起的膝盖摇摆着，是在配合她脑袋里的音乐节奏吗？她慢慢停止摇摆的动作，呼吸声渐渐变大了。"章鱼在交配时会变色，"我轻声说，"它们的体色会随着情绪改变，所以——"我临时自由发挥乱编了一段，"它们做爱时，越到高潮，颜色越绚丽。"她的嘴唇微微张开，她一定是睡着了。"还有藤壶，这

是很少人会注意到的，"我无法让自己停下，"但你应该看看它们交配时的样子，它们的生殖器长得惊人，会伸出壳外呈弧状延展出去，寻找有意愿的伴侣。"她抬起头，目光穿过她胸前那两颗水球看着我："你是在勾引我吗，迈尔斯？"然后尖声大笑起来。

我真希望她不要笑得那么夸张，也希望她之所以发笑不是因为我必须有像藤壶那样的构造，才有机会和她在一起。但无论如何，能够在我房里和她一起大笑，我还是很开心，至于她心里是怎么想的也就不那么重要了。

就在下一秒钟，她的表情却被悲伤所替代，之前的笑容仿佛是一个星期前的事般不留痕迹。"我申请北卡罗来纳大学的音乐课程已经通过了，"她突然说，"我会选那里是因为离家很远，但现在我不确定这是不是个好主意了。"

"火蚁，"我是如此的绝望，以至于无法让自己闭嘴，"北卡罗来纳州那里到处都是火蚁。它们会爬到你的腿上，咬到你发狂。还有那里的水母，每一只都会蜇人——它们还会把人弄瞎！"

她吸吸鼻子，站起身来，将牛仔裤朝下拉了拉。她边唱着"这么着急干吗"边用出乎意料结着趼的指尖，轻轻擦过我的手臂。她离开时，留下的笑容就像姐姐一样，有点同情的意味，但我自动把那想象成一种挑逗。

接着我和床单、床罩、枕头、床垫——所有沾染上她的香皂和烟草味的东西——做爱。第一次是粗鲁激动的，第二次则是温柔甜美的。突然间我停下动作，觉得自己是有史以来最大的傻瓜。我立马起身去冲了一个长长的澡，长得让我有时间可以好好思索该如何拯救安琪·史坦纳的生命。

13

第一个出现的人是潘西。他有着像古钱币一样颜色的手臂，飘忽的微笑短暂到令人难以察觉。他从三种角度检视研究过那只象拔蚌后，小心翼翼地将它放进冷藏箱中，再往里塞进三十二个温哥华蚬和八个奶酪蛤。

他很少说话或和我有任何目光接触。他在研究过我对这些贝类的发现时间和地点的记录清单后，会再和州政府的水质检测资料作一次交叉对比。然后，他会在沙滩上卷起一根烟抽了起来，不知道为什么，他这个动作总让我有松了一口气的感觉。

一直到这天下午为止，我还是想不通潘西为什么会不嫌麻烦地来和我做生意，这感觉像是在帮我的忙一样。无论"神秘西贡"需要多少蛤蚌和牡蛎，托考持海产公司都可以充分供应才对。而且，潘西虽然是餐厅的老板和管理者，但每次只要我打电话，他一定亲自并且迅速地赶到——即便只是一只象拔蚌也不例外。

这一天，他连抽了两根烟，这样他才有时间讲完他的家人是如何从柬埔寨的东南角一路走到泰国的故事。

"我们在晚上赶路，排着队走，直直的一行。"他挥着香烟在空气中用力一劈，表示那队伍有多直。

"领头的永远是我母亲，所以如果我们误触地雷的话，损失的就只有一个女人。"他摇摇头。

"真是疯狂。"

我试着想象妈妈带领我们在黑暗的丛林中穿越地雷区的画面。那不只是用疯狂可以形容的。

潘西说，他们离弃的家园距离一个大海湾只有不到两公里远，他和父亲常到海湾去钓鱼。"比你采集到的要大得多，但有时也有和这些差不多的。"他说当他还是个小男孩时，实在很难理解为什么非得离开那个美丽的海湾，去住臭得要死的难民营，他母亲就是在那里得了某种粪热的病死掉的。"到现在，回想过去的事，还是让人难以接受。"

"我爸妈快离婚了。"我说。这是我第一次大声地将这句话说出口，所以我不知道听起来会如此的刺耳。"我听到他们说的。"

潘西跟我说对不起，但他说这句话的意思和一般人不一样。他道歉是因为自己说得太多了，因为他说了太多私人的事，让我也说出了心里话。但让我呼吸不过来的并不是爸妈要分开的事，而是他让我了解到，我很可能因此也必须和我的海滩说再见。

他捻熄了还未抽完的第二支烟，畏缩或是尴尬地微笑了一下后（实在很难分辨），递给我一张崭新的二十元和一张十元的钞票，叫我不用找了。

一小时后，一辆粉蓝色的埃尔卡米诺小卡车驶上我家的车道，听起来消音器已经出故障了，我一边听着他的车隆隆作响地开来，一边喃喃复诵着坚定的台词，打起精神迎接 B. J. 的到来。

我打过电话给一些大型水族馆，但他们好几天都派不出人来。我怕海蛞蝓撑不了太久，而且我的水族箱对于向日葵海星来说也太小了，所以我只好勉强在 B. J. 的电话答录机里留下了讯息。

我不是从克拉马教授那里认识 B.J. 的，而是他自己找上我的。我只知道他有朋友在交易珍奇的海洋生物，而且还认识塔克玛市立水族馆的人。我甚至不晓得他的本名是什么，只知道叫他 B.J. 就行了。

他从冒着烟的车子里走了出来，茂密的络腮胡，双颊布满深刻的皱纹。他曾经自称是墙板工人，但我怀疑他根本没有工作，虽然他有着一双像磨破的帆布手套般的大手。

B.J. 和潘西刚好相反，他老是喜欢跟我杀价，不过我心里暗暗发誓，这次一定要守住底线，否则宁愿什么都不要卖给他。我要他在车库外面等着，我把要卖的东西拿出来。

但他还是跟了进来。

车库里塞满了工具、备用的弹簧床垫、脚踏车和一些废旧家具，根本没空间让我们两个人同时站在水族箱旁。当他朝我弯下身来时，我可以闻到从他嘴里传来的意大利腊肠味。"让我看一下。"他要求道。

我试图往后退，免得碰到他，结果被我妈妈那辆从来不骑的脚踏车绊倒了，和车子一起跌倒在水泥地上，还被齿轮划伤了手臂。

B.J. 连头都没回一下。"海蛞蝓在那个袋子里放太久了。"

"它的状况很好，"我擦擦手臂上的血说，"我常常换水，你可以看我的记录。"

B.J. 从来不跟我要纪录看。我在他的答录机里说过我有一只海蛞蝓要卖十元，一只向日葵海星要十五元，还有一只很特别的杂色海星要五元。我告诉过他这都是底价了。

"这向日葵海星也太大了，没人会要这种东西。"他坚持说，"根本是只怪物。"

"好，"我知道他是在吹牛，"那你要海蛞蝓和这只蓝色的海星吗？"我努力让语气听起来很冷淡。

"你没看到我在考虑吗。急什么呢，小鬼头！"

"我要跟我爸去钓鱼，"我撒了个谎，"他在家里，就等着我出发了。"

B. J. 哼了一声："算帮你一个忙吧，这三只我全要啦。"

我把两只海星装进袋子里，和海蛞蝓一起拿到外面。他把它们全堆在货车车厢里，好像那不过是两袋钉子一样。

"你没有容器可以把它们倒进去吗？现在天气蛮热的。"

他拿了一张二十元的钞票在我面前晃了晃，好像在逗狗一样。

"是三十元！"我说，不去理会那张在我们中间摆来摆去的钞票，心里后悔得要死，刚刚竟然忘了照演练过的那样先向他收钱，"这价钱是——"

"那只海蛞蝓已经快挂了，"他打断我，"你自己很清楚。如果它在哪个浑蛋的鱼缸里马上死掉的话，我就得退钱给人家。而且那只蓝色海星我不知道有谁会看得上眼。还有，我刚也说过了，那只向日葵海星太大了，我的顾客没有人会买，要是水族馆也不需要的话，我就麻烦了。二十元已经很多了，够你买一堆泡泡糖啦，小朋友。"

我希望他没有看到我脖子上抽动的肌肉。"三十元！"我本来还想多说一些话，但怕会抑制不住尖叫起来。

"有没有人和你说过，你真是个顽固的小浑蛋！这样吧，免得你一会儿哭闹起来，我们赶快解决算了。二十五元你要不要？"他把二十元钞票先递给我，好将手塞进口袋里翻找。

等我一收下钞票，他拍拍口袋，露出一个局促不安的笑容说："看来我得先欠你五块了，好吧？"

眼睁睁地看着墙板工人 B. J. 开车离开，还载着我最喜欢的海洋生物，这令我感到一阵恶心，等我想到以后可能再也不会看见他后，紧咬的牙齿才放松开来。

§

大约一个星期以来，夏天又重新恢复原有的脚步，继续往前走。我甚至还说服爸妈一起玩益智问答棋盘游戏。本以为这种游戏可以让家人感觉更亲密，结果却只是让我爸觉得自己很笨，还让我妈很火大，因为我抽到的问题都很简单。而在这段期间，弗洛伦斯也教了我一些可笑的东西，像是怎么解读塔罗牌之类的。那还真是会让人搞昏头，每张牌几乎可以代表任何意义。像"恶魔"可以代表启蒙、束缚、自我惩罚、分离或其他六种可能。如果我太努力思索的话，脑袋一定会打结的。

有一天，弗洛伦斯突然变得全身都很僵硬，有两次必须得靠我帮忙才能从椅子上起身。但我没去多想这件事，我脑子里除了安琪·史坦纳之外，容不下任何东西。她绑架了我的整个思绪，我连书都快看不下去了。

有一个晚上，我还溜到她的窗口偷看。我盯着她卧室天花板的一个角落研究了至少二十分钟后，才想到她可能根本不在家，只是忘了关灯而已。如果史坦纳法官逮到他的牡蛎先生——也就是下一个伟大的雅克·库斯托想偷看他女儿没穿衣服的话，不知道会说什么呢？

隔天早上，我在报上看到一个长相平凡的家伙的照片，旁边还写出了他的名字，另外还有两三句的报道，简单交代了他是一个第三级性罪犯。性犯罪总共到底有几级呢？偷看人家卧室算第几级？我可以想象报上刊着我的照片，旁边还加了几行警语，说明迈尔斯·欧麦里是个喜欢在窗边偷窥的第九级性罪犯，而且这家伙在脆弱的状况下，连在幻想时都会粗心地将屁股、乳房、脸蛋的位置搞错。最后，当然还要加上一句不祥的预言：欧麦里很有可能会再次作案。

不过除了安琪让我心烦意乱之外，这个夏天开始变得和以前没什么两样：漫长，毫无特色，容易被遗忘。不过至少远离了乏味的教室、辣酱牛肉汉堡和礼堂里不时出现的呕吐物——警卫会用一种栗色的沙子将呕吐物盖住，结果闻起来比原来还臭。

§

要说服费普斯进行他的第一次夜间潜逃行动并不容易。他继父睡得很浅，连他老哥都不太敢偷溜出来。不过那天我到达时，瘦皮猴肯尼·费普斯已经在查塔姆湾等着我了，他拿着一支几乎黯淡无光的手电筒，正站在他的桶子边发抖。

他白天时的威风模样全都消失无踪，事实上，他看起来快被吓死了。对任何感觉健全或没有喝醉的人来说，夜晚的海滩的确会有这种效果。嘈杂的海鸥和专吃腐肉垃圾的乌鸦令人安心的吵闹声不见了，取而代之的是蝙蝠快速飞行的呼嗖声，和猫头鹰尖锐刺耳的叫声。就连一只中等体型的寄居蟹拖着壳在沙地上走路发出的细微摩擦声，听起来也让人觉得备受威胁。曾经有一次，我在查塔姆湾瞥见一只巨大的杜宾犬，吓得我蹲在那里十五分钟一动也不敢动，虽然之后发现那不过是一根漂流木，但还是害怕了好久才恢复过来。

费普斯从黑色的沙地里采了十几个奶酪蛤，再加上我保证会给他法定的抽烟休息时间后，才渐渐恢复一点他骄傲自大的本色。我陪着他一起点了根烟，他这时的情绪已经不错了，连我没把烟吸进去，也没换来他任何嘲笑。他甚至还由着我拼命指给他看我在月亮上发现的打架痕迹。

"所以第七频道的那个宝贝什么时候会播我们的片子啊？"他问。

"这很难说，"我突然间变成了媒体专家，"我希望永远都不要播。"

"该死的！我那天很帅耶！"费普斯的牙齿和月亮一个颜色。

想到第七频道还没有任何行动，这令我感到不安，我想这应该是我把他们留在答录机的三个留言都删掉的后果。想到要跟那个假人模特儿说话，就让我觉得肚子痛，尤其是在接到克拉马教授那通来电之后。他问我关于威士忌角的新种螃蟹和煎饼湾的新种海草的事，因为那个女记者跑去问他了。我把所知道的告诉他后，他叹了一口气说："唉，迈尔斯，你知道你这样让我和州政府看起来有多蠢吗？"

我心脏跳得飞快。"我没想到那是多么了不得的大事。"我尖声说。

"哦，迈尔斯，你当然知道什么是物种入侵，以及那会导致多严重的破坏。"

在我结结巴巴地说出我真的不知道以后，我听不出他是否因为让我这么尴尬而感到一丝内疚。

他接着向我解释中国大闸蟹会对海岸产生什么影响，以及那些新的海草会在地中海造成哪些伤害。他冗长的解释证明我们之间的关系没有受到什么影响，却也让我更不知所措了，只能沉默以对。一直到他提起巨鱿的最新状况，说到有一位名叫斯坦利·葛罗夫的博士将从史密森学会①飞来协助研究。"我们需要帮它取个名字，既然是你发现它的，所以我们想——"

"蕾切尔，"我立刻说，"叫它蕾切尔。"

我和费普斯又在黑暗中发现一群奶酪蛤和几枚巨大的马蛤，后者

---

① Smithsonian，1846年创建于华盛顿，是唯一由美国政府资助、半官方性质的博物馆机构。

很适合用来做杂烩，如果把它切碎，和洋葱、马铃薯一起长时间炖煮的话，吃起来就不会那么像橡皮筋了。等我们的篮子有三分之二满的时候，我又奖赏了费普斯一次抽烟休息的时间，而且还提供给他一则新闻快报："我在一本书上查到了关于 G 点的资料。"

"从图书馆借来的书吗？"

"是啊。"

他大笑："你这矮冬瓜还真有种耶。你告诉他们是帮你妈借的吗？"

"没有。我把它混在一堆软体动物和头足类动物的书里。"

"书名是什么？"

"《G 点》。"

"还真聪明。有几页呢？"

"一百八十五页。"

"哇！"

"我昨天晚上看完了。"

"一个晚上就看完了？"

"嗯哼。"

"好看吗？"

"很奇怪。"

"啊？"

"那本书里写到一些女人，因为某些其他复杂的因素出错了，所以一辈子都没有被抚摸过那个点。"

费普斯思考了一下，问："所以那个点究竟在哪里？"

我告诉了他。

他一副早知道的表情点点头，说："还有呢？"

"嗯，那让我觉得有点恶心。"

他又大笑起来："除了同性恋之外，还有谁会觉得那恶心啊？"

我没理他："那感觉像在读一本教你如何修理梦想中的车子的书，但事实上你还没拥有那部车。你懂我的意思吗？在你根本没达到开车年龄之前，其实并不想知道让车子动起来到底有多复杂、多困难啊。"

他微笑说："你是说你自己吧。"

"嗯，反正我就是觉得有点吓人，而且有点怪。"

"哪里怪了？"

"书里大部分都是一堆女人——都只有名字，没有姓——在喋喋不休，说她们在发现自己的 G 点后，生命发生了多大的改变。有点像那种使用前使用后的减肥广告，找一些女人硬塞进紧身裤里，然后说：'在我开始吃葡萄子儿和葵花子儿之前，我曾经胖得像只河马。'"

"有照片吗？"

"没有，只有一些图表，而且说实话，这还蛮让人困惑的。要是你在干那档子事时，墙上没挂图表的话，岂不是会乱了手脚。"

费普斯思索了一会儿说："现在这一刻，就有成千上万的人正在做爱，也没碰上什么问题。"

"你怎么知道？"

"全世界有几十亿人口吧？你会不会算数啊。"

我点点头："也许吧。"

他笑着说："人们总是在黑暗中做爱，不用靠图表来引导，你觉得呢？"

我觉得他说得没错，但我不想相信他——他又没看过任何书。

"所以呢？"

"所以你说的对我一点帮助都没有。"

"别怪到我头上。"我耸耸肩，又伸了个懒腰，"你可以自己去看那本书，反正只要在二十六号以前还我就行了。"

费普斯深深吸了一口烟静静地思考，时间长到像在消化那口烟似的。"我不需要。"他说完将烟捻熄在一块石头上，然后照我所说的将烟头装进塑胶袋里。

十分钟后，他说："来，说个乐队的名字。"

"齐柏林飞艇乐队①。"我不甘愿地配合着他。

"吉米·佩奇②。"他说完，假装拿着吉米·佩吉的双颈吉他，来了一场戏剧化的虚拟即兴演奏。

"奶油合唱团③。"

"艾力·克莱普顿④。"在微弱的光线中，我发誓我真的看到艾力·克莱普顿了，还有他的眼镜、稀疏的络腮胡等等。

费普斯是个古典摇滚怪胎，他自认为是"吉他时代"（他老哥取的名字）主音吉他的狂热乐迷。我们都对费普斯的音乐成就心悦诚服，忘了他实际上根本不会弹奏任何乐器。他不会拼了命地弹《洋基之歌》⑤这种曲子，来玷污自己的音乐声誉。他只会用摇滚巨星般的行动来成就他的事业：他很晚才起床、在大庭广众下抽烟、对大人怒目相向。他的样子很容易让人忘记他压根不是什么乐队灵魂人物。

---

① Led Zeppelin，成立于1968年，来自英国，史上最成功的重金属乐队之一。

② Jimmy Page（1944— ），曾是齐柏林飞船的队长兼吉他手。2003年8月，他被《滚石》杂志评选为"史上一百大吉他手"的第九名。

③ Cream，成立于1966年，史上最早的超级摇滚乐团之一。

④ Eric Clapton（1945— ），Cream创始人，史上最伟大的吉他手之一，不列颠帝国勋章获得者。

⑤ *Yankee Doodle*，原为北美十三州与英国作战时的准国歌，现为康涅狄格的州歌，因曲调简单，也是广为传颂的儿歌。

"滚石乐队。"我说。

"伟大的基思·理查兹①。"费普斯拿了一根烟半叼在下唇上，然后身体往后仰，脸上的表情像极了一个最近才进行过一场大输血的男人。

这时，费普斯已经完全恢复状态，即使四周仍然是一片漆黑，手电筒的光束已经缩成一个沙钱大小的橘色光圈，即使如果他不小心被继父逮到的话，会被禁足一个月。月光下，他就这么站在沼地上，瘦巴巴的屁股学基思·理查兹往左边歪着，双腿分得开开的，仿佛在为拍专辑封面摆姿势一样。

我们继续搜寻更多蛤蚌，想将篮子装满，但某些看起来不错的地点都太靠近逐渐涨起的潮水了。采蚌守则第一条：绝不要往水里挖。

费普斯走进及小腿深的水域，不知道在找些什么，但我很喜欢看他独自探险的模样。他身上穿了到胸部高的橡胶连身防水衣，所以我不担心他会弄湿，但是泥地有可能会越来越软，于是我提醒了他一下。

"谢了，老爸。"他没有扭头看我，回了这么一句。当水深超过他的膝盖时，我还是没说话。"从来没看过这么多海星耶，"他大叫，"有些可能会有人想要呢。"

"也许不会，除非它们长得够奇怪。"我提醒他别忘了那些买家有多挑剔。

"而且它们的位置太深了，你会弄湿或陷进泥地里的，还是快回来吧。"

费普斯突然皱起眉头，但我没明白他的表情是什么意思。他将汗衫袖子卷高，弯身将手探进水里。他的汗衫当然还是弄湿了，却捉上

---

① Keith Richards（1943— ），滚石乐队的创始人之一，对药品和酒精的痴迷以及他放荡、糜烂的生活方式，甚至和他高超的吉他技艺一样出名。

来一只海星，那鲜艳燃烧般的橘色，我只在落日里见过。

"太好了！"我称赞他，"让我看一下。"我伸出手，想把他拉回来。

"还有一只。"他将海星换到另一手上，将袖子卷得更高，又将手探向更深的水域。从我站的地方看过去，他像是在楼梯上踩空了一脚似的。水深已经超过他的大腿了。

他骂了自己一声笨蛋，然后警告我不要说话，试着转身想退回来。我听见他的笑声，但我的头灯照在他脸上时，却看到他的表情像是跌进陷阱里的动物。他越是挣扎，越是往下陷。转眼间，他的腰已经淹在水里了。

"也许你可以弯下去，把靴子从泥里挖出来。"我强迫自己保持平静的语气，希望费普斯没有发现潮水已经迅速回涨，一波波的海水正朝着他身后涌来。

他的脸因为专心而扭曲起来，他猛地往下一沉，让水浸到脖子的高度，几秒钟后站直起来，全身湿淋淋的气喘不止。他大吼："这该死的烂靴子，他妈的被卡住了！"

"你有没有办法从橡胶衣里挣脱出来？"

"不可能。"他呜咽起来，"我是好不容易才硬挤进去的。"

"好，那别动。"我说，却见他又往下沉了好几厘米，"我会把你挖出来，你放轻松！"

我将衣裤脱到只剩下内裤，走到水深及膝的地方，潜到他身后，再绕个圈游回他身边。我将头露出水面大力吸了一口气再往下潜，手摸到他的大腿后再顺着往下伸到泥沙里面，那烂泥摸起来像面粉一样松软。水比我预期的还要冷，而且在底下根本什么都看不见，因为水太浑浊，月光又不够明亮。我盲目地挖了几下，然后浮出水面吐了一口水。我暗暗叮嘱自己，要踏稳脚步，小心别让自己的脚也陷进泥里。

我虽然花了那么多时间在水边，但泳技还是很烂。

"现在再试试看。"

他说他在试了，但看起来好像没什么用。

我再次潜下去，在他的靴子边上更拼命地挖着，但我的呼吸太浅了，没办法持续太久，因此我开始不耐烦地将他的左脚往外拉——就在这时候，我感觉到自己的右脚也被泥土悄悄地抓住了。恐惧与慌乱窜遍了我的全身。

我常有暂时被陷在泥地里的经验，因此我知道，如果我用左脚使力去撑，想把右脚拔出来的话，可能就永远别想还能呼吸到空气了。这时费普斯抓住我的头发，好像我是只小猫一样把我用力往上拉，才让我脱离了困境。我边咳边赶紧往岸边走，现在水已经淹到他的胸部，我发现情况被我搞得越来越糟了。

人们很少会在涉水时陷进泥里，通常都是穿越露在水面外的软泥时才会被困住。最常见的救援方式是将一片木板铺在泥地上，让困在泥里的人将身体趴在木板上，然后慢慢从泥巴中爬出来。

管理牡蛎田的人便常常这么做。但这次的状况不一样。费普斯不只是整只脚到膝盖都陷在泥巴中，而且潮水还在往上涨。更何况，这附近也没有任何木板。

再过一小时，费普斯也许就要被水淹没了。他哀求我不要离开，然后开始放声大叫救命。没错，就像我说过的，水有让声音放大的效果，但是也得有人听得到才行，而查塔姆湾沿着森林这一带根本没有人住。我穿回汗衫和防水靴，拿着铲子往史坦纳法官的牡蛎田跑，然后越过牡蛎田冲到旁边的象拔蚌养殖场。法官和我曾经把好几百个指甲大小的象拔蚌苗装进一根根的塑胶管中，再竖直地插在沼地上。我挖起一根一米长的管子，将里面的东西清空，带着它冲回费普斯身边。瘦巴巴的费普斯站在水里，感觉就像一根快被淹没的图腾柱。我用水把管子冲洗一下，踏进水里尽可能地靠近他，然后将管子朝他丢过去。他伸出颤抖的手，但是没能抓住。他的手臂被冻僵了吗？在微弱的月光下，他的脸显得一片青绿，眼睛瞪得滚圆，可以让人直直地看到他的瞳孔。"抓住！"我坚定地吼道。他挣扎着地照做了，拿着那根管子惨然地看着我。"把它含紧！"我说，"把它当成氧气管！"

"快去求救！"他哀号着，连假装坚强都没办法了。

在费普斯身后约六米的水面上，闪过一条银色的带状物，上面还带着一点红色，我猜那恐怕是被我们激扰起来的发光浮游生物，但形状似乎又有点太整齐了。南湾有时会有鲨鱼出没，但通常只有一米长，而我看到的东西至少有两三米，而且形状很窄。那玩意看起来不像活着的，更像是一长条金属片——当然，如果它突然像海龟一样把头伸出来，那就另当别论了。幸亏费普斯没有看到这个让我备感紧张的景象，不过当我朝那东西丢石头的时候，他还是忍不住大叫起来。

"我马上回来！"我说，但我真不知道要花多长时间才能跑到这附近的第一栋小屋，而且我也不知道那里会不会有人在，如果没人的话我又要往哪去。"用管子呼吸！"我大叫，"不要浪费体力！"

"快去！"他吼道。

我拔腿狂奔，听到他的叫声在我身后回响。我听不清楚他在说什么，只感觉自己是个大浑蛋，竟然让他陷入这种困境，我甚至还不确定出现在他身后的到底是什么鬼东西。我跌倒了两次，终于跑进那座终年潮湿的森林，遍布四处、毛衣一般厚的苔藓，削弱了我一路尖叫求救的呼喊。

14

最近的小屋离这儿不到两公里，但穿着橡胶靴全力跑，我猜大概也要十分钟才到得了，感觉上好像比实际距离还要远得多。

来应门的老人后来告诉我，当他打开门没看见人影时，还以为自己疯了，直到他低头往下看，才发现一个穿着"织果牌"内裤、喘得说不出话来的小鬼。

司库达先生是位严肃的斯堪的纳维亚①独居老人，一脸皱纹，原来高大的身材也因为岁月的消磨而萎缩了。他看起来实在太老了，我本来打算继续跑到下一家木屋去，但他让我冷静下来把事情说清楚。在打电话到刑警办公室之后，我们便带着一捆绳子往沼地跑，后面还拖了一艘充气救生艇。他不时停下脚步，像要打撞球一样弯下腰，一张脸红得像正在产卵的红鲑鱼，尖锐的喘气声听着像是能把树枝都给吹断的强风。我脑子里闪过一个念头：我可能会一个晚上害死两个人。等我们冲到海滩时，天色已经微亮，视线也变得比较清楚，我不禁开始担心自己是不是耽误了太多时间。

---

① Scandinavians，欧洲最大的半岛，包括挪威、瑞典等北欧国家。

海水还是那么的平静，旭日依旧升起，你根本看不出有任何可怕的事情正在发生。这就是地球：它不会停下来去感知每天所发生的灾难，它只是不断地旋转，不断让一堆烂事发生。我想这就是人们寻求宗教信仰的缘故：那才能帮助他们领会到一个令人不安的事实——无论是他们出生前或死亡后，这个世界在没有他们的状况下依旧运转如常，不会有一句赞扬，更不会有一丝怜悯。

潮水回涨的速度比我预期的还快。事实上，潮汐的涨落是没什么规律可言的，退潮的初始或涨潮的最后一刻总是鬼祟缓慢，让你无从察觉。它们通常会在摇摆不定一小时后——趁着你最不大意的时候——才气势汹汹地涨起或退落。在我找来独居老人的那段时间里，潮水一定在拼命地疯涨，当我面对着费普斯和我一开始挖蛤蚌的那片海滩时，一股恐慌刺痛了我的全身——水面上没有任何突出物，没有费普斯的身体，也没有管子了。

什么都没有了。

我把费普斯独自丢在这里，和那个银色怪物在一起，而现在这里除了水之外什么都没有了。

司库达老先生看过整片海湾，又转头疯狂地瞪着我，好像我害他儿子溺死了——或者我不过开了一个最残酷的玩笑。

我吞了吞口水，这才想起费普斯之前曾和我在沙滩上往南闲晃。我终于在海滩线外发现一根伸出水面的管子时，却不禁一阵晕眩恶心，那管子和标注牡蛎田位置的长棍看起来一模一样。

我慌乱地看了第二眼，发现管子旁的水面上，还漂浮着费普斯那摇滚巨星般的乱发。我屏住呼吸，仿佛我也和他一样泡在水里似的，然后大叫："我们来了！"不过，当然的，他是不可能听得到的。

等我们靠得够近后，我带着末端打了个环结的绳子坐上小艇，让司库达先生把我往外推。我狂乱地用手拼命划向费普斯，可以看见他的嘴巴就在水面下，拳头紧紧握着水管，疯狂的眼睛往外凸出。我遵照老人的指示，让环结穿过塑胶管和费普斯的肩膀落下，他慢慢地用空着的那只手抓住了绳子。"你要确定绳子一定要绕在他的胸口上！"老人大叫着。我其实看不出来自己是否有做到，但我还是肯定地回答了，然后就向旁边退开。老人将绳子卷紧拉直，接着把绳子绕在臀部打了个结，转身往沙滩的高处走。一开始，费普斯没有动，突然一声轻微的爆裂声，我看到塑胶管像一根潜水氧气管般快速移动，接着费普斯终于被拉出了水面，像只搁浅的鲸鱼，倒在浅滩上咳个不停。老人不断地在费普斯背上用力拍打，他剧烈地咳着，但只咳出了一堆口水。

"他不会有事的。"司库达先生说，但在我看来可不是这样。费普斯的嘴唇冻成了淤紫色，脖子周围的皮肤布满了橘色的斑点，好像被人勒过一样。我们帮他脱下汗衫和橡胶防水衣，又用老人的外套把他裹了起来，并抱住他直到他剧烈的颤抖稍稍减缓为止。

终于，费普斯张开眼睛看着我，结结巴巴地说："烂……烂透了……"

他开始又哭又笑的，这时有两个身材像是垒球运动员的女人从沙滩上一路慢跑过来，两人中间还悬着一个担架。在她们气喘吁吁地开口说话时，埋在沙地里的蛤蚌们喷出水柱向她们打招呼，简直像是完美的配乐。这时太阳也爬上了树梢，海水在阳光下闪耀舞动着。

如果你住在海边，就会习惯地将这种时刻存在脑中，等几个月后，当顽固的雨连下五十六天，白昼也变短时，再将它们抽出来好好回味。此刻，我看见海豹的尾巴在海面打转，一群细小的银鱼划破水面，还看到几只褐白花色的鸭子扑打着翅膀，像飞箭般消失在闪烁发亮的海湾中。

我看到了一切。

15

　　当事情的结果很顺利时，所有人都会开始谈论其中种种美好的细节。就好像你看过一场球赛后，再去看报道会发现，如果某个球队赢的话，写的就是他们的种种优秀表现，但其实他们能赢不过是靠一记怪异的反弹球，或是裁判的一次误判而已。几乎所有事情都是这样。谁会去彰显自己家族里的流浪汉和小偷呢？所有人提及的都是家族里有哪些医生、市长和其他符合名犬血统资格标准的大人物，感觉自己也能因此身价倍增。

　　人就是这样。

　　所以当然了，警察救援队最感兴趣的是，我怎么会灵机一动想到找塑胶管给费普斯这件事。

　　然后他们才想到要问我们为何会在黎明前跑到沼地去，还有我们知不知道泥地有多危险，最后才想到要给我们的爸妈打电话，问他们知不知道自己的小孩死到哪里去了。还好，这些问题都不够上报的资格，据我所知，报纸版面主要是留给恐怖的犯罪事件、无聊的政治话题和各种可爱的动物。

　　我等过了两天之后，才有胆子打电话给克拉马教授，想问他关于那天晚上我所看到的鱼。但他一直没有回我电话。同时，我开始研究龟类、鳗鱼、梭鱼，和所有其他我想得到的银色长型鱼类，甚至还包括一种深海生物，也就是那种会出现在中国人节庆上的图腾——龙。当教授终于回我电话时，我告诉他我想自己在查塔姆湾看见了一只皇带鱼[①]。

他哼了一声，开始长篇大论地教训我在晚上很容易做出错误的判断。

我沉默了一阵没接他的话，等待他是否会想起我曾在黑夜里发现过哪些东西,进而发现自己的话听起来有多可笑。"我看见它抬起头了。"我说。

"你有看见眼睛吗？"

"我不知道。"

"有没有可能只是鳍、尾巴或甚至只是一根树枝？"他含糊地说，"你压力太大了。"

我们之间有什么东西啪地一下断裂了，但我不知该如何修补回来。

费普斯那晚身体有一点失温，但恢复得很好。他老哥因此对他大加关心，还教他弹《水上烟雾》[②]的即兴前奏。卧病在床的他一直在看电视，这也就是为什么当第七频道播放奥林匹亚神奇男孩的专题报道时，他会是第一个通知警告我的人。

§

假人模特儿小姐在靠近酒馆的沙滩上到处走动，说明她在七月一

---

① oarfish，海洋中最长的硬骨鱼，体形蜿蜒呈长带形，最长可达15.2米，重达454公斤。它们和带鱼一样银光闪闪，在整个身体上方还有一个鲜红的背鳍。

② *Smoke on the Water*，摇滚乐队"深紫色"的名曲。

日凌晨，便是在普吉特湾最南端海湾的沼地这里，第一次遇到了小迈尔斯·欧麦里。

"这个就读于葛立分中学即将升八年级的小男孩，就是在这里发现了西海岸所见过的最大的鱿鱼。"摄影机移近，照出她睁得大大的双眼，"从那时开始发生的一切，让海洋学教授和水产生物学家也摇头不解。最神奇的是，这只巨鱿只不过是迈尔斯·欧麦里最近种种新发现的其中之一。他还发现了一种附近海域里前所未见的神秘鱼类，以及某种亚洲螃蟹的大举入侵，这个现象可能已经对海边附近的许多房子造成了威胁。

"这个奥林匹亚的小男孩，是如何在无意中促成了这些普吉特湾有史以来最惊人的海洋生物大发现呢？迈尔斯·欧麦里是谁？年仅十三岁的他又是怎么办到这一切的？"

接下来的影像是那只搁浅的巨鱿。她激动地报出它的长度、重量和其他数据资料，并且让克拉马教授就历史观点发表了一些看法，然后播出我说头足类动物（像个书呆子小鬼一样）的片段，紧接着就是我很后悔说过的那段评论——地球想要告诉我们什么吧。

"不到三星期前，迈尔斯·欧麦里在凌晨时分划着小艇到长青州立学院的海滩时，又有了另一个重大的发现。"

一开始我没认出那只怪异的鳛鱼，它被摆在室内的一张金属长桌上。旁边站着一些我没见过的生物学家，解释说这种鱼本来被认为可能已经绝种了。然后他用一根指示棒点出它体侧环状的伤口，说明伤口的形状、大小都和巨鱿的吸盘十分相似。

接下来的影像又回到查塔姆湾，闪烁发亮的海水前，浮现出我和费普斯在沼地上的剪影。我不敢相信自己的眼睛，但我就这样活生生地在电视上赏了他一巴掌。远远看去，就像是小孩子间的打闹玩笑而已。

画面的旁白是女记者的解释，当她得知发现褴鱼的消息后，便决定要来认识一下迈尔斯·欧麦里。"我当时还真不知道，"她揶揄道，"这报道会往怎样的方向发展。"

她开始说明我是如何利用暑假做起了生意（种种细节详细得超乎我的想象），不但将蛤蚌卖给附近的餐厅，还替塔克玛、西雅图和淘圣港的公立水族馆搜集潮间生物。

"这位早熟的科学家兼企业家，不但为他沙滩上的发现找到了市场，甚至还说服了他的买主开车到他家来交易，因为他年纪太小加上身高不足，没办法自己开车。"

她让看起来不太自在的克拉马教授说明了我的"天赋"后，又播了一段费普斯挖象拔蚌的画面，动作之激烈，好像这种固定不动的蚌类是什么会乱跑的鼹鼠似的。"你的朋友迈尔斯有什么不一样的地方？"她问他。

摄影机推近费普斯的脸，他深吸了一口气说："你应该问，他有哪一点像正常人吧？"

她又问，我对海洋生物的知识会不会让他很惊讶。

"什么都问不倒他。"费普斯将刘海往旁边一拨，微笑着说。我还真不想承认，即使费普斯犬齿上还黏着一根海草，但看起来还真他妈的像个电影明星。

"我想，迈尔斯对海洋生物的了解，甚至比起他看过的那堆书的所有作者都还多。"费普斯说，"但让我受不了的是，除此之外他对其他东西一点概念都没有。"

还真是好朋友啊，哼。

接着向日葵海星出场了。它在电视上看起来没有那么漂亮，但感觉还是蛮震撼的。记者特别指出，在海滩这么高的地方发现如此大的海星，是相当不寻常的。接下来镜头换到我身上，激动的脸上泛着粉红色，鼻子有点脱皮，连珠炮似地说着话，回答她的各种问题，还说了有关威士忌角的新种螃蟹、煎饼湾的新种海草，以及到哪些地点可以找到什么，等等。

"当我们向州立水产及野生动物官员，询问迈尔斯提到的这些奇怪螃蟹和海草时，"她说，"得到了一个十分有趣的答案：他们从没听说过有这回事。

"所以我们问他们是否有意愿和我们一起去看看。结果我们发现了这些螃蟹叫做'中国大闸蟹'，它们并非这个地区的原生种，而是生物学家所说的'入侵物种'。"

接下来的画面是这种小型螃蟹的特写。"他们看起来似乎完全无害，对不对？"她笨拙地将一只螃蟹放到手上，"它们的体型最多只有六七厘米宽，长着毛的钳子并不大，也没有威胁性。那么像这样一只小螃蟹会产生什么了不得的影响吗？这个嘛，首先，它会威胁到本地螃蟹，再来更重要的是，它会对栖息在这片海滩上的生物造成破坏，因为它会挖地道。"

接下来的影片是沙质断崖的基座，上面被钻了上百个十厘米宽的小洞，这是我从来没注意过的。"如果这样的地道多到某种程度，就会使得地基不稳，进而造成侵蚀和崩塌。"她说，"虽然听起来不太可能，但这些小小的螃蟹，可能就是这个月初附近的悬崖神秘崩塌的罪魁祸首，而这起崩塌也摧毁了乔和艾娜·史帝文森用来颐养天年、价值四十万元的豪宅。"

之后她开始质问两位害羞的生物学家，为何一个十三岁的小孩都很清楚的事，州政府会对此一无所知。"我们不可能及时照顾到所有地方，"其中一位生物学家说，"我们同样仰赖社会大众将信息传递给我们，也十分感激这样的帮助。"他嘴里虽然这么说，但表情看起来好像被高温晒伤了一样。

接着镜头转向煎饼湾，睁着大眼睛的女记者手拿一把新种海草站在那里。"对于迈尔斯告诉我们的这些大量繁殖的蕨藻，州政府也同样一无所悉。看来这种海草已经遍布了整个海峡，侵袭到本地甲壳类动物的栖息地了。据报道，这种海草也占据了北地中海，由于它们的生长十分快速，已经威胁到所有的海洋生物。"

然后镜头又转向我看着向日葵海星的兴奋模样，光线由我身后照来，我的头发微微发光，眼睛闪烁发亮。要是有人说我走火入魔了，倒一点也不夸张，甚至可以说确实有几分神圣感。

"为什么你似乎常常在这些海滩上发现奇妙的生物呢？"她问。

"因为我一直在看，"我说，"这里有太多东西值得我看了。"

"但是你不断发现人们在一般状况下应该不会看到的东西，不是吗？"

我乱七八糟地说了一堆。

"所以，或许呢，"她继续问，"就像你发现巨鱿那天所说的，也许地球是想要告诉我们什么事。如果真的如此，你觉得它想说的是什么呢？"

"它或许是在说：'你们要注意了。'"

"而克拉马教授也同意这个说法。"她戏剧化地接着说，教授还告诉她，现在很显然是为南湾海洋生物编制详细名册的最佳时机。"事实上，教授说他有意想推动所谓的'生物闪电战'，要召集各类的科学家来为峡湾南边的海滩进行一次动物分类普查。"

整个专题报道以我提到蕾切尔·卡逊的那段话作为完结，接下来便是一串虚伪的闲聊，其中一个节目主持人先是恭贺假人模特儿小姐完成了这么神奇的一篇报道，然后表示一个十三岁小男孩竟然会是蕾切尔·卡逊的狂热书迷，真让他觉得不可思议。

女记者猛点头："他的伙伴肯尼·费普斯告诉我，迈尔斯可以全凭记忆，引述一长段蕾切尔·卡逊海洋学著作中的段落。另外，还有那只现在仍在华盛顿大学进行检验的巨鱿，他们请迈尔斯为它命名，听说他毫不犹豫就选了蕾切尔这个名字。"

连气象播报员也说他爱死了这则垃圾报道。

我安静等待着爸妈的反应，暗地里希望他们不要吐到我的金枪鱼卷上。

神奇的是，他们这次竟然没有责备我又半夜溜出去的事，也没有逼我说出靠采集标本赚了多少钱，一些我演练过该怎么回答的问题全都没问。

爸爸说，我或许是附近最矮的小孩，但我的智商显然比那些为州政府工作的家伙还高，他这番话引得妈妈额头上的肌肉一阵颤抖。然后他像是喃喃自语地问道，像他这样一个只懂棒球和啤酒的人，他的儿子怎么会知道那些连大教授和聪明科学家都不懂的事？他喝下一口走了气的啤酒，歪咧着嘴傻乎乎地笑着，害我怀疑他是不是中风了。"你知道有多少人会看到这个节目吗？"他问，"西雅图有多少人，海伦，一百万人吗？"

"但这只是在奥林匹亚播出吧？"我问。

他们笑着告诉我，第七频道是西雅图的电视台。

想到有这么多陌生的眼睛，紧紧盯着我和我们的海滩看，我不禁毛骨悚然。我觉得有一种奇怪的失落感和被背叛的感觉，就好像看到你很喜欢的一本书被改拍成烂电影一样。

妈妈说，我让她感到惊讶，但她看起来却好像是在烦恼。她朝我的肩膀伸出手，但没有真的碰到。"你希望我们怎么做，迈尔斯？"她问道。

我迟疑了一下，她补充道："我是说，我们应该怎么帮助你？"她的鼻子抽动了一下，我知道她闻到了透过地板传来的海滩潮味。

电话响了，她叫爸爸不要管它。

"我很好啊。"我说。

"在学校会有人找你麻烦吗？"

"有时候。"

"我们应该送你去私立学校吗？"

"我很好啊。"我重复着。

答录机启动了，妈妈的某个同事叽里呱啦个不停，说她的"神奇男孩"看起来真像缩小版的迈克尔·J. 福克斯[①]。

"你想试试到托考特海产公司去实习看看吗？"妈妈问完后，打了一个喷嚏，电话又响了。

"比利·艾科特就住在托考特家其中一个兄弟的隔壁，"爸爸脱口而出，"我可以找他谈谈看。"

"我很好，真的。"

"你希望我们常带你到图书馆去吗？"妈妈紧追不舍，"还是你需要钱买书呢？"

答录机又哗的一声启动了，这次是珍妮阿姨，她兴奋地说着，谁会想到她的小外甥竟然成了家族里第一个电视明星呢。

"拜托，迈尔斯，"爸爸催促我，"我们完全不知道，你竟然变得这么聪明，我们真的一点都……如果你已经找到自己的天赋，儿子，

---

① Michael J. Fox（1961— ），好莱坞大明星，曾主演《回到未来》三部曲。

让我们帮点忙吧。"

我应该觉得受宠若惊才对，但是想到这是靠某个假人模特儿做的烂电视节目，才让我爸妈了解到我可能真的有点特别，我实在很不舒服。

"看在老天的分上，"妈妈锲而不舍地说，"一定有什么是你想要的吧——就算只是让我们感觉好一点也行啊。一个大一点的水族箱？"

"这些我都不要，"我说，"我只要……"

爸爸喝啤酒的动作停在半空中，我听见潮水在屋子底下流动的声音。

"嗯？"妈妈低声问，"只要什么？什么都可以。"

我真正想要的是什么？我想要一个镶红边的三四米长的伦德牌钓鱼船，或是一艘六马力的爱文鲁德牌小艇，好让我载着安琪·史坦纳出海遨游一番。还有，我也想养一只狗。

"只要你们在一起就好！"我没料到自己的声音会这么大，"而且不要搬离这个房子。"

他们沉默下来，没说一句话，电话又不停地响起。我溜到屋外去，沙滩上满潮的海水平静无波，看起来就像是一大块灰绿色的果冻。

16

法官和我一起进行牡蛎清洗和分类的工作，死掉的牡蛎扔掉，成熟的装箱，还没长成的就再重新整理起来。我们各司其职，他用法国小号般的声音权威十足地侃侃而谈，我则一边让太阳烤着——皮肤已经微微刺痛———一边倾听海鸥、苍鹭、裸泳者和其他生物拍打水面的声音。

"嗯，我们现在知道安琪躁郁的原因了。"他突然冒出这么一句，"迈尔斯，你知道吗，这一切都和脑里的化学物质有关。我们的脑袋就是这么一回事，只要想得越多，各种各样的东西就会像变魔术一样涌现在大脑里。"

躁郁？他的意思是她疯了吗？

"要解决这种问题的唯一方法，便是使用更多的化学药物。"他继续说，"要找出某人需要什么很容易，但困难在于你得让他们接受。而你没办法让安琪拉·萝丝玛丽·史坦纳做任何事情，至少我从没成功过。我的三个儿子加起来都比她容易应付多了。我不知道这是因为男孩子和女孩子不同的关系，还是我的问题。"

他往上看，脸红彤彤的，仿佛他举起的是比牡蛎还重得多的东西。"我上礼拜四和克罗司比法官一起在餐厅吃午饭，我们正在争论法官应该是用投票选举出来或是用指派的时候，安琪跳着华尔兹进来了。克罗司比看她的表情，就好像是看到一个在街上随便乞讨的小鬼，虽然安琪给了他一个足以打败任何人的微笑。'从窗户外面看到你们，爹地。'她说，'只是想来打个招呼。'她看起来是那么的甜美从容，让我反而慌张不知所措起来，只能回答她'谢谢'。她听了后大笑起来，所有人都盯着我们看，但她一点也不在乎别人怎么想。她弯下腰在我额头上亲了一下，就像以前她在睡前都会做的那样，然后又踏着华尔兹的舞步走出餐厅。克罗司比从餐桌另一头倾过身来，问我：'你什么时候也要去穿个眉环啊，诺曼？'仿佛她让我丢脸了。"

法官又拿起一枚牡蛎，翻过来放在他的橡皮手套上，热切地盯着我的眼睛，我不得不将目光转开，看着接近正午的炎炎烈日，让阳光灼痛我的眼皮，努力想把他刚说的话拼凑起来。他为什么要告诉我这些呢？我已经很习惯大人们在我身边谈论一些奇怪的隐私了，他们认为我太小不会去闲言八卦，但这次真的很不寻常，就算对爱说话的法官而言也很奇怪。

"只要她吃药，就会有进展，但我很清楚，她将可治律①和那个星期拿到的所有药混在一起乱吃。我当然很想知道她到底发生了什么事，但另一方面我又不想知道。她的问题在于，自作聪明的选择会让她无聊得要命。我想你应该听说过，她有次表演在舞台上昏倒的事吧？"

"没有。"我说谎了。

法官摘下太阳眼镜，用他油漆斑斑的 T 恤衣角，很有技巧地将两边镜片都擦拭干净。在不说话的时候，他看起来真的很平凡，丰满多

---

① Clozaril，氯氮平片，抗精神病药。

肉看不见下巴的脸上，凹现出两只朦胧的小眼睛。我注意到，他下巴的线条在起点时还不错，不过再往后就迷路了。他不胖，只是轮廓看起来一片模糊没有成形。

他微微一笑，将橡胶靴折弯下来蹲着，面前摊着四个已经用外科手术般娴熟技巧撬开的牡蛎。他将闪闪发亮的生牡蛎肉盛在原来的壳里，一个个等距离地排摆在泥滩上，然后朝我点点头，示意我可以开始吃了。

我讨厌生牡蛎，但我已经和法官在一起吃过无数个了。每次总是两个两个地吃，过程还得郑重其事，像是献给海神的祭礼一样。法官觉得我这是在和他分享刚由海湾中捞起来、上帝所赐予的牡蛎，但对我而言，不过是场毛骨悚然的折磨。我把那滑腻腻的牡蛎块丢进嘴里，尽可能不去嚼它，在通过喉咙时我不得不克制住自己畏缩或扭动身体的冲动。而牡蛎滑进喉咙时是如此地轻易顺畅，感觉好像会就这样一路滑出我的身体一般。我检查牡蛎壳里有没有珍珠，但只在上面发现了一些紫色的迷你小壁画。

"好吃吗？"法官问。

"美味极了。"我说。

在我还没想出该怎么开口，问他刚刚是不是在警告我安琪是个疯子之前，他已经将话题转到其他事情上了。

"友情会毁了你。"他这样宣布。

我不自然地假笑了一下，猜想这大概是和我们的牡蛎祭典有关的玩笑话。

"你必须小心你所帮助的人，"他说，"即使你是在根据原则行事也一样。"

他一定看出我很迷惑，因为接下来他开始高声倾诉他曾经如何以路德·史蒂文斯①之名，在牵涉到他一位大学好友的财产权官司中，积极地说服了其他法官。

"干得好。"我说。

他很开心。我就算听不懂法官在说什么，也能逗他开心。

"不，"他苦笑着说，"路德干得好，而不是我干得好。忠诚和原则可能会化身为丑闻，反过来咬你一口——尤其是当你在竞选连任的时候。"

我完全听不懂他说的，所以不敢直视他的眼睛。而且，我真的很想问问安琪的事，但正当我话都挤到喉咙的时候，他突然感谢我常常去看弗洛伦斯。

我吓了一大跳。为什么他要感谢我？我很少听到法官提起弗洛伦斯，而且也从来没在她的小屋里碰见过他——倒是弗洛伦斯常常提起他。我突然想到：如果他知道我常常去看她，那就表示他很了解她现在的状况，不是吗？想象中人们忏悔告解后的感觉，应该就是我现在的心情写照吧。我等不及想听到法官告诉我，弗洛伦斯的医生有问题，吃的药也不对，而且他会在周末前把这些事全都解决好。

"她真的应该待在养老院才对的。"法官带着点抱怨的语气。

我过了好一阵子才说得出话来："真的吗？"

"是啊。我上个月和她的脑神经科医生谈过，他已经没办法给她什么帮助了。她一个人独居很危险，情况只会更恶化而已。"

"她不想去老人院。"我低声咕哝。

"又有谁会想呢？"他大声地回了一句。

---

① Luther Stevens，美国十九世纪初名法官。

我想就是从这一刻起，我不再仰慕史坦纳法官了。

"你想听听关于那女人的事吗？"在我们将六桶牡蛎搬上法官的船时，他这么问我。

"好啊。"

"五十年前，我认为她是我亲眼看过的最美丽的女人，连年轻时的索菲亚·罗兰都比不上她。"

他举起右手说："我发誓。"

我试着想象这个名叫索菲亚·罗兰的女人长得会是什么样子，心里很疑惑她或者弗洛伦斯到底和法官这番令人迷惑的长篇大论有什么关系。他这是在对我迷恋他的女儿表示同情？还是在警告我，疯疯癫癫的她拥有的美貌是短暂的？他是不是发现我在窗口偷看她了？

像蕾切尔·卡逊这样的人，会对你直来直往，明确地用最清楚明白的语言，告诉你她想让你知道什么。法官则是在说出让你讶异的话后，等着你自己去将线索串联起来。我决定放弃揣测他的用意，直接说出我的想法："安琪的事我会帮你的。"

法官歪着头，像是要把水从耳朵里倒出来一样，开始大笑起来，过了好一会儿才勉强憋住笑容。看来我误解他的意思了：他中午时分的这段闲聊根本没有经过计划，也没有任何含意，他只是随便说说，和没有身分地位的人没什么两样。

"你真是了不起啊，小伙子。"他说，"很了不起，真的。"

"反正，我说话算话。"我说完便转身往船的方向走去，不让他看出我内心激动翻涌的情感。

法官让我驾驶他的"波士顿捕鲸号"[1]快艇开回斯库克姆查克海湾。他一路上都站得笔直，只用三根手指扶在舵轮上保持平衡，放开的小指头代表他对我的信任。潮水还很低，如果我偶尔撞上位置变幻莫测的沙洲或载浮载沉的漂流木，船便会以将近五十公里的时速冲过海面上的泡沫。

野鸭、海鸥和大雁笨拙地拍动翅膀，从船的前方向四处散开，我和法官则伸长了脖子努力观望长青学院沙滩上的五个裸泳者。有四个瘦巴巴的男人和一个矮胖的女人，在离我发现鲑鱼的地点不到二十五米的地方，像烤香肠般一列排开享受着日光的烘烤。

我突然想到，史坦纳法官一定知道整个离婚的过程可以进行得多快，决定小孩该住哪里的究竟是谁，还有法官们会在什么样的条件下判定夫妻不可以离婚。但我如果想问这些问题，一定要大声喊叫才能盖过马达的咆哮声，我实在没办法想象自己能这样做。

和往常一样，整个海湾唯一的商业迹象，便是老旧、风化剥落很严重的泥湾酒馆。法官向我解释过，如果要进行任何翻修就必须符合法规，但市区西端根本没有下水道管线，所以根本不可能采取任何行动。因此，酒馆多年来就维持着老样子，就连那两块褪色的招牌也没有任何变化——一块招牌上写着"鸡肉和牛排"，另一块上只写了一个"吃"字。不变的还有酒馆已有五十五年历史的污水池，上面覆盖着湿漉漉的土，连几个小家庭的污水都吸收不了。然而泥湾酒馆还是常常高朋满座，有时塞满了来看"周一足球之夜"节目的顾客，要不就是挤满"坏狗帮"的全部成员。"坏狗帮"是一群摩托车爱好人士，每个月的第一

---

[1] Boston Whaler，美国著名快艇制造品牌。

个星期四下午都会聚在这里，玩推沙壶，喝蛤蜊海鲜浓汤。这也就是我们会看到酒馆前面停了十四辆哈雷摩托车的缘故了。

不过，让我分心的是停在店后碎石地上的那两辆小货车。它们看起来好像在动，却又不是前后移动，而是上下震动。这时我再看了那些摩托车一眼，它们已经歪斜倾倒，成了一堆闪闪发亮的铬合金。

我才刚要将这些景象指给法官看时，又看见电话缆线像抽动的鞭子般呈波浪状，钢质的路灯像橡皮管一样摇晃不止。"法官！"我将船速放慢，疯狂地指着酒馆，这时酒馆已经开始左右摇晃，一群穿着皮衣、留长发的人纷纷夺门而出。那两辆货车继续疯狂地弹震着，我甚至可以听到避震器呻吟的嘎吱声。法官看着我慌乱不知所措的样子，一把抓住了船舵。他只用了两个字便解释了一切：

"地震！"

除非强度大到激起反常的波浪，否则你在水上是感觉不到地震的，但即便如此你可能还是不会联想到地震，除非你亲眼看到我所目睹的景象。

我指着摇摇晃晃的哈龙桥、颤动不止的树枝，以及酒馆旁不断摩擦撞击船坞的小艇。狗儿们不停地狂吠着，激动不安的鸟儿们拍着翅膀在天空中四处飞窜，海湾对面似乎还有人在大喊安全指令。接下来的景象，让我一时之间以为地球真的要崩裂了：从酒馆的停车场一直到通往桥上的人行道，竟然到处喷出了泥泉。混乱的场面似乎持续了五分钟之久，但后来听到专家的报告，整个地震其实只持续了三十四秒。

"弗洛伦斯！"摇晃停止后我开始大叫。

法官加速朝她的小屋驶去，不顾一切地从浅水区往前冲。我在摇晃中稳住身体，发动机涡轮还两次打到了泥滩，但我一句话都没有说。在经过我家旁边时，我注意到房子前端的基柱显然还稳稳地发挥原有的功能。真不可思议，没有任何东西发生移位，法官家美丽的房子还是如常地安坐在小丘上，就连弗洛伦斯的破旧小屋也还在原来的位置上，寸步未移。我们将快艇停在沙滩上，吃力地踏过上千枚破碎的贝壳，朝她的小屋跑去。

法官用肩膀撞击大门，这才把它打开，因为有太多书跌落在门后面了。面对屋里的一片狼藉，法官倒抽了一口气，但在我看来情况并没有太糟。有三个书架倒了，硬壳书上积存的灰尘像慢动作的龙卷风般，缓缓地盘旋落下，混乱的景象只比平时糟一点点。

她正坐在椅子里，头往后仰，大腿上摆着一条毛巾和一袋冰。她被我们吓了一跳，好像我们是要冲进去绑架她似的。而且她看起来跟以前不太一样，因为她的鼻子肿了有两倍大。

"弗洛伦斯！"法官大叫，"你弄伤自己了！"

她摇摇头，眼睛里反射着各种光线，看起来好像万花筒。"不，诺曼，我没有'弄伤自己'，但我正考虑是否要对大地之母提出控诉呢。"

"我们送你到急诊室去，马上就处理好了。"他用保证的语气说。

"不，不用这样。"她的声音像是紧绷的警笛声，"潘德葛斯医生会到家里来出诊。谢谢你的关心，诺曼，我很好，只不过没平常那么迷人而已。"

法官的脸垮了下来，仿佛他的权威当场扫地。"刚刚那一下还真不得了，是吧？"他最后终于说。

她叹了一口气："摇得这间小屋子像要碎了一样。"

"房子的基柱看起来还好，"他用手臂擦了擦前额，"不过绝对要找人来检查一下才行。"

我开始收拾那些书本，有《心灵导航》（*Psychonavigation*）、《创造性的观想》（*Creative Visualizaiton*）、《梦中的信》（*Dream Mail*）。

"嗯，我一定会的，诺曼。"

接着法官不知为什么，开始将这天发生的事情一件件巨细靡遗地报告给弗洛伦斯听，包括我们四只牡蛎的祭典、舞动的电话缆线、摩托车骨牌和泥泉，等等。姑且撇开他的声音不管的话，他听起来完全就是个想要博取注意力的小男生。

"谢谢你的分享，诺曼。现在去检查一下你自己家和其他人的房子吧——别再盯着我该死的鼻子看了。我待在这里很好，如果迈尔斯愿意留下来帮忙收拾我的书，让它们恢复到我比较熟悉的混乱状态就更好了。"

法官眼睛不知道该看哪里。"我很乐意载你去——"他坚持道。

"去去去！"她说，"医生已经在路上了！"

"可能还会有余震。"法官警告道，说完打了个喷嚏。

"不会的。"她说。

法官吸了吸鼻子，咕哝了几句好啦，好啦，好啦，很难得听到他这样说话。他又问："你在这里不会太热吗？"听到她没有任何回应，他只好一边告诉她有任何需要都可以打电话给他，一边慢慢走出去。

我心想，难怪他会感谢我来探视她。他完全搞不定弗洛伦斯。

"你的鼻子和地震一点关系都没有。"我没有抬头看她，继续埋头堆着一叠叠的书——《女巫之灵》（*Spirit of the Witch*）、《灵魂的命运》（*Destiny of Souls*）、《奇迹的确会发生》（*Miracles Do Happen*）。

"你怎么知道？"她只是试探，并没有否认。

"冰块已经半融化了，"我说，"你的伤痕也已经结痂。还有，你的黑眼圈已经变黄了。你这些书有什么需要特别排列的吗？"

她不耐烦地挥挥手："别宠坏我了，迈尔斯。回你家去检查一下吧。"

我装作没听见，继续将书就我觉得合理的逻辑分成好几堆，堆排成一条走道，让她可以拖着小碎步从旁边走过。《心灵之战》（*Psychic Wars*），《生命灵数的秘密》（*Numerology Secrets*），《谭崔：知觉的爱之艺术》（*Tantra: The Art of Conscious Loving*）。我抬起头盯着她歪向一边的脸，试着想象索菲亚·罗兰到底长什么样子。"医生不会来的，对不对？"

"这是四十年来最大的一场地震。"她说，"他们等下一定会这么说的。"

我反射性地看看四周寻找电视机和收音机，然后才想到她根本没这些东西。她不想被那些大公司催眠，可口可乐，万事如意——这是她最喜欢举的一个例子。还有一句则是——及时大胆抓住人生：开你自己的道奇车。

"所以，"我又问了一次，"医生不会来的，对不对？"

"有一天你可能会发现我的状况比现在更糟，迈尔斯，你有心理准备了吗？"

"他会来吗？"

她提高了声音："任何人面对一个断掉的鼻子，除了告诉你要冰敷，而且不要白痴地再去撞到什么之外，什么也不能做！回答我的问题！"

我继续堆书。

"迈尔斯？"

"我准备好看见你可以在房子里到处走，不再害怕跌倒了。"

她哼了一声："如果你得要我继续粉饰太平才行的话，很抱歉，那我之前太高估你的成熟度了。你没看到我给你的报告吗？去查查'退化'这个词的意思吧！"

我说不出话来。她过去从来没有斥责过我。她得的并不是真的帕金森氏症，而是另一种神经反常现象，正式名称是一长串疯狂的名词，意思大概是她的大脑告诉身体该做什么的能力将逐渐变弱。那份报告预测，她的右半边将继续僵硬，接着左半边也会如此，最后她将完全不能动或吞咽。这就像看着一个铁人渐渐生锈一样。

谁也不知道人为什么会得这种病，但弗洛伦斯自有她的一套理论。车子的废气和汉堡是她最常归咎的两个原因。

"没关系的。"她深深叹了一口气，又加了一句，"没有人需要依靠我这个老处女的——连只天杀的猫也没有。"

"够了！"我气冲冲地回她，"蕾切尔·卡逊也从来没结过婚啊，但全世界的人都想念她，包括她收养的侄子在内！"

我把书都堆完，没再回答任何问题。我将一个倒下的书架留在书堆边，一来是因为太重搬不动，二来是想作为保护。然后我敲碎一些冰块，装在袋子里，在料理台上猛敲了三下才拿给她。我用请求的语气问她，有没有服用神经科医生开给她的药。那位神经科医生姓派克，我第一次听到时以为是叫"快克"①，吓了一跳。

"那药让我头昏眼花的。"她嘟囔着。

我在浴室找到了息宁和乐伯克的药瓶，并倒了杯水和药一起放在椅子边杂乱的小桌上。"你应该吃药。"我边说边从两个小瓶子中各倒出一颗药丸。

"你是怎么知道的？"虽然我还在生气，但终于还是忍不住问了，"你告诉过我，海滩将会发生一件'大事'。你是听到的，还是感觉到的？你知道会是地震吗？还是你只是猜的？"

她没有掩饰对我的失望，说："我从来不用猜的。"

---

① 派克医生，英文是Dr. Pack，迈尔斯误听成了Dr. Quack，意思是"庸医"、"骗子"。

"那是怎么知道的？"

"别逼我。"

"我可是什么事都会告诉你呢。"

她露出一种微笑，看起来像是很痛苦的样子：“那并不是秘密，迈尔斯，只是它太脆弱了。就像是在你的脑海里保持住一个画面一样，如果你太用力，就会失去它。上一次我跟你说了太多，结果好长一段时间我都失去了它，我不能再冒这个风险了。”

一小时之后，我听说豪华公寓——就是弗洛伦斯曾经警告反对兴建的那栋建筑——在地震中损坏得非常严重，政府很可能会禁止住人了。

17

　　我们家的房子看起来像是曾经被弹起又掉下，落在原来的高空钢索上。有三只啤酒杯从架子上被震下来，两根蜡烛躺在地毯上，除此之外就和妈妈开始大喊"我们收拾屋子"之前的样子没什么不同。在打过电话，向爸妈保证房子和我都很好之后，我便骑着脚踏车到市区去四处看看。

　　市中心大多数的房子在一开始建造时就没打算维持长久。当西雅图的建筑往天际发展时，奥林匹亚还是维持在低矮的炼狱边缘，或许是因为没有人愿意把钞票浪费在只比高潮时的海平面高出一米的建筑物上吧；也或许是因为，任何人若想盖出比那栋沙岩议会大厦更醒目的建筑，都是不被允许的。议会大厦坐落在地势较高的坚固地基上，一方面是比较显眼，另一方面则可以免受怪浪或破纪录涨潮的侵袭。这时，所有人都赶着想过去看看，评估一下这次地震对我们造成的损害到底严重到什么地步。

　　我看到的景象是，一群民众正仰起头，呆呆看着撑起圆顶的一米多的宽梁柱上，那条明显得令人吃惊的裂痕。人们睁大了眼，盯着裂缝看，好像他们正在见证自由钟破裂的历史①。我骑车在议会大厦周围绕了一圈，寻找其他或许没被别人发现的损害，但没多久我就放弃了，然后沿着哥伦比亚街往豪华公寓那里骑去。我到达那里后，发现好几面墙壁都有超过三十厘米以上的位移，还有一些遮檐崩塌压在升降梯上。我看着警察在大门入口处拉上黄带子，消防队员也不时来回穿梭。

我真想替弗洛伦斯大叫："早告诉过你们了吧！"我把一切都仔细地看过两遍，准备稍后完整地描述给她听。接着我又骑车上路，到处都是紧张得透不过气来、只能窃窃私语的陌生人，公园、街道、巷道全都充塞环绕着惊异的气氛。我不断听到一个重复的数字：六点八级！六点八级！所有人都在互相警告：可能还会有余震！

一件件的新闻接踵而来，靠着众人的嘴巴传开了：同样的地震震垮了西雅图最古老的砖造城区，塔克玛则有六栋房子被震入海峡；机场关闭了，虎德运河附近的公路塌陷，此外还有二十三万户的电力突然中断；西雅图总计有八十三栋建筑被列为警戒区，已经被封禁起来，而奥林匹亚也有二十三栋；德舒特林荫大道看起来则像是被陨石打过一样千疮百孔，就连远在波特兰和斯博坎的建筑物，也有窗户玻璃被震碎的情况。

虽然有这么多灾情，而且据报道有超过四百人以上受伤，但并没有任何人在这次地震中死亡。

---

① 费城独立大厅外的自由钟，是美国自由精神的象征。1751年从英国订购，第二年运到费城试敲时就破裂了。虽然之后有所修复，但1835年华盛顿生日时，再次被敲出了一条长裂痕。

§

当天晚上，海湾的落日像是一长片黑莓色的污渍，渐渐隐入山丘后。人们都在屋外逗留闲晃，或惊叫，或分享，或见证，仿佛我们是共同经历了一场炸弹突袭的幸存者。

总算有一次，每个人都有自己的故事可说。

妈妈的故事是，当车子开始弹震时，她正好钻进一个朋友的菲亚特车里，她还以为是自己太胖了猛地跟人道歉。爸爸说，地震的时候，他的一个朋友的朋友正在进行输精管结扎手术——这个名词他解释了两次我才懂。这个故事让妈妈笑弯了腰，爸爸则是边说边呻吟，还一面抓着自己的胯下。随后费普斯也打电话过来，他说当时他正在偷他老妈的烟，结果纸箱开始猛摇，散得他爸妈卧室地板上全是一包包的香烟。他还问我，我觉得地震那一刻会有多少人正在做爱。"几百人？还是几千人？"安琪·史坦纳的故事则是，发生那场该死的地震时，她从头到尾都在睡觉。

当我们分享完彼此的故事，也检查过房子之后，一位留着大胡子的华盛顿大学地震学教授，开始出现在所有的电视频道中，声称震中就在奥林匹亚地区。

"更准确地说，"他指着南湾的地图，"这起地震显然是源自斯库克姆查克海湾下三十七公里处。"这个说法让我不禁一阵冷战。难怪弗洛伦斯会知道。

地震专家说，这是自一九六四年阿拉斯加大地震以来最严重的一次，那一次造成了一百二十五人死亡，还引起了六十米高的海啸。相较之下，这次的地震就像一个温和的巨人，不可思议地没有造成任何人死亡。

这个地震是如此的强烈与漫长，让我们感到茫然无助，却又如此慈悲与短暂，没有夺去任何人的生命。不过直到我听说我们学校的状况时，我才真正开始觉得地球真的是有所选择的。

整个学校只有天花板上的几盏灯坠落，砸碎在十几张桌子上，但盖瑟李太太的组合屋教室却是建材四处散落，整个教室裂成了两半，像是被一把巨大的斧头劈开似的。在我们四年级整整一百八十一天当中，这位"冰雪女王"从来没有微笑过一次。为什么她的教室会是唯一被选中的呢？杰佛逊大道上，只有单一边整排的烟囱都被地震震得粉碎，这又怎么解释呢？还有，日落房地产大门前全新的装饰假喷泉又为什么会整个裂开呢？

当海湾被宣布为震中所在地后，记者、摄影师和新闻采访车全都加速拥来，只怕错过了余震，或海湾正式为自己发言的镜头。

我们继续在各个新闻频道间转来转去，终于，有一个红脸男人说出了我一直等着想听的话："早在十多年前，国王第五频道采访过一位在奥林匹亚算命的老太太，她曾经预言，当初正计划兴建的豪华公寓，一旦建造完成后，将会在某次地震中不堪一击。嗯，公寓的确兴建完成了，而今天也和奥林匹亚其他重要建筑一样，受到了严重的损毁。国王第五频道正试图访问弗洛伦斯·达蕾山卓女士的看法，但直到现在还没有成功。"

很快，一辆采访车来了，接着又是两辆，然后还有八个人，全都冲到了弗洛伦斯门前的沙砾地上。

屋里没有亮灯，焦急的敲门声也没有得到任何回应。大摇大摆出现在空地上的，不是弗洛伦斯，而是身穿黑色吊带和深灰色运动裤的史坦纳法官，他兴高采烈地宣布："太巧了，弗洛伦斯不在家，她现在待在一个朋友家里。不不不，我不会告诉你们是哪个朋友，或者她现在到底人在哪里。不过，弗洛伦斯要我转告你们，她对于此次或任何其他的公众议题，都不会发表任何评论，不过还是衷心地感谢各位的关注。"

之后法官在弗洛伦斯家门前的车道上，面对着摄影机开始喋喋不休地发表评论，表示他从未料到斯库克姆查克湾有一天会成为全世界的焦点。接着他提到发现巨鱿的事，好像那是才刚刚发生的事一样，接着又评论说地震学家显然不知道在邻近的区域有任何的断层线。"所以说，要不是实际的断层线与之前标示的有所不同，要不就是我们可能发现了一条全新的断层线。"说得仿佛他正在进行一项调查工作似的。

我在一段安全距离外，看着法官吸引众人的注意力。看他的样子，会让人不自觉忘记，当初那个警告不要兴建公寓的通灵人根本不是他。

有十几个人正围在他四周疯狂地抄着笔记。而在他们身后，还有其他记者正挤在一堆摄影机前面，排练他们在斯库克姆查克湾的现场连线。"我正站在弗洛伦斯·达蕾山卓的家门口，这位奥林匹亚通灵人曾在一九八九年做出预言，预测豪华公寓将会在一次地震中遭到摧毁……我们可以正式来了吗？"

我可以想象弗洛伦斯正坐在她的椅子里，等待这一切结束，完全没有一丝应门的意思，也不想听任何有关她的新闻细节。隔天早上，我在她门口放了一块告示牌，上面写着她人不在家，而且也不想发表任何评论，但最后，还是有一位塔克玛来的记者进到了她的小屋里，原因是他敲门的声音听起来很像我。他在报道里仔细描写了房子里的各色书籍和她肿胀的鼻子，但只能从弗洛伦斯嘴里套出两句话："我很高兴那些公寓里没有人死亡。我要说的只有这些。"这么少的讯息似乎称不上新闻，但还是登在报上了，而后来有一位州政府的社工人员来拜访弗洛伦斯，可能和这篇报道脱不了关系。

至少在我的记忆中，这就是事情的经过。又一次，时间像是跳跃般地前行着。发生地震的那天，感觉就像过了一个星期那么久。我实在很难想象，和法官一起吃生牡蛎，以及那群密教人士头头第一次到我家登门拜访，会是十二小时之内接连发生的事。

　　当晚九点半我们听到敲门声时，还以为是某个邻居上门来聊天，但是妈妈打开门后，却看见门外站着两个陌生人——一个是年纪有点大的高个子女士，另一个则是打着领带、嘴唇极薄的矮胖男人。那位女士先为这么晚来打扰而道歉，接着解释他们是一所社区学校的成员，希望能和迈尔斯·欧麦里谈谈。

　　"哪一所学校？"妈妈问。

　　"我们是厄琉息斯秘仪①学校的人。"那位女士温柔地说，"我们只是想和您的儿子谈谈，如果可以的话。"

　　"你们是哪个密教的人？"妈妈几乎是在大吼，接着突然又大笑起来，让那位女士畏缩了一下，"对不起，我儿子今天不打算和任何密教的人说话，谢谢你们。"

　　"我们不是密教，"那位女士耐心地解释，"我们也不属于任何宗教。我们是学校的学生。"风轻携着她身上肥皂的香味，透过敞开的门吹进了屋里。"我们老师对您的儿子很感兴趣，希望能在您的允许下，与您的儿子进行对谈。"

　　"为什么？"

　　"嗯，她在电视上看到有关他的特别报道。夫人，她只是觉得他的频率有可能与自然世界相通，这是我们大部分人无法做到的。而今

―――――――――――
① Eleusinian，古希腊时期位于厄琉息斯的一个秘密教派的年度入会仪式，这个教派崇拜农神得墨忒耳和冥后珀耳塞福涅。

天的地震又刚好发生在这里，她只是要我们来打个招呼，让您与迈尔斯知道我们希望能与他展开对谈，如果可能的话。"

妈妈的笑声听起来极其冷淡："我们没兴趣让我儿子参与你们那奇怪的表演。感谢你们以及不用了。"她说完便把门关上，嘴里还念念有词，庆幸自己让那些密教人士滚蛋。最后，她看着我说："你不会想和他们说话吧？"

"我对他们完全不了解。"我说。这一整天都太疯狂了，就连有密教人士上门来找我似乎也不算太古怪了。

从妈妈接下来慷慨激昂的演说中，我得知厄琉息斯秘仪学校是一群疯子组成的密教，其中一个不知出于什么理由，甚至还不远千里从澳洲跑来，追随本地一个名叫力量夫人（还真是个方便、不需多解释的名字）的女疯子。这位力量夫人声称，她可以穿越时空，看到所谓的古希腊厄琉息斯秘仪有关的秘密祭奠。他们聚集在一栋有围墙环绕的建筑里，妈妈管那叫做"盲目崇拜的神经病和笨蛋的专属疯人院"。"弗洛伦斯胡说八道但至少只收人十块钱，而这个女人可是会搜光你一辈子的积蓄。"接着妈妈开始模仿刚刚离开的那个高个子女士说话的样子：我们是学校的学生。

妈妈模仿人的样子很有娱乐效果，但绝对只有丑化的份。她很会模仿法官说话的节奏，像要会让你忘记她的声音其实比法官高多了；她学弗洛伦斯眨眼睛的样子，简直一模一样；她还会模仿三剑客中一人，在喝了两杯皇冠牌威士忌后，说话没有元音的样子。还有一次，她躲在费普斯背后模仿他，把刘海垂在眼睛上问道：有事吗，欧麦里太大？然后缓缓地露出一个微笑，最不可思议的是，她和费普斯的动作配合得刚刚好。

"不过，重点是，"爸爸谨慎地说，"你在提到他们那个地方时，还是要小心一些的好。譬如说，我最近才刚发现，奈莉·温特斯就是

136

那里的学生。奈莉说，他们基本上提供了一些很好的自我帮助的资讯，许多人都有需要去听听看。"

"他们压根就是一群笑话，别听奈莉那个疯婆子乱说，那全是什么新世纪的烂狗屎。她把古老的仪式和现代的噱头混在一起，蒙骗那些'学生'，把他们搞得迷迷糊糊之后，再教他们怎么解读心灵！她要他们坐在盛满海水的浴缸里，边听雅尼①的音乐边尖叫！这个高中被退学、开劳斯莱斯的女人，不是个大骗子，就是有多重性格障碍！或者两种都是！总而言之，我至少可以肯定，绝不能让她靠近我们儿子一步。"

"雪莉·麦克雷恩②也信他们啊。"爸爸畏缩地说着，一边点起了一根蜡烛。

"雪莉·麦克雷恩，"妈妈不屑地哼了一声，仿佛她只是在念一个人名而已，"西恩，这到底是为什么呢？"她柔声地问，"不管谁跟你说什么，你都那么相信呢？"

"我只是说，他们和最近发生的一系列怪事比起来，我不确定哪一边更荒谬。"他又点了一根蜡烛，"像老弗洛伦斯，至少今天晚上你不能说她是个怪胎了吧。"

妈妈呻吟了一声："要是你说过一大堆预言，总有一件会蒙对吧！如果赌得够多次的话，赌局也总会有赢的一天。西恩，你觉得我对他们太没礼貌了，是吗？"

---

① Yanni（1954— ），出生于希腊卡拉马塔，著名作曲家。他将高雅的古典交响乐与绚丽的现代电声乐巧妙地结合起来，曾两度获格莱美奖提名，被称做新世纪音乐家。

② Shirley MacLaine（1934— ），好莱坞知名女星，1983年凭借《母女情深》获得第56届奥斯卡和第41届金球奖双料影后桂冠。

"不，你很好。"他没有再看她，"时间很晚了。"

我往门边走去，想去查看弗洛伦斯家的状况。我踏进昏黄的夜色中，美丽的景色仍然依稀可见，太阳下山的速度也格外缓慢，仿佛它也不想错过任何可供娱乐的事。

"你也觉得我很没礼貌吗，迈尔斯？"

我透过颤动的烛火看着她："他们似乎毫不在意啊。"

换句话说，我知道他们还会来的。

18

隔天，海湾挤满了好奇的观光客，和三组电视台的工作人员，仿佛只要他们一直留在那里不眨眼睛的话，就会看到尼斯湖水怪、大脚野人，或是听到某个先知开口说话。

在爸妈急忙赶去上班后的几分钟，前一天晚上那对怪胎二人组又来我家门口徘徊了。我发现这次他们身后还跟着十一个密教成员，其中一个女人还背着一个流口水的婴儿，正慢吞吞地走上我家的车道。那位高个子女士说她的名字是卡洛琳，问我是否可以跟她聊一会儿。

我们谈话的时候，其他人就羞怯地在旁边闲晃，他们的手交叠着摆在下腹部，仿佛正等待校长还是牧师训示的样子，样子看起来都很正常，甚至似乎有点太过友善了。每当我往他们的方向看时，他们便冲着我微笑。珍妮阿姨如果好几个月没见过我，再看到我时也会露出同样的笑容。

卡洛琳叨叨絮絮地向我说明他们的学校，并且不断为前一晚的"打扰"而道歉，啰唆到让我感到疲倦。然后我问她，他们的领袖是不是有性格障碍，她的回答又臭又长，讲了一堆关于宗教神秘现象和什么"活女神"之类的废话，让我不得不打断她，问他们要不要跟我去沼地看看。那会儿离最低潮只剩一小时，而且我实在受不了再听她说话了。

她好像听到什么夸赞奉承的话一样，脸都发亮起来。

我们慢慢走到海滩上，我把他们当成三年级生一样，要他们把头摆在大石头间听藤壶猛力将壳闭上的声音。就和大部分人一样，他们无法相信这些小硬壳里竟然住着活生生的动物，更不敢相信这些生物会在潮水退去时，将海水封在自己的壳中。

接着我走上沼地，示范哪个地方可以踏上去，以及该如何避免陷到泥里。我向他们指出每个裂缝里、每个贝壳中，都有生命的存在。如果他们慢下脚步，让眼睛放松，就会看到许多原本静止的东西其实都正在移动，就像我指给他们看的那十三只背着褐白双色花纹玉黍螺壳的小寄居蟹。我让他们看看，生命是如何依附在另一个生命上生存下来的。

大部分小孩只想知道什么东西最大或最吓人，但这群人对所有的东西都感兴趣。他们会抢位置仔细盯着我讲解，专注的样子让我不禁怀疑其中有些人是不是在读唇语。卡洛琳是唯一会发问的人，其他人在我滔滔不绝时永远只保持微笑。其中一位女士眼睛不时飘向四周，并且一直咬着嘴唇，我猜她是在怀疑是否有余震。其实大家都在担心。此时，约四十九公里外的路易士堡正在发射迫击炮，可那爆炸声听起来就像有一张沉重的桌子拖过一层木地板——而且就在我们的头顶上。在亲眼目睹过地球震动之后，我们都要再过一些时间才能再次信赖它。它甚至看起来都不太一样了，就好像你被老爸打过一顿屁股后，也会觉得他的样子变了。

我让他们看瘫倒在沙滩上的大叶藻，要他们想象它们若是生活在森林中会是什么样子。我要他们看搁浅在岸上的上百只海月水母，它们散布在沼地上，像一个个手掌大的透明气泡，就算能够撑到下一次涨潮，也活不过秋天的第一场暴风雨。我捡起其中一只，展示它那已经磨损的下腹部。"它们通常活不久，但只要能长到没有其他生物想吃它的大小，再活下去就很容易了。"说完我轻轻地将手上的水母丢进较深的海水中。先是卡洛琳学着我做了同样的事，接着其他人也都纷纷弯下腰，赤手挖起海月水母，好像什么水母救援小分队一样，将它们一只只送回深水里。如果费普斯在场的话，一定会笑得喘不过气来。

我告诉他们霞水母是如何在几个月的时间内，从一颗泡泡糖球的大小长到像雨伞那么大的，并警告他们尽量别踩碎沙钱。不过，这是没办法完全避免——他们全都踮起了脚尖，好像脚下有什么危险易爆品一样。其中有位女士走路时有点跛，我发现她的左脚踝是右脚的两倍大。她捡起一只沙钱翻过来看，它细小发亮的脚在阳光下不住颤动，就像从空中看着万头攒动的体育场，这让她倒抽了一口气。

"大家可能都知道，"我说，但心里很清楚他们没有人知道，"月亮对潮汐的影响是太阳的两倍。关于引力这件事，距离比大小要重要多了。"

他们全盯着我，仿佛我就是哥白尼。妈妈为什么要嘲笑这群人呢？如果他们真的疯了，似乎也是朝好的方向疯。我躲开他们的目光，看着我的脚边，寻找蛤蚌的踪迹。只需要一个中等大小的马蛤，就足以让这群人大声欢呼叫好了。他们模仿我弯下腰搜寻蛤蚌的动作，一步步跟着我的脚印，让我不得不只能走在比较稳固的泥地上。正当我这样专心往前走时，突然瞥见了一个"美人鱼钱包"①。

我以前也在沼地上见到过，但从来没在夏天见过。但它的确就在那里，看起来像是被某个小孩丢掉的小背包。我跪下来仔细端详，一

---

① mermaid's purse，鳐鱼的卵，长方形，有革质壳保护，看起来像钱包一样。

群人全围了上来，我抬头看着他们问："这是什么？"

一个矮胖的男人清了清喉咙说："树皮化石？"另外一个人说那看起来像是塑胶的。"这不是人工制成的东西吗？"卡洛琳问。

我打开"钱包"，里面果然如我所料有两只鳐鱼①宝宝，在黑色的内衬里看起来像一对人类的眼睛。

卡洛琳倒吸了一口气，撞倒了她后面的一位男士，这位男士又撞倒他身后的一位女士，接着便是此起彼落的道歉声，过了好一阵子才停息。然后所有人又都挤上前来，震惊地呆看着我，仿佛我正揭开了时间初始的秘密。

"它们通常只会在春天的时候，出现在岩石较多的区域，"我解释道，"但偶尔也会被冲到这里来。这是鳐鱼宝宝的卵鞘。"我模仿它们像风筝一样在水中滑行的样子，"卵鞘刚生出来时还很软，然后会渐渐硬化，变成像钱包一样的小袋子，好保护里面的卵。不过这两只鳐鱼已经死掉了，没被其他东西吃掉还真稀奇。"

我将钱包合上，放回沼地，然后泼水洗掉手上的臭味。

"你是在哪里发现巨鱿的？"卡洛琳问，"在这附近，对不对？"

我指了指大概的方向。

"我们也可以去看看吗？"另一个人问。

"看什么？"

"看你找到它的地方啊。"有人跟着点头。

"为什么？"我问，"那里没有东西可以看啊，而且你们大部分人的鞋子都不适合过去。"

---

① ray，一种体呈圆或菱形、尾部细长的扁体软骨鱼，游动时靠胸鳍做优美的波浪状摆动前进。

"我们不在乎弄湿。"点头的人更多了。

　　"你们想要陷到泥里去吗？"我的目光停在那位背着宝宝——他已经打起了瞌睡——的女士身上，然后又看看那位脚踝肿大走路会跛的女士。

　　点头的人赢得最后胜利，我只好带着他们过去，中途大家还停下来把其中最胖的一位拉出泥坑。最后，所有人终于踏上那块泥地，但无情的潮水早已将一切痕迹都抹得一干二净，包括巨鱿、电视台工作人员、克拉马教授的记者会、法官的咖啡小站，那天早上所有的痕迹全都不见踪影。

　　我把巨鱿搁浅的正确位置指给他们看，详细地描述了它的尺寸、我的头灯是如何反射照在它紫色的皮肤上、它的呼吸管又是如何颤动，以及我是如何感觉自己听到它所发出的沉重叹息声等等。

　　最后卡洛琳轻声地向所有人——不过主要是向我——说起他们学校对于自然，尤其是海洋的看法。她说在两星期后学校将有一场特别的聚会，而他们的领袖希望我能出席，与她讨论海洋生物。

　　"带我去见你们的领袖吧。"我用最不像我的声音回答，这又让他们全都惊讶不已。两个星期听着总是如此的遥远，你很容易就会答应别人的要求。

　　这时，被背在背后的小婴儿打了个哈欠，从他妈妈圆圆的肩头后面偷看我。我既没扮鬼脸也没干吗的，但他胖嘟嘟、黏糊糊的脸上却突然露出一个灿烂的微笑，周围的人也开始咯咯傻笑，我的脸刷地红了起来。此时的我，看起来一定很像卡通人物。

　　弗洛伦斯告诉过我，婴儿常常会盯着人的头顶看，那是因为他们在查看你的灵光，看你是不是友善的人。她说我们长大后都丧失了这种天分，所以必须重新学习。我承认，在弗洛伦斯对地震的预言变为现实之后，我又想重新试试她的心灵课程了。事实上，这个早上我已经试过冥想，但还是连从哪个咒语开始都无法决定。没错，婴儿对我总是有敏锐的反应，但我一直觉得那恐怕是因为我的身材和他们最接近。

为了从他们连绵不断的亲切之中暂时逃离，我将目光移到另一块泥滩上，却发现有一个发亮的长方体正在潮汐线边缘摆荡。一开始，我并没有联想到皇带鱼，但它不断发出点点光亮，似乎在召唤着我。我越是仔细揣测它的长度，越觉得它看着像是在我心头挥之不去的那只银白色生物。

我没有向其他人打招呼，便朝它径直地走了过去，但就在快走到它旁边时，我放弃了，我是被海浪反射出的光线，和它在水面上载浮载沉的样子给骗了。那只是根一点五米长的木材罢了，一点也不特别，尤其在长青学院和日落房地产这些滨海建筑工地里，更是常见。但那绝对不是新的木材，事实上，完全可以用饱受风吹雨打来形容它，上面还有一些奇怪的褪色了的图案。我走得更近一点，发现那看起来就像中国餐厅招牌上的方块字。我猜大概是某种纪念品吧，大概有人曾经把它由海边载回家，然后又放在码头被水漂流走了，但等我们将它抬起来一看，才发现完全不是这么回事。

那群人还在继续解救水母，但还是有两个男人涉水跑了过来，帮我把它抬上岸。在一阵耳语之后，所有人全都凑过来盯着这根奇怪的、泡了水的柱子看。

我努力想隐藏兴奋的心情，却听到自己大声又急切地说着，这玩意出现在斯库克姆查克海湾有多古怪。华盛顿州和加拿大的海岸之间，隔着二十四公里宽的胡安德富卡海峡，偶尔会有来自亚洲的碎片残骸被冲进这道裂口，但就算如此，他们还要再曲折地越过一百三十公里

144

的峡湾，才能来到这片南湾。

"你怎么知道不是有人把它留在岸边的呢？"卡洛琳问。

我指着黏附在木柱背面的鹅颈藤壶。"这些玩意会黏在漂浮于海面的东西上，而我以前从来没在这个海湾，或附近任何区域看过它们。它们还很健康，这表示直到刚刚之前，它们可能从来没离开过海水。"

"这是路标！"突然一个人大叫起来，"这是从日本漂来的旧路标！"

在一阵长长的静默中，所有人全盯着那根柱子上古怪的方块记号看，终于卡洛琳说话了："迈尔斯，你因为某种理由才发现了它，对不对？就像你发现巨鱿和其他生物一样。你是被选中的人，不是吗？"

是什么引导我找到这一切的？我的潜意识吗？还是某种来自上天的启示？如果真的是来自上天的意思，会不会是弄错了？要是选错人了，又该怎么办？

这时一只苍鹭噼里啪啦地飞过，仿佛恨不得赶紧将这些无意中听到的废话拍出脑袋。

19

　　这全都是费普斯出的"好主意"。他只通知我骑脚踏车到哈龙桥去和他碰面，其他的什么也没说。自从他差点溺死以来，我都没再见过他，因此不管他有什么计划，我没多问就来了。

　　我们在闪烁的阳光下滑行，骑过第四街道大桥时，沿路的松树被风吹弯了腰，这一切都将留存在我的记忆中。女孩们从车窗里对着我们傻笑——费普斯骑在过小的脚踏车上确实很滑稽——他的棕发随风扬起，像是挂在脑袋后的一面旧旗子。雷尼尔山像一块巨石盘踞着天空的一边，损毁的议会大厦则占据了另一边，而在它们下方还停泊了一艘船——我敢说这是我在奥林匹亚所见过最大的。那是一艘红黑两色的货船，船身有两个街区宽，高度超过半个市中心的距离。

　　我曾在书上看过，普吉特湾是由超过三百米厚的冰河所形成的。在超过一万年的时间里，冰河在加拿大与奥林匹亚之间不断前进与后缩，挖掘和切割出大大小小的海湾和海峡。如果我眯上眼睛，那个画面偶尔会飘浮在我的眼前。但要想象海啸的场景可就容易多了：海啸——也许只有袭击阿拉斯加六十米高巨浪的一半——怒吼咆哮着直直灌入海湾，将海水往狭窄的海峡外挤，接着滚滚的巨浪涌上巴德港，如断崖般拱起的愤怒狂涛粉碎了市中心的玻璃窗，冲撞上议会大厦时将海藻和水母震得四处飞溅。

我们骑车穿过席维斯特公园，朝着海峡前进。人行道两旁异常拥挤，好色的风掀起了女孩们的裙摆，让费普斯频频转头。我看见三剑客红着脸从东区酒馆中走出来，立刻别开脸去，却又在另一边的人行道上发现妈妈的朋友爱丽斯，身旁还跟着以前我常逗着玩的小鬼，害我又急忙闪开。人只是到街上来闲晃，但感觉似乎还会有事情要发生，而且就快发生了。费普斯不时露出疯狂的微笑，一副我们侥幸逃过一劫的模样。

地震造成的残骸碎片还堆在被封闭的人行道上，但大部分损害都只在建筑物的砖瓦装饰面，没有人会因此伤心流泪。我享受着驱车前行的感觉，完全没去想我们的目的地在哪里。如果费普斯在此转头，就这样骑回家去，我还是觉得他的主意棒极了，但很显然他心中另有打算。

我们转进一条嘈杂的小巷，到处充斥着震耳欲聋的音乐。我跟着费普斯，停在美国第一银行后面的绿色垃圾桶旁，将我们的脚踏车锁在垃圾桶上，然后跨着有点酸痛腿软的步子，往震天撼地的鼓声来源走去。等我们走得更近一些，费普断才终于透露，他老哥曾经告诉过他，这间"姐妹淘"是最容易溜进去的俱乐部。"后门的保镖是个笨蛋，"他说，"而且这里非常吵，还标榜免费。"

在我们继续走近前，我点出了一个明显的事实："我不可能假装二十一岁——我看起来连十一二岁都不到吧。"

"没有人会看见你的，鱿鱼小子，这是你的优点。"他递给我一顶帽檐上印着"滚石乐队"字样的帽子，命令我像一条哈巴狗一样，跟在他左后方。我将帽围调到最小，在不至于看不见的程度下，将帽子尽可能压低。

我们前面是一群年纪较大的吵闹小鬼，费普斯等在一旁让他们先走，然后趁他们被一个壮汉挡下来时，从后面挤进去。我紧跟着他，两人直直切过人群穿到门的另一边，而保镖这时还在门外用一支小手电筒检查进场人手上的隐形徽章。突然间，场子里充斥着太多的人和噪声，多得几乎要溢出这个小小的房间。

淡蓝色的厚厚烟雾，在天花板上摇摆不定的风扇下方盘旋缭绕，原本似乎只是毫无规律的噪声，在室内听来也比较像音乐了，但也更加激烈和具有攻击性，低音贝司甚至震得我的肋骨咯咯作响。在原地摇晃的人们全都盯着同一个方向，没有人坐着，也没有人捂起耳朵，除了我之外。费普斯拉着我走向噪声的来源，钻过人群朝舞台靠近，而越是接近，啤酒和香烟的臭味越加浓烈。有个女人的哀叫声比贝司和鼓还刺耳，但我一个字都听不懂。

我努力想跟上费普斯，但被一个人后退撞到，又被两个人敲到头，而且他们根本没发现我的存在。终于，我还是跟了上去，想办法在交杂的肩膀、胸部和手肘之间，费力地瞥一眼舞台，希望在被压扁或丢出去之前，尽量看到一点东西。我最大的优势是，所有人的目光都在我的头顶以上；但讨厌的是，我的高度刚好够得着大家的夹肢窝，会不时地闻到可怕的味道，但这对其他人似乎都不会构成什么困扰。所有人都互相黏在一起，或者说几乎黏在了一起。这里让我想起某个不舒服的经历：有一次我不小心开错了门，结果撞见三十个全身油腻腻的中学摔跤选手，正气喘吁吁在一块栗色厚垫子上拼命练习，房间里没有窗，同样的空气一定在同样的嘴巴和鼻孔间来回循环过十几万次了。然而这里的情况更糟，虽然没那么多汗水，但是更热、更黑，而且弥漫的烟雾让我的鼻子阵阵刺痛。除此之外，音乐也让人不舒服。不过，所有人还是在拼命往前挤，仿佛他们听得不够清楚，他们想要摸到旋律。

费普斯抓住我的手臂，拉着我钻到舞台边，前头只隔着三个女孩，她们身高都矮得足以让费普斯看到舞台。所有的人都面向前方，像是随着完全不同的音乐小幅度地舞动。我趁着前面女孩偶尔分开的短暂空当，看见了舞台，瞬时嘴唇一阵酸麻。

安琪在舞台上，就穿着我春天时看她在户外演出的那身条纹洋装。她梳得尖尖的头发摆动着，双眼紧闭，脖子闪闪发亮，新眉环泛出霓虹绿的光芒。

费普斯突然跃入我的视线，大喊："吓到了吧！"

我早该发现是怎么回事的，但我太低估费普斯了。外面的海报上没有 L. O. C. O. 或安琪的名字，而且她大部分的歌我都不熟。但她就在那里，昂着头，穿着大靴子的双腿站得比肩膀还开。裙摆高高皱起，露出晒得很漂亮的大腿。突然间，她开始尖叫起来，就像人们在高空跳水时会发出的一样。接着，她贝司的振动声从和我一样高的扩音器中消失，毛茸茸的鼓手疯狂击鼓的动作也在同一瞬间停止。

我猜掌声应该算是很大，但和刚才隆隆的音乐声比实在算不了什么。我期待安琪会大叫像是"怎么啦，奥林匹亚"之类的话，不过她什么也没说，只是等着掌声渐渐静下，然后随意地询问大家有没有注意到她的新尖叫声。"那是某天晚上一只仓鸮宝宝教我的，"她说，"那家伙真是可爱得要命。"她随口乱说了一些关于仓鸮的印象，然后对着麦克风又笑又咳，惹得所有人哈哈大笑。和这群湿湿闷闷的家伙一起分享我最钟爱的笑声，让我感觉受到了侵犯，就好像有人劈开我的脑袋，将我的幻想像赠送薄荷糖一样到处派发。

安琪转过身去喝东西，让我们所有人盯着她的背后看，洋装上细密的条纹像是有生命会自己动一样。有个家伙高声大喊"安琪，我爱你"，许多人大笑起来，发出像牛仔一样的咿呀怪叫。我暗自希望，在有人注意到我们或再有人向安琪表白之前，音乐能赶快开始。我四处看看有没有虚伪法兰基的踪影，但没办法辨认任何一张脸。在没有音乐声的状况下，每一秒都像是我和费普斯的最后一秒。要发现两个十三岁的小鬼需要多少时间？不过好险，至少灯光还是暗的。突然，一股臭味冒了出来，我屏住呼吸，不过强烈的恶心感还是迟迟不散。这是我所闻过的臭屁中最臭的，却躲都躲不掉。腐烂的海狮闻起来都比这好一点，连泥沼地低潮时最糟糕的臭味，和这比起来都还算清新宜人。但没人咒骂、抱怨、尖叫，甚至连捂鼻子的人都没有，仿佛浸在这样的大屁缸里只不过是摇滚仪式的一部分。

前面的女孩浑身啤酒味的男友归队了，舞台也从我的视野里消失。就在这时，我听见背后有个家伙在问是谁把"他妈的小弟也带来了"。其中有人拍拍我的肩膀，但我假装没注意。然后我又听到有人窃窃私语说，我大概是个"小矮子"或"侏儒"，接着便是一阵窃笑声。

还算幸运，就在我们快被发现的关键时刻，音乐又响起了。短短几秒的间隔就像一个月一样漫长。但问题又来了，此时我却被跟前这个穿着牛仔装、宽肩膀的讨厌男生挡住了，根本看不到安琪。但我听得出来，这次开口唱歌的是那个鼓手。他和安琪轮流奏出节拍，然后他大概每十秒就会说一次"昏倒"。没有其他歌词，就只有"昏倒"两个字。观众高声号叫，看来这首歌是他们期待已久的。我们前面的几对情侣蹲了下去，舞台又一次突然清晰地呈现在我们眼前。我看到安琪努力想睁开眼睛，而她摆动的样子似乎太夸张了。昏倒。费普斯和蹲在他右边的一个女人说话，吸引了我的注意力，等我回头时前面的情侣又站了起来，闻起来有一股大麻的味道，一片混乱中我又看不到安琪了。我听到费普斯向那个蹲着的女人要她抽过的烟，舞台上的歌继续一阵阵鼓动着。昏倒。我搞不清楚这歌唱到哪里了，也不知道会唱到什么地方才结束，我尝试各种角度，但只能看到安琪一闪而过的影子。我集中精神听她砰砰的贝司声，希望能从中听出她正在做什么，但同时的噪声实在太多了。我看见费普斯身边那个女人站起身来，抓住他的下巴，好像在人工呼吸一样，将他的嘴唇压在她的上面。就这样持续了好长好长一段时间。在烟从费普斯的嘴边溢出，让他开始狂咳之前，我脑袋里大概转过十七种念头，从害怕到嫉妒，什么想法都有。我不确定他算是被攻击或是自愿的，但当微笑浮现在他嘴角的一刹那，我就只剩下羡慕而已了。他伸出手来要和我击掌，我狠狠地回了他一掌，然后找到一个适合的角度，重新集中精神看着舞台上那个属于我的女孩。我告诉自己，就算她不会给我一个烟雾缭绕的吻，还是比费普斯的那个马子聪明、可爱而且酷十倍。

安琪专心地看着她的贝司弦，左手在长长的脖子上游移抚摸着。昏倒。灯光下的她看起来好像全身浸湿一样，仿佛一只从海湾中游来的音乐美人鱼。我前面的男人又站起身来，在看不见安琪的情况下，音乐听起来更响了，因为我四周只剩下嘈杂的噪声、汗味、外加又一个可以列入吉尼斯世界纪录的臭屁。费普斯向我竖了竖拇指，因为他，没错，因为他够高，所以还可以轻松地看到安琪。他一边瞄着那个喂他烟的女人，一边模仿安琪的姿势给我看。我看见那个女人抱着另外一个家伙，将烟吹进他嘴里，接着又抱住另一个女人也开始接吻时，我再也无法忍耐，赶紧将头转开。前面那群人又蹲下去抽烟了，但我并不喜欢我眼前的景象。安琪正摇摆着，但完全没有跟上节拍。那鼓手吼道："昏倒倒倒。"然后放慢速度又说了一次。歌曲结束时，安琪整个人摇摇欲坠，鼓手站起来伸出手迎向她。掌声越来越大，我跨过前面那几个穿牛仔服的笨蛋爬向安琪，没说半句借过，就这样踏在人的四肢、臭气和烟雾中往前挪动。然后我听到群众的笑声，又看见安琪嘴角露出的微笑。没多久所有人开始欢呼，我听见安琪说着"谢谢……"，鼓手也坐回原位，露出得意扬扬的笑容。

当我叹了一口气转身回去时，发现几个家伙正在骂费普斯，而且招手叫我过去。那个壮硕的保镖怒气冲冲地朝我们走来，人群自动呈扇形散开，仿佛他身上着了火一样。乐队又重新开始演奏，安琪的低音贝司震得我骨头发麻，而她的歌声在一片混乱中再次升起。"生命有时感觉有太多的忧愁"，保镖用他戴满戒指的肥手架着我们往外拖时，她高声唱着。慌乱中，下一句歌词的上半句我没听到，只听到她在唱："所以急什么呢？"在我们被赶出后门的同时，我听见她低低地哼着："只要给我二十个好好活下去的理由。"

"叫什么名字？"保镖问。

"西摩尔·巴兹①。"费普斯说，保镖开始记下西摩尔时，他忍不住咯咯傻笑。保镖要我们最好在他叫警察前，他妈的乖乖滚蛋。

我们大摇大摆地骑在议会路中间，感觉就像电影《虎豹小霸王》中那两个抢匪搭档，在小小挑战过公权之后掩不住地得意。费普斯笑个不停，说他接吻的同时还享受到大麻的飘飘欲仙。不过后来他承认，大麻烟吸起来什么感觉都没有，而且他当时被那女人吓到了所以没敢吻回去。

"那是什么感觉？"我不情愿地问。

"你知道刚开罐的第一口百事可乐在嘴巴里咝咝作响的感觉吗？"

"嗯。"

---

① Seymour Butts，是See more butts的谐音，意即"看更多的屁股"。

"就有点像那样。"

对他的说法我很怀疑，但我怎么知道那是不是真的？

"她把烟喂到我嘴里时，我还感觉她的胸部在我身上擦了一下……"他又说，"才怪。"

"你又知道了？"

"故事已经够精彩了，不需要再夸张啦。"

"是吗？"

"是啊。"

"她绝对是喜欢上我了。"他说着用手拨了下头发，每当他认真想一件事情的时候，就会出现这个动作。

我没告诉他，我看见那女人还喂烟给很多人。我开始吹嘘，安琪在我们被踢出来时唱的那首歌，是我帮她一起作的。出乎我意料，费普斯竟然说他很为我开心。

"也许你和我可以组一个乐队，我来当万人迷的吉他手，你来负责写歌词。不过，有关藤壶和海星的歌，想听的人可能不多。"

"昨天晚上我看了一本书，"我说，"书名叫《谭崔：知觉的爱之艺术》。"

费普斯想了想说："是讲什么的？"

"基本上是在讲性，但是也谈到一些关于阴、阳、女神能量和轮穴的东西。"

"说慢一点，"他说，"你从哪弄到这本书的？"

"从一位年长的女性朋友那里借来的。"

费普斯大笑说："'嘿，老奶奶，你这本性爱手册可以借我吗？'书有几页？"

"一百二十九页。很奇怪哦，他们把 G 点叫做'神圣点'。"

"好像和宗教有点关系？"

"所有东西他们都会取一个疯狂诡异的名字。"

"譬如说？"

"他们管男生那活儿叫'光之杖'。"

他嘴里爆出一串脏话："狗屁，我看是你乱编的吧。那女生的他们又叫什么？"

"'珍宝之路'。"我说，"或者叫'金色门户'。"

费普斯吼道："亲爱的女士，我可以用我的光之杖照亮你的金色门户吗？"

"书里面还有各种秘诀，"我说，"譬如说，你在做爱时眼睛应该要保持一直睁开。"

"这不是要看你做爱的对象而定吗？"

"两个人还要同时呼吸。"

"拜托！"

"我干吗乱编啊？"

"还有呢？"

"他们说，男性若要达到更高的灵性，最好的方法便是长时间的禁欲。"

"所以，你一定已经是他妈的圣人了。"费普斯吼道。

"对啊，"我赞同地说，"我们都是。"

骑车回家的路途漫长遥远，我们不停重复讨论着偷溜进场、喂烟之吻、安琪的歌、西摩尔·巴兹的笑话，还有光之杖与金色门户，一遍又一遍，同样的话题不断精练，不断重新体验。两个人一路上就这样，比得到任何夸赞都来得乐不可支。

20

那天，我还骑车去了一趟图书馆，读遍了所有能够找到的有关皇带鱼的资料，回家后妈妈告诉我，安琪·史坦纳当天稍早时到圣彼得医院去洗胃了。

"她差一点就毒品过量了！"妈妈这样说，仿佛安琪是活该如此的。

我想象洗胃的画面，但脑袋里只浮现出那只我放在小船上的小型抽水机。

"那女孩疯了。"妈妈一边更新家事清单，一边说。她跷着脚坐着，赤裸的左脚随着她巨大心脏的脉动，不经意地一下又一下轻触着地板。

"你觉得每个人都疯了。"我咕哝了一句。

"什么？"

我没回答。

"迈尔斯，她完全不顾她父亲的声誉，她没有责任感，她除了自己谁都不在乎，她唯一关心的显然只是可以弄到多少非法毒品，所以我说她疯了！"

"你干吗这么火大啊，"我问，"对一个病人有必要这样吗？"

"我没有火大，谁说我火大了？我有说我很火大吗？"

"她有躁郁症，"我说，"很多人都有这个问题。"

"躁郁症？谁告诉你这些的？"

"我不用每件事都必须有人来告诉我。"

"当然，我都忘了你已经是精神病专家兼海洋生物学家了。"

"她就很在乎我。"

她听了很惊讶："安琪·史坦纳在乎你？"

"我们谈了很多事。"

妈妈翻了个白眼，这触动了我心里的什么东西。

"谈什么？"她问。

"你不应该任意谈论你不认识的人！"我说。

我的语气一定是哪里不对了，因为我发现她的嘴唇开始发白。"我认识安琪已经……"她提高音量，突然又住了口，"该死！"

每当她生气的时候，我的直觉反应便是道歉，让事情赶快过去。我曾经看过她只因为感觉受到侮辱，就好几个月不理某些朋友。但这次我的怒气也被挑了起来。

"你说安琪疯了，你说弗洛伦斯疯了，你说那些密教的人疯了。你觉得自己是这附近唯一没疯的人吧？"

"迈尔斯，上过电视你就自以为了不起吗？"她咆哮着，"该死的！"她紧紧地抿起嘴，什么也不说了。

"我讨厌上电视！"我大叫，"如果你连这点都不知道的话，那你就连自己唯一的孩子都不认识了！"

说完我便匆匆走出家门，脚步比平时要大声许多，各种思绪在我脑海里翻腾尖叫，让我完全听不到妈妈在我身后又说了什么。

我的胃一路燃烧着，直到走近史坦纳家的门前。门是开着的，我看见法兰基懒懒地坐在咖啡色的皮沙发上。

"嗨。"我打了个招呼。

法兰基抬眼一看，倏地坐直了身体，好像我是他的老板之类的。

我没力气回应他的热情。"安琪在吗？"我问。

头顶上传来拖着脚步的声音，法官靠在二楼的楼梯边上，脸上像戴了一副沉重的面具。他没戴眼镜，正眯着眼睛，一条青筋垂直地横跨过他的额头。"是迈尔斯·欧麦里先生啊。"他一边低声咕哝着，一边走下楼来。

我回头看看法兰基，几乎要替他难过起来。他显然完全无法保持镇定，他连是该坐着或是站着都不确定，更别说要讲些什么了。

"她出院了吗？"我问。

法兰基迟疑着，抬头看看楼上，我们就这样听着法官的皮鞋一步步踏在阶梯上，走下楼来。

"她还好吗？"我接着问。

法兰基的头动了一下，看不出是点头还摇头，这让我紧张起来。

法官好像要递出一份礼物般，对我伸出了手，然后我听见他身后有更多的脚步声，安琪的大哥布莱特也走下楼来。我也和他握握手，仿佛两人正要对某项重要的事达成协议。接着法官低声说，现在或许不太适合去看她。

我从来没听过史坦纳家的男人这样低声说话。当那些男孩都还住在这里时，我从我们家的院子就能听到他们的日常对话。他们虽然彼此大吼大叫，但绝不是在吵架，只是因为房子太大了，而且他们对自己所说的话都自信满满，所以都习惯用吼的。

"你长大了一点哦。"布莱特说。

"还好啦，"我客套地回答，"没有你多。"我这句话让所有人的脸上都露出了点笑容。"我只是想告诉她我发现的一条鱼。"真希望我的声音听起来不要这么渺小无力。

史坦纳家的男人互相挑了挑眉，又耸耸肩，然后法官用温暖的手拍拍我的肩膀说："试试看吧，小子，如果你办得到的话。不过，要是她今天不太配合，也别生气，懂吗？"

一踏进她的房间，却让我有点不知身在何处的茫然感。我对这里充满了太多幻想，以至于等我真正置身其中时，反而像站在瓶中船的甲板上一样不真实。

　　房间里闻起来像是啤酒、香烟混合了老旧塑胶玩具的味道，但事实上我没有看到任何玩具。她的头笨拙地靠在两个枕头之间，躺平的身体上盖着一件很女孩子气的花被子。她背后的墙面上，贴了一张克里斯·海德①的海报。我之所以认得出来，要归功于费普斯，他曾经花了一个下午的时间，拿他老哥的一堆《滚石杂志》把我好好教育了一番。我只知道她吉他弹得很棒，还有她唱那句"在路中央做吧"②的时候，就像是大山猫在咆哮。墙上的所有东西都很陈旧了，包括一些褪色的体育奖章，和一幅沾满灰尘的画，上面是一支参加婚礼的队伍，由几只青蛙带领着一长串穿兔子装的人。

　　安琪看起来一点也不像她。就连眼睛颜色这种似乎恒久不变的东西，也发生了变化。它们变成了黯然的黑色，不再是清澈的绿色，而她那美丽的古铜色皮肤，也在一夜之间离她而去。我有听过婴儿在医院会被偷换的传闻，但从没听过一个年轻人或成年人也会被偷换的。她看到我，叹了一口气说："啊，该死的。"

　　"对不起，"我含糊地说，"我可以走的。"

　　"我不是说你，"她粗嘎着声音说，"我骂的是那些重复的废话。她怎么了？她怎么可以这样？一遍又一遍的。"

　　"我了解，"我的声音在发抖，但我还是继续说下去，"我只是想来告诉你，关于我看到的那只皇带鱼。"听起来很可笑，但这是我原先准备想跟她说的话题的一部分——比较简单的部分，不过我一紧张就

---

① Chrissie Hynde（1951—　），美国八十年代摇滚女歌手，具有强烈的个人风格。
② *Middle of the Road*，克里斯·海德的名曲。

不知道该怎么转话题了。

她用那双乌鸦一般的黑眼眸死死地盯着我，浮肿的脸上一张龟裂的嘴唇张得开开的。"对不起。"我不由自主地又一次道歉。

"不要再说对不起了！你他妈的做错什么了吗？做错事的人是我！我对于说对不起已经厌烦得要死了。这个世界充满了说对不起的人，迈尔斯，每个人都他妈的很对不起！"这时有一只大苍蝇在我额前盘绕，突然猛地前冲一头撞上玻璃窗，落在窗帘杆上，昏迷片刻后又飞了过来，嗡嗡声比之前更响。

"跟我说说你那条该死的鱼吧。"

这时我突然意识到，她的眼睛之所以由绿色变为黑色，是因为瞳孔完全放大的关系。

我突然真的很希望自己没有上来过，我的胃里像塞进了一个火热的拳头，我知道自己还没从妈妈的话里平复过来。

不过，我还是把自己对皇带鱼所知道的种种细节都告诉了安琪，包括我是如何在费普斯背后看见一道银白色的闪光，从它抬起头的样子判断绝不可能是浮木，但当时他已经很害怕了，所以我没再吓他，可我发誓我真的看到了；以及后来有一次我以为自己又看到了皇带鱼，结果发现只是一根日本的路标。

我喘了一口气，接着又告诉她看见皇带鱼就和发现巨鱿差不多一样疯狂，还有皇带鱼可以长达十五米长，几乎是垂直地游泳，潜水的样子就像一把沉落的剑。然后我又说，这个早上我读到的东西就像种子一样深植在我脑海里，现在已经开始无法控制地开花蔓延。我喘了口气，继续和她分享我的新发现，像是有些日本人相信，当你看到皇带鱼时，就表示会有地震。

我看不出来她是否有在听，我大概还说了一些关于我幻想的朋友，或是我发现冰块在太阳下会融化之类的蠢话，反正我说个不停就是了，就像一名演员，拼命想结束掉已经被自己搞砸的一场戏。"安琪，我看见了皇带鱼——也可以说，至少我很确定自己真的看见了——就在这里发生地震的五天之前！"

还是没有回应。她的眼睛是睁开的，但是没有聚焦。"我不是很确定自己吃了什么，"她粗嘎着声音，语调没有起伏，"我的意思是我知道我吃了什么，但不知道会有这种结果。如果某个东西让我感觉很好，我就会想要更多。我不知道为什么会有些人明明感觉很好，却不会想要更多。他们说我有'上瘾人格'。"

我又开始滔滔不绝起来，因为我很害怕她接下来要说什么。"很多海岸边的海洋生物都是这样。"我说，"竹蛏①和某些鱼类，对于海浪冲击所造成的高含氧量的海层，也会有上瘾的现象。"我这时倒真的希望她没有在听了。

"我知道我把不应该混在一起的东西混着吃了，"她低声说，"但我不知道这会要了我的命。"

我本来可以随便找个机会，说出我原先打算告诉她的话中最难启齿的部分，但整个情况都超出了我的预期。就连空气都变得不太对劲，我恨不得能打开窗户。

"对男生来说，堕胎就像拔牙一样，"她突然这么说，但还是那么的低沉沙哑，像是喉咙被撕裂了，"甚至还不是拔他们的牙。就算他们还留在你身边，这仍然不是他们的问题！"

她看着我，等待着。我的脑袋乱成一片，然后这些话就蹦了出来："不是所有的男人都那样的，"我听起来像是在辩护，"像公海马，就跟

---

① razor clam，海产双壳软体动物，体呈延长形，双壳合抱后呈竹筒状。

袋鼠一样会将蛋放在自己身上的口袋里，直到孵化出来。而这时候，母海马早就不知道跑到哪去了。"

看着她，我感觉自己的脸快被红潮烧穿了。

"你会不会大部分时候都很痛恨你自己？"她问。

我没有回答，因为"不会"显然不是她现在想听的答案，但如果说会又显得很不诚实。我开始撕着鼻子上的脱皮。

"我常常很恨我自己。"她靠在枕头上的头往后仰，不让眼泪流出来，同时还努力想挤出一个微笑。"真是'他妈的'常常。"

我拼命想找出一些有帮助的说法。"冥想可以将这些负面思想挤到一边去，"我说，"至少弗洛伦斯是这样跟我说的，但我自己也没能做得很好。"

"弗洛伦斯。"她重复着，仿佛这几个字念起来很可笑一样。

"你有试过玩填字谜吗？"我小心翼翼地问。

"填字谜？"她看我的表情，从来没有像现在这样冷淡，不带一丝感情。

"我妈妈说，填字谜会让她对自己感觉很好，"我真希望我脚下出现一个大洞，"她每天晚上睡觉前都会做一个填字谜游戏，说那样会让她对自己的感觉……很好。"

有一瞬间她似乎想大笑，但没有，她只是静静地哭了，她的脸看起来似乎老了，也垮了。"你现在能帮我的，"她微弱的声音听起来很古怪，"就是让我一个人静一静吧。"

我很感激她在说这些话时并没有看着我。在我含糊地说希望她感觉好一点之类的废话时，那只疯狂的苍蝇又一头往玻璃撞去。

我轻飘飘地走下旋转楼梯，走进客厅——天花板真的很高，让我觉得自己更渺小了。法官和安琪的大哥给了我一些不可靠的担保，说她过几天就会好了。仿佛只要挑对了句子，用完美的语调一说，问题便会解决了一样。

我拖着僵硬的腿走出屋外，刚刚说的一些荒谬的话全在我热烘烘的脑里打转。皇带鱼？海马？竹蛏？填字谜？无论我再怎么在脑子里重组美化这些话，也无法摆脱一个事实——这真是有史以来最可悲的打气方式。法兰基正站在屋子旁边抽烟，像个需要人安慰呵护的万宝路男人。今天的他看起来一点都不虚伪，而我真的很好奇他的狗现在怎么样了。如果我开口问他丽兹的事，对他和我的感觉都会好过些，但我甚至没有向他点个头，也没有微笑或哼一声，因为那会让我觉得自己更烂。我没办法对任何人假装任何事情，尤其是对法兰基·马克思。我慢吞吞地走回家，心里想着万一安琪永远变不回原来的样子，我该怎么办？我就着盒子直接狂灌牛奶，直到我的胃稍微镇静了一点为止。

"听说今天你和妈妈顶嘴了，我听了很难过。"我突然听见爸爸这么说，把我吓得半死，因为我根本没注意到有人在家。我把牛奶盒塞回冰箱里，便往门口走。

"等一下，迈尔斯。"

"干吗？"

"你有什么话想对妈妈说的吗？"

我看着他，又看看妈妈，"妈，安琪要我问候你。"

爸爸清了清喉咙，问她的状况如何。

"还好。"我说。

"很高兴听到这个消息。"妈妈说。

这样的对话已经差不多是我们道歉的方法了。我咬着嘴唇，再次往门口走去。

"迈尔斯，"爸爸说，"今天已经五号了。"

我一手扶在门把上。"爸，我没有长高。"

"我可不这么觉得。海伦,你看看他,我们的小鬼是不是开始发育了?"

妈妈不置可否地嗯了一声,便开始到厨房里忙了。

"晚一点,好吗?"我说。如果他不同意,我很害怕不知自己会做出什么事来。

"一下下就好。"

我踢掉鞋子,像个犯人一样抵在杂物橱边站好。我根本懒得揉松头发或偷偷提高脚跟,只是站在那里瞪着他们看,当他们讨论硬壳书摆得够不够平时,我的内心却在翻腾打滚。

"好了,西恩,画这里。"

"嗯,他没有变矮,是吧?我很确定他没有才对。好啦,水手,站直来。"

我照着做了,想赶快量完。当他和上个月以及之前好几个月一样,在一百四十二点九厘米的地方又重复画上一条线时,我听到他叹了一口气。

"别丧气,"他试图掩饰他的失望,"你就快发育了。"

我发飙了:"邓小平只有一米五二!布克敏斯特·富勒①是一米五七!拿破仑也是!贝多芬也只有一米六二!你不必是巨人也能在这个世界上有所成就!人的智商和高矮根本一点关系也没有!"

他的眉毛抽动着,好像在调整寻找广播电台的频率。"不管你最后长到一米八五或一米七,"他停顿了一下,"我们对你的爱都不会多一点或少一些。"

一百七十厘米。这就是他所能容忍我的最矮的限度了——比他本身高了那美妙的五厘米!

---

① Buckminster Fuller（1895—1983）,美国建筑师、科学家、社会评论家。

§

　　我知道我该去探望一下弗洛伦斯，但我的心情还太激动，所以我选择从史坦纳家后院带刺的铁丝网中间溜出去，来到后面的牧场。

　　我在读过有关牛的视力的书后，想出了一套接近它们的方法。除了它们正后方的东西外，其他的它们几乎都看得到，但它们对距离的感知能力烂透了，完全分辨不出你离它们有一米还是五米。因此它们才那么容易受到惊吓，而且只要一头牛被吓到，整个牛群都会开始发狂，这时你的麻烦可就大了。这也就是为什么，牛仔的动作要这么缓慢，可不是要故意装酷而已。

　　我朝其中最大的三只牛慢慢走去，它们正在最靠近海湾的低陷处吃草。只要它们一抬头，我就停下脚步，等它们习惯我出现在视野中后，才慢慢前进。其中一只终于沉不住气喷起了鼻息，威吓我不要再继续前进。接着它又喷了一次气，比之前更加凶猛了——光是它的头恐怕就比我整个人还重吧。我拔了一根草塞进嘴里，耐心等着。僵持了好长一段时间后，其他的牛又开始低头吃起草来，最后连那只喷气牛也加入了。

　　我在牛群当中站了将近二十分钟，希望趁机回顾这一整天发生的事，思考自己是否有可能在不把事情搞得更糟的状况下，度过这一天。海湾周边闪烁着住家的点点灯火。日出与日落间隔的时间只剩下十四小时又四十二分钟，而我的夏天也只剩下三十四天了。

　　我放慢呼吸，减缓思考的速度，直到整个人冷静下来后才离开了牛群，穿过牧场往弗洛伦斯的小屋走。满潮的水位已经悄悄漫上小屋的基柱，而且比潮汐表所预测的还要高出十五厘米。

21

站在酒馆外等待一个我几乎不认识的女人，让我感觉自己很愚蠢，但我前一天晚上几乎没睡，因此在她载我到未知目的地的途中，我什么也没多想，只顾着打瞌睡。

等我醒过来时，我们已经到达了目的地，但长长的泥灰墙由侧边挡住了建筑物，根本看不出里面有什么。当我发现卡洛琳必须通过对讲机才能让人把铁门打开后，我开始后悔没在早上出门时透露自己要去哪里——我至少应该告诉弗洛伦斯的。

那天在沼地上，卡洛琳和她同伴对我的关注，让我受宠若惊，因此当我同意来拜访后一点也不觉得担心。此外，我对我们所要进行的对谈一点概念也没有，而且那显然是妈妈不会准许的，因此反而对我格外有吸引力。不过，就在我们开车驶进大门时，我开始担心起来。

主建筑与其说是一栋房子，不如说是一座城堡比较贴切。建筑物后面有一座相当大的农舍，旁边围绕了十几顶帐篷和防水油布。一群年纪比我妈妈还大的女士，看着我们的车开过去。天空被洗刷得十分干净，比起平常的夜晚，今天的月光把四周照得更清楚了。

我们走进厚重的大门，屋里的音乐让我联想到电视上的明星秀。树枝状的吊灯上垂挂着许多玻璃珠串，而天花板是一般房间的两倍高，四周有许多大尺寸的深色画作，底下还像美术馆一样挂着小解说牌。屋里所有的家具都覆着一层栗色的天鹅绒。卡洛琳轻声与三名妇女交谈，三个人全是灰发，发型也都相同，并且穿戴着一样的灰色裤装和透明项链。一位驼背的女士问我要不要喝百事可乐，我出于礼貌回答好，但其实我还迷迷糊糊没全醒呢。

卡洛琳带我走进另一个房间，穿越布置有假瀑布和气味浓烈的风信子的通道后，走进了一个圆弧形的礼堂，里面还有像戏院一样倾斜而上的半圆形观众席。有人在整理舞台，还有人在调试麦克风：喂、喂、喂。同时厅里也一样萦绕着明星秀般的背景音乐。我发现一堆人正窃窃私语，或是斜眼偷瞄我，几乎所有人的脸上都带着木乃伊般的喜悦笑容——那天在沼地上，水母救援队员们也是用这种笑容来轰炸我的。驼背的女士递给我一罐可乐和一个塑料杯，我把杯子摆在一边，直接就着罐口喝。费普斯绝对是吹牛的，接吻的感觉像刚开罐的第一口可乐？没人会这么觉得吧，除非是完全没经验的新手。

卡洛琳将我留在拿饮料来的女士身边，礼堂中到处都是看起来很奇怪的大人，绝大部分是盛装打扮的女性，其中有些人的口音很好玩，听他们自我介绍的感觉好像在演戏。一位嘴上顶着巨大山羊胡的男士，告诉我要继续这项"了不起的工作"。类似这样的短短对话重复了五次之后，我才发现等着和我打招呼的人已经排起一条长长的队伍。这让我想到有一次我和史坦纳家一起上教堂时，许多宾客被牧师挑选出列的样子。紧接着，好像庆贺我获得了什么奖牌似的，人们开始一一跟我握手。这种欢迎方式还真像那种无聊的婚礼，新人面对一长列快乐到有点可笑的队伍（都是双方父母的朋友），不得不微笑、握手和说几句无聊的寒暄废话。我不喜欢握手，但只要一开始握，一只只的手就会接踵而来——有的手又大又硬，有些很软，甚至比我的还小，最糟糕的是，有些手握起来还湿答答的。有一位嘴边有颗痣的女士（我总情不自禁地想拿张纸巾给她擦擦），低头透过小小的圆眼镜盯着我，说她自从在电视上看到我之后，便很期待能听我说话。

"您想聊些什么呢？"我问。

她安静地笑了，仿佛不想吵醒任何人。"我等着，年轻人。我会等着的。"

这时，卡洛琳突然过来把我带走，去见那位有着全场最夸张发型的女士。她的眉毛形状很漂亮，古铜的肤色非常均匀，等我靠近后才发现那是化妆的。她看起来像童话故事里的神仙教母，只不过更老一点也更胖了一些。她向我自我介绍说她叫黛利雅·力量①。

她的手非常柔软而温暖，让我立刻放松下来。她问我要不要来一罐百事可乐，我说好，卡洛琳旁边立刻有人一句话也没说地离开了。

"这真是我的荣幸。"她对我说。

"是。"我完全不知道她所说的荣幸是什么意思，但我很确定她就是那个想和我聊聊的领袖。

"我想到洗手间一趟。"

她微笑着，好像我说的是什么金玉良言似的。卡洛琳为我指出洗手间的位置。

小便器太高了，我只好走进小隔间里，我坐在马桶上觉得这一切真不可思议。那恶心的秀场音乐在厕所里变得更大声，我四处寻找喇叭的位置，却在脚边发现一张潮湿的传单。借着微弱的光线我努力看清上面的字，那里提到一些即将举办的启蒙课程，在一块污渍下面还

---

① 原文为Delia Powers，power有"力量"的意思，所以称她为"力量夫人"。

印着一串"特别活动":八月五日,辛克莱·佛立曼博士主持的量子物理学讨论会;八月九日,布兰达·朴瑞儿有关生命灵数的演讲会;八月十六日,与十三岁生物学家迈尔斯·欧麦里的对谈会。

我把那几行字重复看了三遍。

这比看见自己出现在报纸或电视上还恐怖,这是马上要发生的事,而且天知道我现在到底在什么地方!我想象自己的照片出现在牛奶盒背面的画面,胃不禁一阵痉挛。

我走出厕所时,卡洛琳问我一切还好吗。

"你骗我。"我说。

她假装很惊讶的样子:"怎么了?"

"你心里清楚!"

接下来她对我解释了一堆,包括对谈将如何轻松又不正式之类的废话,但我懒得听。某个人一旦说过谎后,他说的任何话都不值得你再放在心上了。

"带我回家。"我要求。

"如果你真的想回家的话,当然可以,迈尔斯。"她的眼睛闪闪发亮,"我只是希望能和其他同样想听你说话的人一起,分享你的经验。"她又说了一堆,但我没有答理她。

"我想回家。"

我们走回那个大房间,里面简直和学校的集会一样嘈杂。但这里除了我之外,没有别的小孩,也没人穿短裤和 T 恤。

力量夫人从舞台上对着我微笑:"准备好了吗?"

又有人递给我一罐新的可乐。卡洛琳向她解释说发生了一点误会,她看起来苍白又困窘,好像快昏倒的样子。"迈尔斯想回家了,他不晓得这里会有观众。"她说。

出乎我意料的是，力量夫人没有发表任何异议。"这由你做主。"她告诉我，"不过在你离开之前，看在我面子上先喝完这罐可乐，顺便和我聊聊吧。这是我唯一的期望，我只想听听你对于那些我们很少会顾及的事情，到底有什么看法。所以，请上来，享用这罐冰凉可口的可乐吧。"

她朝着舞台走去，以为我会跟上。所有人开始鼓掌，她将椅子边的麦克风打开，感谢所有人的光临，然后要大家在她和客人互相熟悉了解的这段时间里，继续聊天。

我这才犹豫地跟上，慢慢坐进她对面的椅子里，然后她开始说她很了解突然被推到聚光灯下的感觉，当初她在西雅图的小公寓中洗盘子时第一次看见了幻象之后，也有过同样的经历。

她闪闪发亮的眼睛，让我联想到我五年级时，曾在下课时间来学校拜访的一个耶稣狂热分子，但她说的话却又让我想到弗洛伦斯，让我感觉放松安心。她问我住在哪里，是怎么对海洋生物产生兴趣的，突然间，我开始向她解释克拉马教授和蕾切尔·卡逊的事，甚至还提到了费普斯。

她也像弗洛伦斯一样静静倾听。等我停下来时，她用温热的手覆在我被可乐镇得冰凉的手上说："我想做的只是这样而已。如果我们现在打开麦克风，会比我之后再努力复述你刚才所说的话要容易多了。但如果你想离开，我绝对还是照你的意思做。迈尔斯·欧麦里，一切由你自己做主。"我耸耸肩，她向某个人点了点头，灯光随即改变。她放大了音量，观众安静下来，就像电视上高尔夫球选手准备击球入洞时，所有人都会屏气凝神一样。

她问我为什么会对海洋生物产生兴趣。

"这个嘛，我住在斯库克姆查克海湾——"我停了下来，"我从来没听过自己的声音这么大声。"

观众低声窃笑。"你等一下就不会有感觉了，"她保证道，"别特别去注意就好了。"

"嗯，就像我刚说的，我住在斯库克姆查克海湾，而且我看过很多书。图书馆里所有海洋生物学的书我都看过了，也看了一些馆里没收藏的。但我猜最吸引我的是，我了解到地球上大约百分之八十的生物都生活在海洋中，而海洋是如此的深不见底，以至于有一半的地方永远无法被阳光照射到，而且这些地方从地球诞生至今都处于黑暗之中。况且，这些地方我们实在了解不多，因此要比陆地刺激多了。"满肚子可乐的我，飞快地说着，简直不知该在哪里停顿。"自从我住在这片沼地以来，我就难以抗拒这一切，因为所有的一切都聚集在那里。这听起来可能有点虚伪，但如果你们在那里待得够久，最终一定也会想到关于生命首度登上陆地的问题，当初一开始可能就是因为贻贝或藤壶这种东西，才会给后来的生物提供了食物……你们懂我的意思吗？"

我啜了一口可乐，让她有机会叫我闭嘴，或者承认让我说话的确是个烂主意。

"所以当你发现巨鱿的时候，"她说，"也会联想到这些事情，对吗？"

"嗯，巨鱿是生活在深海里的，所以啰，会这样子出现在海滩上的确是很奇怪。裰鱼也是。

"所有人都在问我巨鱿的事，但其实裰鱼也很特别。很多科学家以为这种鱼类已经绝种了，结果你看，竟然有一只就这么光明正大地躺在长青学院的裸体海滩上。也许这只巨鱿和裰鱼只是迷路了，不过是巧合罢了，你知道吗？大部分人都觉得巨鱿很丑，眼睛大得很恐怖，等等，但你们应该看看那天早上它的样子。它紫色的身体真是酷极了，而且只要仔细想想就会知道，它的身体构造有多么奇妙。如果你必须在全地球最黑暗的水底生存，就必须拥有地球上最巨大的眼睛，这很合理，不是吗？"

观众发出咯咯的笑声，但我看不见他们的脸，这让我感觉更放松了。

她问我，当我说地球想要告诉我们什么的时候，是什么意思？

"我真的、真的很讨厌那个问题。"我说。

笑声在整个大厅里回荡。"好吧，"她说，"那换一个问题试试看：你非常热爱蕾切尔·卡逊的作品，对不对？"

"她生前是最伟大的作家，"我感觉许多话堆满了我的整个脑海，"她现在仍然是。"

"你可以引用一些她的话吗？"

我微笑了。我以前曾经向别人引用过她的话，但从没有人主动要求过，而且除了安琪和弗洛伦斯之外，似乎也没人喜欢听。我说："我很喜欢她在《海之滨》（*Edge of the Sea*）中的一段话，那是关于我们生命意义的探求：'这将我们送回海之滨，生命的戏剧曾经在此，上演它初登陆地的第一幕戏，或甚至只是揭开序幕。在此，演化的力量至今仍运作不息……在此，生命面对这世界上的宇宙真理，如此奇景犹如水晶般透明清晰。'她在后面又说道：'所以现在联结了过去和未来，而所有活着的生物都与周围的一切有所关联。'"

力量女士看看观众，静静地微笑着，她单单用眉毛就可以说话。热烈如潮的掌声把我吓了一跳，我感觉自己像只马戏团里的海豹。

"你还看过或学过什么东西，让你觉得很奇妙的？"她问，"举些例子给我们听吧。"

"多到数不清了。"我说，"像鲍鱼制造的壳比陶瓷还硬；章鱼可以挤进只有它身体十分之一宽的洞里；北极鱼会被冻僵，但等解冻后又能活过来，因为它们的器官有一种保护机制。不过最吸引我的还是那些微小的东西，譬如每到春天，生物就像微尘般散布在整个普吉特湾中，小小的一杯海水里可能就含有好几千个活生生的动植物。像藤壶和牡蛎的宝宝，它们只有盐粒一般大小，但已经知道要趁着退潮时往下落，才不会漂到离父母亲太远的地方。"

等我终于告一段落后，她说："你谈起海洋生物来，还真是生动感人啊！"

"我只是叙述那里所有的以及我所读到的东西。当蕾切尔·卡逊接受国家书卷奖时，她说：'如果我的书中有关于海洋的诗，那并非我刻意放进去的，而是在真心诚意地描写海洋时，没有人能够不用到诗。'"

我承认，我还挺乐在其中的。这可是我第一次拥有这么多听众。

"那你在家附近发现的日本路标呢？你在其中发现了什么？"

我微笑说："我的珍妮阿姨有一个朋友曾经到日本当交换生，她告诉我路标上写的是'奥德赛路'——至少她是这么翻译的——她还说日本六十年代后就不用这种路标了。"

她抬起双手挡了一下，像是在指挥交通阻挡车流似的。"那地震呢？为什么地震会发生在你海湾的正下方，我们要怎么解释呢？或者说，我们应该从中寻求任何解释吗？"

"我想，海洋将一些有趣的东西送到沙滩上来，或许就像寄明信片给我们一样，只是我们还看不懂上面写了什么。"我说，"而地球这么剧烈地摇晃，却没造成任何人死亡，这表示它的怒气是有选择性的，所以只挑选了某些教室、烟囱和喷泉来发泄摧毁。我想它可能是想表达一些什么，但我们还不了解。"

她对观众微笑说："他真是个聪明的孩子，对不对？"在台下一片像是"阿门"的喃喃声中,她接着说道:"好,欧麦里博士,现在我们要开始困难的问题了:你相信上帝就在我们之间吗?"

"哇,"我说,"如果真有上帝的话,我猜他应该不会是任何活着的人或生物吧。他怎么会在我们之间呢?"

她若有所思地对着我点点头,又对着观众点头说:"我应该告诉他,上帝是个女的'她'吗?"她打断观众的笑声,"你刚刚引用了蕾切尔·卡逊在海洋中寻找生命意义的一段话。这是你一直在做的事吗?"

"我尽量不问自己回答不出来的问题。"我开始即兴演出了,其实我从未想过这个问题,更别说是接下来的答案了。"连一小滴海水中发生了哪些事我们都不了解,所以在我看来,我们当然也不可能了解所有的事。"

我听到有人赞叹,接着又是一阵掌声。"你真是太神奇了。"她这么对我说着,然后又问观众:"迈尔斯·欧麦里是不是很神奇呢?"打断了观众的掌声后,她接着问:"我们怎么知道自己是否在往前进呢?我们要怎么测量进步的程度呢?"

我皱起眉头,脑子里一片空白。我从来都不明白人们这么说是要表达什么意思,但此时我的任务是不能让任何人失望。"螃蟹是往两侧移动的,它们从来不会烦恼自己是在前进或后退。"我站起来,抬起手臂,半蹲着往两侧滑步走了两下。我很会模仿螃蟹,果然立刻激发了更热烈的掌声。

我坐回位子上,觉得自己可笑极了,但下一个问题跟了上来。"你会担心我们正在谋杀海洋吗?"她问。

"我们有可能会毁了普吉特湾,那将是件可怕的事。我们也可能会杀死许多海洋生物——事实上已经如此。但海洋比我们大得多,而且也将留存得比我们还长久,这是毋庸置疑的。"

她又用眉毛逗得观众一阵笑。"所以我们应该怎么做呢，迈尔斯·欧麦里？你来当老师，我们做你的学生。"观众显然很爱这个说法，"你会希望我们做些什么？"

"尽可能去看吧，我想。蕾切尔·卡逊说过，我们大部分的人终其一生都'不看'。我有时候也会这样，但有时候又看到很多东西。我想小孩子比较容易看到东西吧，我们不急着赶到任何地方去，也不像你们大人总是有长长的工作清单要完成。"

她露出那种神仙教母似的微笑，用手在空中轻拍了几下，让观众安静下来，然后问我是否看到有什么事将要发生："有什么是我们应该要注意的吗？"

我很享受这种被众人注目的感觉，忍不住想让这种感觉延续下去。我考虑告诉他们皇带鱼的事，但又觉得不够戏剧化。"九月八日当天，你们或许可以去看看涨潮，"我说，"那应该也不算多了不起啦，不过这天的潮水会比预测的来得高，将是五十年来最高的一次。"

她张开双臂抱了我一下，说："我们的老师可能以各种形象、身高、年纪，出现在我们面前，我想我们必须对这种可能性采取开放的态度。"接着她转向我，"非常感谢你来与我们对谈。相信我，迈尔斯·欧麦里，我说上帝就在你的身上。千真万确。"

一直等到我握完最后一只温暖的手，百事可乐的气泡也开始消散时，我才注意到，那位说海滩在向我说话的消瘦记者也在现场。

她被挤在群众边缘，正偷偷在手掌里的某个东西上写字。她仔细观察力量女士，然后又低下头继续写。当她的目光溜到我身上，发现我认出她时，先是愣了一下，接着慢慢地举起手指放在她撅起的嘴唇上。

22

　　弗洛伦斯发誓说她的鼻子好得不得了，但那只是她的玩笑话，因为确实看起来更糟了。她上次跌倒已经是两星期以前的事了，但鼻子上还是有黄紫色的淤痕，说话带着闷闷的鼻音，而且每当她仰起头来，视线就会被肿胀的鼻子挡住。

　　我演练过好几遍，想告诉她我在密教那里说了些什么，但最后还是退缩了，只说道："法官说，五十年前你和索菲亚·罗兰一样漂亮。"

　　她露出痛苦的微笑："诺曼总是只看到他想看的事。他到现在还是这样。"

　　"他有来看你吗？"

　　"他以前经常来，"她说，"但那是在他当选之前。诺曼总是迫不及待想顺应公众的意见，他对人的感情受到很多的限制。"

　　"你以前会念书给他听吗？"

　　"当然会。"

　　我觉得自己像个人类学家，正拼命挖掘古老的文明。

　　"那他从什么时候开始就不来了？"

　　"在我说他会输之后。"

　　这个答案倒是出乎我意料，法官会输？"为什么他不帮助你？"

她哼了一声，眼睛瞪得大大的。"自我有记忆以来，都是人们上门来找我求助，不过我都只把那当成聊聊天而已。生命是你必须独自面对的事，迈尔斯，不管是帮人还是被帮助，那都是有限的。"

我避开她责备的眼神，径自晃到厨房去。她说她不饿，但我看不出她有吃过任何东西的迹象。冰箱里只有发霉的乡村乳酪、一小片变硬的切达起士，和一些已经在蔬果柜中发臭的黏糊糊莴苣。

我把它们全丢进已经快满的垃圾桶里，然后把垃圾整理好放到屋外。"你要我打电话给伊凡娜帮忙买点东西吗？"

"她过几天会来。"

"那你这几天要吃什么？"

"有很多东西啊——像杏仁。"她拿起椅子上的一包杏仁以示证明。她的左手比平时抖得更厉害了。

"你又不是松鼠。"我说，手指茫然地在身侧轻弹，"你不能靠吃杏仁过活吧。"

"你以为古时候人还住在洞穴里时，不能打猎时都吃什么？"

"吃杏仁？"我手指在料理台上轻弹，好像那是台高高的钢琴一样。

"没错。"她说，"有什么话你就直说吧，迈尔斯。"

我犹豫了一下，然后坦白道："我偷了你对九月大涨潮的预言，假装是我自己预测的，好让那些厄琉息斯秘仪的人以为我看得见未来。"

她的笑声让我松了一口气，于是把其他的事也全说了——我是如何享受被观众注目的感觉、我怎么表演，以及事后兴奋、罪恶、不诚实感交杂的感受。

"你已经尽可能诚实了。"她说，"你说了什么根本不重要，他们追随的是你的观点，是你这个人。"

"他们说上帝在我身上。"

"当然啰。"

"你不会生气吗？"

"我不知道你对我这么有信心呢，迈尔斯。"她咧嘴微笑，我可以看到她缺了一颗牙。

"但是我夸张了一点，"我低声说，"我说这将是五十年来最高的一次涨潮。"

她低下头来，挑了挑稀疏的眉毛，说："也许真的会这样。"

"我想我爸妈快离婚了。"我突然脱口而出。

她点点头，好像我根本没换话题一样。

我等待着："你听到我说的了吗？"

"我的耳朵没毛病。"她说，"真爱是一颗细小的珍珠，让人憧憬，却也容易丢失。但这问题该由你父母去解决，不是你。我替你难过，迈尔斯，但我不担心你，因为你不会让这件事阻碍到自己的路。你向来都是如此，不论你相信与否，这一点使你很不平凡。对你而言再自然不过的事，厄琉息斯秘仪的人却必须到学校去学习。"

我脸红了，虽然我没全听懂她在说什么，不过这些话听起来很像是恭维。但在我还没来得及细想之前，突然听到门外的沙砾地传来嘎吱嘎吱的脚步声。

敲门的女士只比我高上几厘米，她眼角布满辐射状的皱纹，使她看起来仿佛对眼前所见的一切都感到厌倦。

她摆动着戏剧化的手势，自我介绍说她叫做茱莉·温斯洛，是"成人保护服务机构"的个案处理员，主管要她来看看他们是否可以提供任何帮助。

我发现弗洛伦斯整个人僵硬起来，说话语调也变得正式而怪异。"谢谢你的关心，但其实我非常好。不过，万一我真的需要协助的话，有你的名片在手边就更好了。"她说。

那女士微笑了一下，但嘴角的弧度比公用电话的投币孔大不了多少。她表示一定会留下名片，但是当然还是要问些问题，看看情况是不是真的还好。她四下寻找一个没被书盖住的座位，开始问我是谁。

"这是迈尔斯·欧麦里先生。"弗洛伦斯说，"他是我最好的朋友。"

这个时候我愿意为她做任何事，就算她要我拿剪刀把这位女士赶出去，我也会照办。

茉莉·温斯洛往前踏了一步，递出一张小小的白色名片，弗洛伦斯伸出颤抖的手想去接。她现在宁愿使用会抖的左手，也不愿用僵硬的右手了吗？这是什么时候开始？我看着她努力专注地伸手，却控制不住阵阵痉挛的样子。她的手就像一只受伤的小鸟，笨拙地想着陆。

那位女士大可让情况变得不那么难堪，但她却眼睁睁看着名片由弗洛伦斯颤抖的指间滑落，然后才弯下腰把名片从地板上捡起来。我看到她的鼻孔颤动了一下。今天弗洛伦斯身上的味道的确不太好闻。

"你现在还开着暖气吗？"那位女士问，"这里真的很热。"

我们不应该让她进屋来的，但事已至此，也只能这样了。她像连珠炮般发出了一连串的问题。

"你的鼻子还好吗？"

"看起来很糟，"弗洛伦斯说，"但功能没问题。只是在地震时碰了一下。"

"你当时人在哪里？"

弗洛伦斯迟疑了一下说："在靠近厨房那边。"

那位女士眯着眼睛往厨房的方向看，像是在找什么证据——譬如凹陷的料理台或破裂的窗玻璃之类的。

"你有没有找人来看一下？"

"哦，有啊。"

那位女士等了一会儿，显然希望她多说一些，然后问："迈尔斯在这里帮你做什么？"

"主要是和我做伴，还有帮我跑腿到冰箱拿点东西。你别被他的样子骗了，他比看起来要大多了，也聪明多了。"她边说边眨眨眼使了个眼色——弗洛伦斯向来不做这种动作的。"我还有个朋友会来帮我采购食物和药品，以前我是尽量不开车，现在是没法开车了。"

接着又是一连串关于弗洛伦斯的脑神经科医生、药品和症状等的问题。弗洛伦斯摇摇手说，她只是轻微的类帕金森氏症而已。

"所以你不必卧病在床啰？"那位女士问。

"啊，是的。"弗洛伦斯微笑着说。在我陪伴她那么长的时间以来，从没看过她勉强挤出这么多次的笑容。"你想自己到处看看吗？"

她深吸了一口气，双手用力撑在椅子的扶手上，却又跌坐回椅垫中，试了第二次后才勉强站了起来。她小心翼翼地稳住脚步，仔细地在脚后跟感觉出一个最合适的点，支撑她站直。

我赶忙站起来扶她，突然想起法官告诉我的，当初他看到小安琪在平衡木上摇摇欲坠的样子，感觉有多无助。

弗洛伦斯又勉强挤出了一个微笑，同时深深吸了一口气，她因为用力而瞪大的眼睛，看起来有点疯狂。她的身体左右摇晃了好几下，才让右脚稍稍抬高，得以往前滑动几厘米，接着她重复着同样的动作，滑动左脚，慢慢前进。她的头和身体都动个不停，但双脚始终没有离开过地面。

那女士看了我一眼，我从她的表情看得出来，最好还是让弗洛伦斯坐回椅子上。

最糟糕的是，弗洛伦斯还觉得她自己表现得很好。等走到料理台后,她抓住台面,转过身来开心地笑了,仿佛她证明了什么事情似的。"我动作有点慢,但还是可以四处走的。"她靠在料理台上喘着气,审视我们的表情,显然不怎么喜欢我们的反应。

这位茱莉·温斯洛女士说了一堆鼓励的废话,但你可以轻易从她的话里看出,她只不过是在完成她的工作,而她对于自己决定别人生命的能力,显然很有自信。

"那么,你的看法呢,迈尔斯?弗洛伦斯的状况是在变糟,还是变好,或是维持原状?"

这个问题听起来无关痛痒,却让我的心整个揪了起来。

前一个星期开始,我几乎每天早上都要帮她把药丸拿出来,否则之后就会发现药掉在地板上。我如果没办法做三明治的话,至少也会尽量帮她留一块奶油吐司或一个苹果,并且把食物盒的盖子都预先打开。我扶着她去厕所两次,甚至有一次还帮她从马桶上扶起来。她说那天她的身体特别僵硬,而且保证以后不会再要我这样帮她,但我很怀疑不知再过多久,她如果没有我帮忙的话,她就连将汤匙送进嘴里或站起来都做不到。此外,我没办法让她直接说出真实的感受,也不知道该去问谁才好,何况她又要我发过誓保密。我几乎什么都知道,却什么也不能说。

"她有时候是会比较僵硬啦。"我含糊地说道,"不过还好,她不需要常常走来走去,因为她大部分时间都在看书,就算书看得再快的人,也不用常常起身去拿新的书吧。"

我们三个都笑了,但每个人都看起来怪怪的,我这才发现已经好几个星期没看到弗洛伦斯看书了。她现在是不是连翻页都没办法了呢?

"帕金森氏症是一种残酷的折磨。"在一阵尴尬的静默之后,那女士说。

"她并不是帕金森氏症，"我忍不住脱口而出，"她是'皮质基底核退化症'①，而且她的神经科医生都不能完全确诊。"

那位女士显得很惊讶，看了弗洛伦斯一眼，又看看我，看她是否会反驳我的话，然后不知从哪里拿出一支笔来，在一本粉红色的小记事本上写了些东西。

弗洛伦斯缓缓地向我眨眨眼，肿胀的鼻子往旁边歪了大概有半厘米。

茱莉·温斯洛女士好不容易离开后，我告诉弗洛伦斯，让这位州政府派来的女士看到她不是孤单一人是件好事。我不知道她有没有听我说的话，我从没看她这么失神过，她完全沉浸在自己的思绪中，虽然她的身体距我只有一米远，但心神已经不知飘到哪儿去了。

我跑回家，帮她做了一个金枪鱼三明治，又拿着三明治跑回来，将她的药丸倒出来，放在半马克杯的水旁边——我很早开始就不给她用玻璃杯了，她需要把手才拿得住杯子。我又叮嘱了她一次，她在那位女士面前表现得很好，但实际没有在听。

她咬下第一口三明治，假牙就卡在面包里了。我强迫她把嘴里的面包拿出来，再把假牙推回原位。这一切看得我的胃翻搅不已。她抬起头来，睁大了眼睛，仿佛突然想到了什么。"我很感激你。"

"只是金枪鱼而已。"我说。

她笑了出来，好像一切都恢复了正常。于是我又开始转述我与密教人士的对谈，以及当时那种很爽又觉得自己很虚伪的感觉，是如何在心中斗争纠结的。

---

① basal ganglionic degeneration，一种非家族性的罕见病，多发于中老年人。会与帕金森症同时出现，但伴有与帕金森症不同的单肢废用、言语障碍、面部阵挛、痴呆等症状。很难诊断，确诊往往只能靠尸检。

她专心地听着，等我一说完，便接着说："我刚刚才了解了一件事。"我等待她继续往下说。

"你曾经是我生命中的挚爱。"她说。

最让我惊讶的不是这句话的内容，而是时态。她继续用过去式，喃喃地概述着她的一生。我就这样由着她讲，倒不是出于尊重，而是就像之前我说过的，我很不会假装。终于，她的眼睛又慢慢恢复了聚焦，要我帮忙将她的书整理叠好。

接着，她像是没发生过任何事一样聊起她最近的一个梦，说在梦里她祖母又变成了一个年轻女孩，还骑了一辆红脚踏车向她招手。这个梦显然是她捏造出来的，目的是想让自己显得心不在焉，也让我感觉比较自在一点，因为这时我正好发现一本《印度爱情圣经》（*Kama Sutra*），连忙放在旁边，改叠上其他书。

等我整理完后，她叹了口气，请我帮着扶她去一趟厕所。我扶她到厕所后，就留她自己拉下裤子方便，但我还是等在门外以防万一。她在里面好长一段时间都没声音，我正担心她是不是睡着了的时候，她终于出声叫我帮忙。我走进厕所，屏住呼吸，将脚撑在她鞋尖旁，拉住她骨瘦嶙峋的手腕帮她站起来，然后再把手伸到她身后去按冲水开关。她开心地直说抱歉，还开玩笑说自己已经老到要让茉莉·温斯洛这种人来跟她唠叨了，仿佛在马桶上起坐自如是一个攸关信心的问题。

在我离开之前，她要我从柜子里帮她拿一颗蓝色的药丸。"睡眠可以给我力量。"她说，但听起来不太有说服力。

我站在屋外，回头透过小屋的窗户往里看，我看见她努力举起手想放到眼睛上，也许是想遮住黄昏的阳光，也或许是不想看到我。她的手微微颤抖，努力想停靠在脸上，松软无力的腕关节，仿佛随时都可能往下垂落。

23

布莱克·布里斯特·康宁汉——我们都管他叫"水泡"①——是费普斯的一个讨厌邻居。这天我们在水泡爸妈的整齐大房间里，三个人挤在电话扩音喇叭上，急切地等待着。等那个名叫露比的女孩一接电话，费普斯便率先开口介绍了自己，也告诉她还有两个朋友也在旁边听着，然后他说："可以请你假装高潮吗？"

露比咯咯的笑声透过扩音喇叭传出来，接着她开始微微喘气，好像正在爬楼梯一样。光是这样，就足以让我们三个人都脸红了，虽然其实听起来很假，不过等她开始低声呢喃"噢，啊……"并发出像小狗或小猫一样的呜呜叫声时，感觉就很像一回事了。紧接着是一串剧烈的喘息，好像被什么东西烫到了一样，随之而来的是像从喉咙深处冒出来的满足叹息声，仿佛她正将全身浸入热水浴缸里，或是刚尝到一口全世界最美味的汤似的。

突然间，这变得一点都不好玩了，三个人都闪避着彼此的目光，不敢对看，最后费普斯弯身对着扩音喇叭说："我们放弃，谢谢。你做

---

① 布里斯特，原文是Blister，意即"水泡"。

得很像了。”

她的笑声听起来不知为什么有点像男人，她说她还没叫完呢。

“我们已经感受到了。”费普斯说，“做得很好，真的，是我近来听过最棒的。”

打这通电话是费普斯（没错，当然又是他）的鬼主意。他听说水泡的爸妈要飞到里诺去度周末后，便灵机一动想到这个点子。他说服水泡，说这个广告上——标榜有许多可爱的亚洲女孩——九零零开头的电话号码，绝不可能显示在电话账单上，如果到时候显示为长途电话，水泡可以说那是因为他打电话去订棒球卡。费普斯发誓说他这个暑假就试过几次这种电话，也是用同样借口过了关。在费普斯指着广告上“二点九九美元”的价格给水泡看了几次后，水泡也同意他爸妈应该不会发现。

水泡是个摔跤选手，却不是什么天才。他最爱问人家想不想学“消防员招式”，然后抓住你的右前臂，往膝下猛拉，穿过你的鼠蹊下方，将你的手臂折弯到背后，再全力从你的背上猛压下去。第一个觉得布莱克·康宁汉就像水泡一样讨人厌的，就是费普斯。

在假高潮结束后，费普斯指着我说：“小姐，我的好朋友鱿鱼小子想问你一些技术性的问题。”

“嗨。”我害羞地打了声招呼。

她咯咯笑道：“他们为什么叫你鱿鱼小子？”

“因为我有十只手和两颗心脏。”这个答案快把费普斯乐疯了，结果一屁股撞在大木桌上，飙了一串脏话。

“好吧。”露比说，“有什么问题呢？”

“在我们接吻的时候，”我问，“究竟应该什么时候把舌头伸出来？”

“你是说真的接吻吗？”她问。

费普斯猛点头。

"对啊。"我说。

她又咯咯笑着："这个嘛，看情况呀。"

费普斯激动地看着我。"看什么情况？"他问。

"看我有多兴奋，还有你的舌头多具有侵略性呗。"

费普斯看起来有点失望。

"那胸部呢？"我问，"什么时候可以摸？要多用力？"

费普斯又猛点头。

"那要看是在每个月的哪段时期啰。"她说，"有时候轻轻碰就受不了。"

"是每个月最后一个星期还是什么时候？"水泡抢着问道。

她笑到咳嗽。

"忘了告诉你，"费普斯说，"刚问你问题的爱因斯坦只有一道眉毛。"

直到这时我才发现，水泡左边眉毛的地方只剩一道灰色的痕迹。后来我才知道，原来他从他姐姐那里偷了一支大麻，点的时候太兴奋，直到闻到焦味才发现眉毛被烧着了。

费普斯挥挥手，阻止水泡聒噪的反驳，并催促我继续发问。

"男人也可以呻吟吗？"我问。

她又发出那种男性化的笑声："随他高兴啊。"

"那做的时候说话呢？"费普斯问，"你们喜欢这样吗？"

"你是指说脏话还是闲聊？"

"对啊。"

"哪一种？"

"两种都有。"

"不喜欢。"

我们听了都松了一口气。

我又问了一些问题，包括像怎么样脱掉胸罩最好之类的。

露比叹了一口气说："你们这些家伙还没满十八岁，对不对？"

我怕她马上就会挂了我们电话，所以赶忙问："你最喜欢《印度爱情圣经》中的哪种姿势？"

她咂了咂嘴，然后呼了一口气，听起来像是点了一根烟。"你们这些小鬼知道这种电话一分钟要两块九毛九吗？"

水泡一听，脸刷地红透了。"是一整通电话两块九毛九。"他软弱无力地说。

"是一分钟，"她重复道，"两块九毛九美元。"

这是我们听到露比说的最后一句话。水泡挂掉电话，疯狂地瞪着墙上滴答作响的古董钟算了很久——我们这通电话至少说了十四分钟。

然后他开始对费普斯大吼，费普斯也吼了回去，说广告是他自己也看过的。水泡找了一个太阳能计算机，用他粗肥的手指在上面猛按——还按错了两次——最后宣布这通电话将会花掉他爸妈四十一块八毛六美元，接着连骂了十三次"他妈的"。

费普斯耸耸肩说："露比听起来不太像亚洲女孩，对不对？"

"我他妈的麻烦大了！"水泡大叫。

"如果是我，"费普斯安慰他说，"我会比较担心怎么解释只剩下一条眉毛的事。"

水泡追着他绕着沙发跑，一路追到屋外，一直跑到阳台附近才抓住他。他将费普斯的手臂扭转反扣到背后，痛得费普斯只好转头笑着尖叫求救。

§

　　我绕远路走回家，趁机看看这个星期最高的潮水留了些什么东西在海滩上。

　　每个星期潮水都会留下更多的贝壳、骨头、海草和垃圾。如果将这个夏天每星期潮水留下的残骸重量做一个图表的话，一定会发现从六月到八月是一条稳定攀高的线条。

　　这不是我的想象。

　　冬天的暴风雨过后，总会有灌木丛和树木被扫落到海湾中，让海滩范围扩大，那种景象我很习惯了。但这次不一样，从四月起就没有强风了，所以大部分的潮间残骸都是属于海洋生物的。

　　我发现一根一百二十厘米长的浮木，上面有藤壶、螃蟹壳、牡蛎壳，全被贻贝吐出的线缠绕在一起。我还看到一大条杜父鱼的骨头，很神奇地完整无缺，好像吃它的人发誓要给它留个全尸似的。我用一根棍子朝鱼骨头旁边一团膨起的海草团里戳，心想里面应该有死掉的鲑鱼或海鸥。但那闻起来没什么味道，而且触感也太结实了不像是肉。我将海草扒开，结果又发现了一只长满藤壶的曲棍球手套。

　　我快速地检查了一下，确定这不是我堆在车库里的那只，然后又看看四周，看是不是有人在恶作剧。一只奇怪的曲棍球手套可以说是有趣，但两只就真的太神奇了。

　　但现在我连打电话问克拉马教授那只很像皇带鱼的东西都有点尴尬，更别说这种有曲棍球手套入侵栖地的滑稽事了。

　　我走过哈龙桥，一丛丛地跳过那些带刺的灌木，看自己能走多远都不必碰水和沙。之后我闻到黑莓成熟后的甜蜜诱人香气。在大啖了一顿黑莓之后，我将那只手套往车库里一扔，丢在它干燥的双胞胎兄弟旁边，就爬上楼梯去换掉我脚上湿漉漉的运动鞋。在我正准备脱掉第二只浸满水的袜子时，看见枕头上有一个信封，上面写着一个漂亮的迈字。

卡片上是一只红色海星和一只绿色海葵的特写。里边用绿色墨水写着："很抱歉那天对你这么不礼貌。有时候即便是你，也没办法让我感觉好过一些，或做出正确的行为。"下画了一个漂亮的心，署名安。

我仔细看着她的字迹，仿佛这些不那么整齐的字母是她专门为我创造发明的。我当然知道，这和她是左撇子有关，但安琪写出的字就算和其他人不一样，也是很合理的。这短短三十九个字（不包括那颗心和安在内），我看了又看，搜寻其中有没有什么我漏掉的意义或重点。心是爱的符号，不是吗？我的意思是，她写这张卡片显然不是要祝我身体健康，而这天也不是情人节。

我雀跃地边跳边走回家里，爸妈很正式地面对面坐在桌前，正吃着盘里的银鲑鱼，鱼身上还覆着一层恶心的灰色油脂，吃的时候偶尔还会从嘴边渗出油来。我从他们僵硬的姿势看得出来，他们应该有好一阵子都没有交谈，而爸爸甚至没有抬头向我打招呼。他全神贯注地摆弄着自己的刀叉，仿佛正盯着给人缝合伤口一样。

"自己拿盘子来，"妈妈说，"我们没办法等你了。"

"对不起，"我喃喃道，"没注意时间。"

我将鱼排上的油刮掉，然后吞了几小口，在这段时间里完全没有人说话。

"迈尔斯，有件事我们要讨论一下。"妈妈说。

突然间，她坚决的语气和爸爸冷酷的表情都变得合理起来了。我想水泡的爸妈大概已经发现色情电话的事，而且打来我家抱怨了！

"嗯？"我小心翼翼地说。

"我要去西雅图和珍妮阿姨住。"

"要过夜吗？"

"要住一阵子。"

我感觉一阵晕眩，将椅子拉离餐桌，说："你们这是——"

"不是，"他们俩同时出声打断我。爸爸连说了好几个不是，不是，完全不是。妈妈接着说："我们只是休息一下，迈尔斯。"

"什么叫休息一下？"我问。

"不要让情况变得更糟。"她责备地说，"这样对大家都好，包括你在内。"

他们看着我咽了一口口水。"有什么是我能做的吗？"我问。

他们迟疑了一下。"这跟你无关，"爸爸说，"一点关系都没有。"

"但妈妈刚才说……"说到这里我停住了，眼睛死瞪着他们之间的某样东西看，一直等到我平静得说话不再结巴或大吼大叫之后，才说："我刚才吃太多黑莓了，我等下再吃。"

"你没吃完就要走吗，迈尔斯？"妈妈问。

"看在上帝的分上，"爸爸厉声喝道，"让他走吧！"

他们盯着我，仿佛我正摇摇晃晃地站在火边一样。他们以为这是我第一次面对这个问题，但事实上，我在心里已经演练过好几遍了。我一踏出屋外，原先的怒气竟出乎意料地变成了放心的感觉，转变速度快得吓我一跳：我不用离开海湾了，至少现在还不用。

那天晚上稍晚的时候，我帮弗洛伦斯热了一罐青豆火腿汤。在她连续洒出来两次之后，我干脆目不转睛地一勺一勺地喂她，没想到最后她打了一个喷嚏，把假牙都喷了出来。

24

　　就在隔周的星期天，报纸上的那篇报道改变了一切。随文附上的照片让我看了后心跳险些骤停——我头上竟然顶了一圈金色的光环！另一张里我正坐在卡洛琳的车后座，正要从密教的围墙边离开，表情看起来若有所思——肯尼迪总统被暗杀前坐在车子里就是这种表情。我知道还会有另一篇报道，因为《奥林匹亚报》那个总是来去匆匆的瘦削女记者，曾经又来找我聊过一次。你以为我应该会起疑心吧，但我那天实在是说得太起劲了，结果竟然在退潮的时候带她到查塔姆湾去，把能看到的东西都解说了一遍，直到她笔记本都记不下非走不可为止。知道为什么吗，因为我以为她要写的是关于力量夫人的报道，我只占其中无关紧要的一小部分而已。当然，结果证明完全不是这么回事。

　　报道里写了很多我在密教那里说的话，还列出了我的各种海洋"大发现"，包括入侵的螃蟹和海草等等，说那将会是南湾所有海洋生物的一次大考验。她甚至还详细叙述我如何让一间实验室起死回生，以及如何就地取材做出一根呼吸管救了费普斯的命。她还写道，有些密教成员称我为"预言之子"，还引用了力量夫人的说法："上帝就在他身上。"（文章里没提到厄琉息斯秘仪的人常把这种话挂在嘴边，因为他们相信上帝在每个人身上。）不可避免地，报道里也提到了史坦纳法官，他说我是未来的雅克·库斯托。甚至连弗洛伦斯也接受了她的电话访问，她说："迈尔斯拥有我所见过的最强的黄色灵光。"而且还补充说，任何没有黄色灵光的精神领袖，她都不会相信。

报道里还提到，"海滩在对迈尔斯·欧麦里说话"这句话让我觉得很尴尬。

在将近结尾的地方，她还莫名其妙地加了这么一段描写：我"若有所思"地漫步在沙滩上，指出各种可看的东西，并且强烈希望"每个人"都应该花半小时待在退潮的海滩上——用十分钟去聆听，用十分钟去观看，再用十分钟去触摸。当然，我是说过这些话，只是没想到这竟然让我看起来像那种伤感派的自然学家，他们的书我读三页就想呕吐。可是没错，当天我的确强调过，对所有住在海边的人来说，这样的练习应该是"最基本的要求"。当你说话说个不停，旁边有个人猛做笔记，你又希望说些让他比较好记的东西时，你大概也会说出这种可笑的话。她还写了一段我说的话："如果你觉得自己和海洋毫不相关的话，不妨问问自己，你的眼泪、血液和唾液中所含的盐分，为何会和海水中盐分的比例相同。"整篇报道费尽心思做了一个最疯狂的结尾，找了某个厄琉息斯秘仪教徒来描述我发现那块日本路标的过程，还有另一位教徒信誓旦旦地说，在跟随着我涉水而行之后，她左脚踝的痛风症状竟然大为好转！

那天早上电话不断蜂拥而至，最后爸爸终于命令我不准再接"那个该死的玩意"，因为这么多"天杀的"干扰，让他"完全没办法"看完这篇报道。他的呼吸闻起来像是木炭助燃剂，而且每当重读同一段文字时，都要狂喝一堆水外加放一堆屁。

他和那名记者谈过话，但也和我一样没有意识到她的企图，不过他显然曾经告诉过她，自从我七岁起，他就觉得我像是一个困在孩童身体里的大人。到十岁的时候，他说，我认识的字就比他还多了。

读完报道后他什么都没说，便连吞了三颗消炎药。他一开口，先是温和地责备我怎么可以没说一声，就径自跑去拜访那个密教。接着他扭扭脖子，又擤了擤鼻涕，最后问道："你是不是觉得，可能有什么超自然的力量发生在你身上呢，迈尔斯？"

我想了一下后说："我感觉和以前没什么两样。"

"那这些东西是从哪里来的？"

"什么东西？"

"呃，你怎么会说出什么上帝在所有东西里这种话来的？"

"当时我是在回答问题。"

"你为什么会告诉一群陌生人，九月时潮水会涨得太高这种疯狂预言呢？"

"就是脱口而出了嘛。"

"但是，我的意思是说，你的目的是什么呢？你是想吓唬那些人，还是想改变他们——或是你想改变这个社会？"

他没有提高音量，但我听着就像他在对我大吼一样。

"我没有想改变任何事情。"我咕哝着，"我只是希望所有的事情都能照着它们自己的样子走下去——照着原来的样子走。"

他没有说话，用手指按着太阳穴，然后说："你妈妈很爱你，迈尔斯。"

我的目光越过他，看着他身后闪闪发亮的海湾。"我可以出去吗？"我问。

他拿起报纸。"这一切让我很不自在，你懂吗？而我不知道，我到底是因为你而不高兴，还是因为我自己而不高兴，反正我不喜欢就是了。我向来不喜欢引人注目，你懂吗？整个结婚过程中最糟糕的部分，就是每个人都在盯着我看。我在干部会议之前甚至吃不下饭，因为我必须假装自己什么都知道，懂吗？我的阅读能力很差，甚至连看报纸上那些该死的文章都有困难。所以我猜我之所以会不舒服，是因为我是个蠢货老爹，而我儿子是个阅读速度超快的天才，人们口中的预言之子或其他他们想把你塑造成的乱七八糟的东西。"

我从未听爸爸讲过这么多关于他自己的事，所以等了好一阵子才有办法回应他。"你不需要和任何人说话，"我说，"我也不想和任何人说话。反正这件事应该很快就会被忘记了，对不对？"

他露出了那天早上的第一个微笑，用力地摸摸我的头，又笨拙地轻轻抱了一下我，就赶忙去回复妈妈的紧急留言了。

她一直问我是不是需要帮助，她讲电话时的声音总是比较大，好像没办法信任这种科技产物似的。她说看到这么多人说关于我的好话和奇怪的话，让她很受宠若惊，但这件事显然已经失去控制了。

然后她警告我要离那些密教的人远一点。她努力想要把话说得更有条理一些，但我知道这时她的嘴唇一定泛白了，她一阵语无伦次后突然住嘴，要求要和爸爸说话。

"嗯，我知道我们正在分居。"他抱怨着，"对，我知道那该死的报道有引述我的话，但当时我不知道是怎么回事。"接着他大叫："我怎么会知道！"就把电话塞给我了。

她又问我是否需要她。

她离开的那天晚上，和爸爸在车道上吵了好久，我刚好趁这段时间到处看看她有没有漏掉什么没带。这不是件容易的事。从她的行李看来，她显然准备去长住，她连毛衣也带走了。当我走出屋外，将她最喜欢的枕头递给她时，她将头转开轻轻擦拭眼角。但之后她只是胡乱地说了串没意义的话，再吻了一下我的额头，就扬起一阵沙砾，将我们抛在身后了。

我估量着她的问题。我需要她吗？不管她想听到的是什么答案，我都决定和她唱反调。"不用，"我坚决地说，"真的不需要。"

她的声音听起来像是被鲑鱼骨头鲠到了喉咙，呆愣了一会儿，开始提醒我别忘了吃东西，还有要告诉所有记者，如果想采访我，都要先和妈妈谈过。她给我珍妮阿姨的电话——我好几年前就背下来了——还要我复述一遍做确定。她说她会想办法让这件事情在这几天就平息下来，然后在再见声还没落下前便挂断了电话。

爸爸打量着我，问："她想干吗？"

"没什么。"

屋子里热得让人受不了。他盯着我，等待答案。"她想知道我是不是需要帮助。"

他呻吟着说："你妈妈不爱的是我，不是你。而且我个人认为，她也变得不爱她自己了。所以你跟她说你不需要她，对事情并没有任何帮助。"

"我要出去了。"

§

这些让我喘不过气来的问题，弗洛伦斯和伊凡娜却只当成笑话来看。

等她们笑完了之后，弗洛伦斯向我保证，灵光是拍不出来的，而且没有人的灵光会是报上照片那种显眼的金色光环。况且，颜色也差太多了，应该是像阳光一样的明亮金色，而不是那种柔和的黄色。

伊凡娜很少来，而且每次来总是在晚上，所以我从春天后就没见过她了，因此我们感觉像是十几年没见过面一样。她大腿上摆着一根拐杖，就连坐在摇椅上还是一副气喘吁吁的模样。

她问我有没有注意到力量夫人的灵光。"我没看到过任何人有灵光，"我说，"连我自己的都没看到过。而且我很怀疑，她那头棉花糖一样的头发，谁能看得出来哪里是头发，哪里是灵光。"

伊凡娜的笑声好像鸭子，在室内听起来感觉真怪。

"要小心人的改变，"弗洛伦斯突然冒出一句，"即使是强壮、谦逊的年轻人。"

她又给了我一些很含糊的警告，但我正忙着检查冰箱，没去注意听。看到冰箱里有牛奶、面包、蛋、苹果、乡村乳酪和很多杏仁，让我放心不少，但伊凡娜采买食物的能力让我觉得自己又懒又没用，直到我听到弗洛伦斯不断和伊凡娜说，她身体感觉有多好，可以到处走，还有一个州政府派来的好心社工人员，名叫茉莉·温斯洛，提供她各种需要的协助，等等。

我也许没办法带来装满食物的神奇购物袋，但我是弗洛伦斯·达蕾山卓唯一信任的人。

§

后来，费普斯还带着水泡、暴眼和柯林斯兄弟一起过来找我。柯林斯两兄弟差了一岁，但看起来还是很像双胞胎，至少像是从同一棵植物分枝出来的。

费普斯要他们向我鞠躬，叫我"阁下"。这真的很可笑，我叫他们别闹了，但至少我还看不出事情有变糟的趋势。不过回头想想，我当时只是还没听到雪崩的声音罢了。

等到了星期一，同一篇报道的各种版本开始在全国各地流传，这包括了《今日美国》头版上的一小篇文章，标题写着：弥赛亚小鬼？有很多人打来电话——这些人完全没注意到时差的问题——气得爸爸在还没喝完第二杯咖啡之前，就把电话号码给改了。

　　那是八月底，奥林匹亚没有台风，没有选举或战争，也没有小女孩掉到井里的新闻可以报道。真是够神奇的，我成了当天唯一可以报道的新闻。不只记者想把我切片细看，就连华盛顿环境委员会、绿色和平组织和塞拉俱乐部①也都希望我为他们的目标发声，但即使在他们费心解释之后，我还是搞不懂他们的目标是什么。普吉特湾名人协会的人也出现了，说要颁发年度最佳环保人士奖给我，这真的很怪，毕竟离年底还有四个月的时间呢。我微笑地接受了奖状，但实在不知道该把它放在哪里好。在我把奖状折成一个可以塞进口袋的小方块时，发现他们的脸上都露出了做作的假笑。

　　到了下午，有一堆陌生人聚在桥边和酒馆旁，像是聚在木桩边的鱼一样。其中有些人甚至还冒险跑上我们家的车道，在发现敲门没人回应后，又跑回酒馆、桥上或沙滩的空地上。退潮的时候，我们六个人正在泥滩上闲晃，突然开始有人朝我们的方向蹚水走来，其中大部分人不是陷在泥巴里，就是中途撤退了，但最后还是有几个人成功走了过来。事实上他们没有真的打断什么事情，但我们还是感觉受到了侵扰。费普斯拦住他们，飙了一串脏话表明我不接受任何采访。

　　当然了，他们坚称自己绝对不是记者——其中三人还自称是厄琉息斯秘仪的教徒——但还是不断重复问一些无聊的问题。我尽可能不

---

① Sierra Club，美国自然资源保护组织。

说话，他们也就渐渐地失去了兴趣，唯一例外的是一个脖子长长的黑发男人，热情的样子看起来就像一只等待喂食的鸬鹚①。

"你相信有某些强大的力量在指引你吗？"他问。

"不相信。"

"那幻觉呢？你有没有看到过幻觉？"

我耸耸肩。

"你会和上帝说话吗？"他继续追问。

"我有时候会和自己说话，也许他偷听到了吧。"费普斯在我背后哼了一声。

"那你是从哪儿听说九月八日将有不同寻常的大潮的呢？"他听起来很急切，"是谁或是什么让你做出这种预测的？"

"某个我信任的人。"

"某个声音吗？"

"对。"

"那声音听起来像什么？"

"像一个老太太。"

"是吗？"

"是啊。"

"这个声音以前也指引过你吗？"他问。

"对啊。"

他俯身过来，鼻子里的黑毛茂密如丛林，这样还能呼吸真让我觉得惊讶。"你相信这片海滩有治病的力量吗？"

---

① cormorant，亦指"贪婪的人"。

"我又不是医生。"

"你是有信仰的小孩吗？"

"我不知道。"

"但是——"

"够了！"费普斯走出来，"对不起，欧麦里先生已经回答了太多问题，这样他就没有机会去继续新的发现了。你应该了解才对。谢谢你的关心。"

费普斯带领我走开，那种架势会让你忘记他只有五十三公斤重。"那个浑蛋快把我吓死了。"他说，"从现在开始我们接受访问该收费了，一个问题十块钱。绝不打折。"

"我们？"我说。

"所有收入我们五五对分，"费普斯解释道，"在商言商啦。"他点起一根烟，把烟圈吐向水面，将两个烟圈穿过另一个较大的，稳稳地悬在空中，像是漫画书里人头上的泡泡框。

潮水持续往后退，我们继续涉水前行。注视着我们的人，比我想象的还多。史班瑟岬上挤满了观众，我还发现有三艘小皮筏和两艘独木舟正往我们划来。

"别让那些贱民靠近我们的大人。"费普斯对水泡和其他人发号施令，并催促我做些奇怪的事。我蹲了下来，像在做功夫表演的暖身动作般伸出双臂，开始轻轻拍打平静的水面。我越拍越用力，没想到这样弄出来的声音还真有意思。费普斯和其他男孩先是一阵狂笑，然后也开始模仿我的动作。没多久，我们六个人拍打的韵律就变得一致。"斯库——克姆——查克！"我唱了起来，他们也用像食人族一样的声音加入我：斯库——克姆——查克！"一架架的望远镜和照相机从海湾的四面八方探了出来。两艘独木舟划近我们，一个拿着电视摄影机的人跳上了沼地。"斯库——克姆——查克！"

直到我们的手臂开始发酸，我才停下来，看着周围渐渐平静的水面，海水再次变得明净透彻，太阳的倒影清晰可见。但我立刻意识到那根本不是太阳的倒影，水面上的确有道橘色的亮光，但那光线分明来自水底。

我越靠近，那光就越明亮。我猜应该是沉在水底的浮标，或是一瓶橘子汽水，但它在水流中漂动的样子又像是根三十厘米长的大羽毛？

首先注意到我诧异表情的是暴眼，他问："那是什么玩意啊？"

又有两艘独木舟靠岸了，摄影师慢慢接近，离我们不到十四米。其他人也跑了过来，其中有三个是跛子。这时要越过泥滩显然简单多了，因为距离最低潮只剩不到一小时。

"女士们先生们，现在又有新发现了。"费普斯用马戏团表演般的声音说道。我抬头看，一个粗壮的观众把阳光都挡住了，摄影机也开始拍摄。我看着那些兴奋过度的脸，认出其中有几个是密教的成员。

"那是什么东西？"有人问。

"一只 *Ptilosarcus gurneyi*。"我微笑地说。

"再说一遍好吗？"

我重复着，并且一个字一个字地拼给他们。

"所以这到底是什么呢？"

"这也叫做海笔①，我猜，是因为它的样子很像某种老式的鹅毛笔吧。"

"请多告诉我们一些吧。"某个拿着麦克风的人请求道。

"嗯，首先呢，这是一种动物，不是植物。"观众一片嗡嗡声，夹

---

① sea pen，一类美丽的无脊椎动物，躯体由一节节叶面状的珊瑚虫体组成，宛如鸟类羽毛或老式羽毛笔。

杂着窃笑，"事实上这是十几种动物聚在一起而成的。它身上的每一个小分支都是一个独立的嘴。这有点像一束海葵，它们家在一起，决定要装扮成一株色彩鲜艳的植物，这样能骗过小鱼和其他海洋生物，等它们游近的时候，就可以一把抓住。而这所有的嘴巴都共享同一个消化系统。"我微笑，听到照相机的咔嚓声。

可能是我心跳加速的缘故，也或许是光线被人群遮住的关系，但人群聚得越多，那只海笔看起来便越明亮。"这是我所看过最大的也是最美丽的橘色海笔，"我说，"不过我以前都是在水族馆看到的。"

"是什么带领你找到它的？"有人问。

"我本来以为它是太阳的倒影。"

"是不是你脑海里有一个声音，告诉你到哪里可以找到它们？"

我没有回答这个问题。

"你几岁了？"另一个人问。

这个问题我也没有回答。我不想听到人家低声讨论我看起来比一个十岁的男孩还矮，毕竟再一个半月我就满十四岁了。

我踩进水里跨到海笔的另一边，让所有人都可以看到它，并在它的后面蹲了下来。我慢慢伸出手，轻轻地抚摸它，刹那间它发出了绿色的光芒。一道突如其来、货真价实的绿色闪光。①

人们发出一阵赞叹，那个像鸬鹚的男人画着十字，我的头皮一阵紧缩，就像你坐太久之后两腿发麻的那种感觉。

"它为什么会变绿？"有人问。

阳光从人群的缝隙中照射进来，让我眼前一晃，我赶紧转开头让

---

① 当海笔受到攻击（下文中的海星），会发出很强的光，威吓对方。

眼睛休息一下，却发现就在距离海笔一两米远的地方，有一只藏身在海白菜下的红色海星，正伸出了三只触手。那只海星不算非常大，但也不小了。我蹚着水朝它走去，将海白菜移到旁边，把海星拿起来给那群人看，引来了更多的赞叹声。

"这是什么海星？"有人问。

"*Master aequalis*，"我说，"这是少数会吃海笔的海星之一。"我再次对着摄影机微笑，"如果把它们凑近鼻子，你会闻到鞭炮的味道。"

我把它交给一位看起来像是长了水痘的女士。

"为什么那棵植物会变绿？"又有人问，其他人也开始附和这个问题。

从人群的一个小缺角看出去，我看到了安琪和史坦纳法官。他们正沿着家门前的码头慢慢走着，忧郁的步伐让他们看起来像是换了个人。等安琪转过头来时，我向她戏剧化地用力挥手，但没有得到任何回应。我突然感觉自己很荒谬，很自私，而且很需要妈妈。

我很惊讶自己竟突然开始想念她了，不过这感觉和我预期的又不太一样。这比较像是你搞丢了一样重要东西后的空虚感。

心不在焉的我根本没再听进任何人的问题，也无心去给他们扫盲海笔或海星的知识，等我回过神来时，只听到有人在问该拿这只海笔怎么办。"别去动它，"我说，"而且把那只海星放远一点。"

我不再理会那些恳求我回头的呼唤，以及那些像蝙蝠一样在我耳边飞来掠去的问题和要求，只是低下头，朝着弗洛伦斯的小屋大步走去，心里很气自己竟然一整天都没去查看她的情况。

我模糊的双眼，数着沼地上的脚印。到处都是人。我已经不认得这个海湾和这片海滩上的人了，包括我自己。

25

接连好几天，海湾还是持续吸引着各种奇怪的人群前来，所以我不是和费普斯去查塔姆湾捡蛤蚌，就是和弗洛伦斯一起躲在窗帘后面，避开人们的追问。爸爸被问到发火，忍不住将一群记者赶出门外，大吼："到此为止！"他还在车道上立了一块禁止入内的标志，三剑客中的一人还在树干上贴了一张海报，上面写着媒体二字，然后画上红色的斜线。最后，因为一群突然出现在斯库克姆查克湾的俄国朝圣者，关于我的报道才逐渐平息。

除了还是有一些好奇的密教成员和本地居民会来闲晃外，我们还看到越来越多老爷车，载来一群群喧闹聒噪的人，他们的音量大得像是要吆喝雪橇犬起跑一样。这些人里老妇人头上总是包着头巾，男人们则是骨架粗壮，脸也很大。电视上说，他们大部分是移居到西雅图南边的俄罗斯人和乌克兰人，总会定期开车跨越整个州去索珀湖，因为根据某些医生的说法，湖里丝般柔滑的软泥和富含矿物质的湖水能够治疗某些皮肤病。还有其他各种不同的人都出现在海湾附近，有些加拿大人也来了，因为他们听说这里发生了一些事，有人的痛风被泥巴和水治愈了，还有人看到了某些神奇的东西。各种传说中最广为流传的，很不幸，就是关于一个小男孩的故事，据说他不仅发现了一只巨鱿，而且只是用手碰了一株海底植物，就把它从橘色变成了绿色。

各种流言让人们接踵而来，对于让海笔变色的能力，没有人出面声明或辟谣，也没有电视新闻说明或解释，人们因此也更深信不疑。对于想目睹奇迹或免除牛皮癣、关节炎痛苦的人，以及从癌症到尿布疹的各种患者来说，斯库克姆查克湾变成了夏日公路之旅的终点站。风尘仆仆的车队塞满了酒馆附近的草地和沙滩空地，通往度假小屋的车道也总是水泄不通。小屋是由霍尔·克林顿经营出租的，他有一个更有名的别号——"哈利路亚·霍尔"，因为他在靠近沙滩的一棵雪松上，挂了一个长宽各一米的巨大十字架，而且还会定期到底下去祈祷。

霍尔对这些游客的款待显然相当殷勤，因为只要风声和车声稍做休息，我们就会听到俄国人在他的十字架下祈祷的声音。我们还看见有陌生人从他的小屋前啪的一声跳入泥泞、冰冷的海湾，好像把这里当成公共泳池一般。有的人不过是漫无目的地瞎游，有的则在深及臀部的海里行走，或是把头浸到水里，甚至还有人把小孩泡在水里，就像洗礼一样。婴儿的哭声、海鸥的呜呜声和苍鹭尖锐的叫声全都混在一起，不分彼此。

但这都不是最奇怪的。

一开始是俄罗斯人，但没多久其他人也陆续加入。他们走到水深及膝的地方，想办法挖掘最光滑、最臭、最黑的泥巴，像涂防晒霜一样往身上抹，还会彼此帮忙。有些人全身涂满泥巴后，会跑到布满灌木丛的岸边去晒太阳，等泥巴干透变硬后，才回到水边洗掉，重新涂上泥巴再来一次——完全不管自己的样子有多可笑，也不在乎旁边有多少摄影机。

关于我的报道所引发的这些事，让弗洛伦斯又重新恢复了生气，也或许是她对养老院的恐惧，促使她的身体好转起来。不管理由是什么，总之这几天以来，她完全变了一个人：她开玩笑、信心满满地滑着小碎步四处走，甚至连食量也增加了。但星期二当我想过去做午餐时，来开门的却是茱莉·温斯洛，态度好像这里是她家一样。

"我们正谈到你呢。"她开心地说，"真高兴你过来了。"

弗洛伦斯坐在椅子里，强装着微笑，闻起来有一股尿臊味。

茱莉·温斯洛向我炫耀她带来的各种新设备：升降式马桶座、四脚拐杖、铝质的淋浴座，甚至还有一些握柄超大的全新银餐具。

她还说，现在弗洛伦斯的"团队"包括一名营养师、一名专业治疗师和一名专业的设备维修师。最让我难过的，是看到弗洛伦斯强作感激的模样。

"她人似乎还不错。"茱莉·温斯洛离开后，我说。

"一点也没错。"弗洛伦斯说，"似乎不错。"

"你还是不信任她。"

"我不想谈这件事。"

所以我开始跟她聊起那个该死的"生物闪电战"活动，应该不到十天就要举办了。我真的非常担心——光是这个名称就让我受不了。

我们不断听说这次活动规模会很大，超过三十名科学家同意联手，在如此短的时间内共同调查一个公共水域的生态与植物，这可是前所未有的！一个小孩的发现竟在科学界激起如此大的反应，这也是史无前例的！这简直吓死我了。要是他们费了这么大工夫，最后却发现根本没什么不寻常的，那该怎么办？要是海湾里极少数的那些怪事都已经被我发现完了，或如果只是因为某些白痴记者写了那些半真半假的荒谬报道，害得这些重量级科学家中断了他们拯救人类的工作，又该怎么办？

"别说了！"弗洛伦斯吼道，"不要这么幼稚！"

我真宁愿她赏我一巴掌算了。

"不管是发生在这个海湾的事,或是人们根据你的发现和你所描述的事实而做出的行动,这些都不是你的责任。你懂了吗?"

我不敢答话,我只是等待着,看她还有什么想对我说。

"茱莉·温斯洛决定送我到养老院了。"她这么宣布道。

"她告诉你的?"我小声地问。

"当然不是。"

"那她为什么还要送这么多东西来,让你在这里的生活更方便一点吗?"

"只是为了要建档而已。她总不能就这么直接把我送过去吧,谢天谢地,但只要有一天我被送上救护车,值勤人员便会检视她做的档案,然后建议我住进援助性居所。你应该知道那是什么意思吧?那是养老院另一种比较好听的说法,也就是人都坐在轮椅里,拉屎在自己裤子上的那种地方。你知道我到最后会没办法说话,对不对?"她的声音听起来很紧张,"要是我没办法说话,怎么告诉他们我需要什么?你很聪明,迈尔斯,你了解我。别转开头!你以为我会不知道自己的结局是什么吗?最后我会连吞咽都没办法!你觉得我会允许这种事情发生吗?"她瞪得大大的眼睛抽搐着,"你有没有告诉任何人我跌倒的事?"

她的问题和语气把我吓住了。"你告诉过我——"我说。

"对,我知道我告诉过你什么,但你有可能询问过你爸妈或诺曼该怎么办,结果他们其中有人打电话给州政府了。"

我想告诉她,法官曾经说过要打电话给她的脑神经科医生,而且还有一些记者也曾写过她现在的生活状况。最重要的是,我想问她怎么可以怀疑我。

她玻璃似的眼睛反射着来自各个方向的光线。"对不起,迈尔斯。"

她伸出手来，我往后缩了一下。"我的书都留给你，"她平静地说，"这个小屋和这片土地也是。"

我不打算和她争辩，但也不想说谢谢。

"这里可能要打扫一下。"她叹了一口气，无精打采地说，"真的很抱歉，我这样造成你的负担对你而言很不公平，但我已经是你的负担了，而我现在还没完蛋呢。"她放缓呼吸，又闭起眼睛。

"请你什么都别说，"她说，"只要给我一些水，让我们一起享受一点点平静吧。这样听起来不是很好吗？"

这听起来像是我们的友谊已经转变到另一个阶段了。

26

　　费普斯将收音机调得很大声，跟着歌词里的双关语鬼吼鬼叫——没错，全都是些和性有关的双关语。

　　"把那垃圾关掉！"我在听完第二首歌后说。

　　"垃圾？"

　　"那会吓到蛤蚌，它们对震动很敏感。"

　　费普斯哼了一声："那又怎样？"

　　"那它们就会潜下去。"我骗他，"我们就赚不到钱了。"

　　"你连定期的抽烟时间都不给我了，现在还想关掉我的午餐配乐？你知道全国劳工关系委员会会怎么说吗？音乐是我的未来啊！"

　　"对啦，我听说很多人靠弹空气吉他也混得不错啦。"

　　"你是在该死的嫉妒。你知道为什么吗？因为你一点音乐天分都没有！"

　　这倒是实话。我曾经学过三年吹喇叭，其中唯一值得一提的事迹是，我把一个银色的弱音器卡在了左手的小指头上。我在代数课上努力把卡住的小指藏在腋窝里，结果手指越肿越大，最后不得不到消防队去，请他们把那该死的东西锯下来。

　　"你会在教堂弹齐柏林飞船的歌吗？"我问他。

"当然不会。"

"是啊，这里就是我的教堂。"

费普斯环顾着查塔姆湾半露在外的沼地，说："我没看到任何十字架啊。"

我本来想告诉他我发现的那只蓝色海星，但好险我忍住了。"你是个可悲的……他妈的浑蛋。"我说。

他说他应该狠狠踹我发育不良的小屁股，但我看得出来，他很得意我也说出他常用的粗话。

他将齐柏林飞船的音乐转小声一些，等那首歌结束后就把收音机关上了。

在我们拿着铲子开始工作后，我说了很多拿泥巴治病的那些人的故事，让他放松下来，然后想办法将话题带到他和亲生父亲见过几次面的问题上。

这是我第一次听到费普斯假笑。"想想看哦，"他假装掰手指头数着，"答案是……从来没有。"接下来几小时里，他好像在和那些蛤蚌赌气似的，挖得比平时更卖力，仿佛剑客出招一样，对着泥巴和沙地又刺又挖。

那天下午稍晚，当潘西看到费普斯挖出的两只象拔蚌时，发出一阵兴奋的惊叹。他的餐厅正要招待某个"贸易代表团"，他说那些中国人对当天抓获的象拔蚌最无法抗拒了。

他将那两只巨大的象拔蚌和半桶温哥华蚬、十八只奶酪蛤通通放进冷藏箱里，然后递给我两张皱皱的二十元钞票。我找他十元，他挥挥手叫我留着。

我告诉他，等我存够钱买伦德牌钓鱼船后，要带他一起去斯库克姆查克湾钓鱼。"三四米长的船最适合钓鱼了，"我说，"这种船非常牢固，人站在上面都不成问题。我打赌只要五百块或四百五左右就可以买到手，只要我有办法等到别人想处理院子里生锈的旧船就行了。"

"好啊，"他点点头说，"我负责带钓竿。"

他说这话的时候眼睛没有看我，不论我怎么拖延，他还是抽完了一支烟后就离开了。这让我很紧张，因为我希望 B. J. 出现时，他还在我身边悠闲地抽着烟。

我的麻烦是，那些水族馆不肯派人过来，除非我骑车到塔克玛，否则我找到的白色海参、两只海蛞蝓和一只巨大的白令寄居蟹就卖不出去。我只好心不甘情不愿地打电话给 B. J. 的答录机留话，开出价钱，以及他若有兴趣可以过来的时间。

在他停下车时，我注意到驾驶座的车门上有一道新的凹痕，并看着他爬过排档，从乘客座旁的门下车。他的牛仔靴上沾满了油污，身上的背心也脏兮兮的，腋窝下露出杂草丛生的红色腋毛。"让我看看货吧。"他说完打了个嗝。

"你还欠我五块钱。"我用一只脚的运动鞋在沙砾地上缓缓蹭着，像一头准备发动进攻的公牛。

"好啦，好啦，好啦，待会一起算。"

"不行，我现在就要。"我很惊讶自己的声音听起来如此坚定。

他干笑了几声，好像我说了一个很烂的笑话。他说："先来看看你有什么吧。"

"你欠我五块钱。"

他眯起了眼睛，然后起步往车库走去。

我用脚又将沙砾地铺平。"门是锁着的。"我说。

这话让他掉转了头，故意跨大了步子朝我慢慢走来，太阳穴旁弯曲的血管鼓胀着。"你和我来硬的啊？"他恶狠狠地说。

"我不会再让任何人随便偷我的东西了。"这句话我事先可没演练过。我的心脏像是一台电风扇，突然被人拿东西戳了进去。

"你这个不知感激的小浑球，"他身上的味道闻起来像发酸的牛奶，"我肯花时间来这里就算你走运了。"

我不敢讲话，但也没有把目光移开。

终于，他拿出了一沓钞票，从里面找出一张五元，卷成一团丢到我胸前。我趁着钞票弹起的瞬间一把抓住，然后往后退了几步。

"现在打开那扇该死的门。"他咬牙切齿地说。

他的语调中有一种东西突然让我不再害怕了，我说："门里的东西要二十五块。"

"这你说过了！该死的，给我打开门——现在！"

从来没有人命令我开门过，我接着说："除非你先付我二十五块。"

他咬着牙摔下一句："没看过的东西我一样都不会买。"

"如果你决定不买的话，我会把钱退给你。"我说，"但从今天开始我要事先收钱。"

"开门。"他眼里有一种疯狂的光芒，有五分硬币那么大的鼻孔颤动着，仿佛他接下来准备做的事需要消耗大量的空气。

我低着头慢慢走向车库，我自己都不敢相信，我竟然还能走路，手竟然还能稳稳地将钥匙插入孔中，竟然能迅速地溜进门里，把门甩上后啪地扣上门闩。

B. J. 吼着要我把该死的门打开，接着我听到他用鞋跟狠狠踹门的声音，踹得整间车库都在震动。他又踢了一次，门咯嗒作响。他试着用咬牙切齿的声音试图和我理性地沟通了一会儿，然后又意兴阑珊地踢了最后一次门。在安静了片刻之后，他大吼说我浪费了他的时间，所以现在算我欠他二十块。他大笑个不停，狠狠吐了一口痰，接着我便听到他爬回车子里的声音。终于，他又发动了引擎，隆隆声吓得我连忙逃到车库的另一边去，就怕他开着那辆粉蓝色埃尔卡米诺小卡车直接冲进来。

当天晚上，我和爸爸一起看完一整场水手队的球赛。这是我第一次看完九局——总共投出了两百三十八球，整场比赛历时三小时又十八分钟，比月亮、太阳和地球合作演出一次潮汐变化的一半时间再多一点。

我们坐在沙发上，将电视音量转得很大，感觉很舒服，因为少了妈妈对着新闻播报员咆哮、批评和单边辩论之后，家里就变得像图书馆一样。只有费普斯、三剑客和妈妈知道我们的电话号码，而自从我告诉她我不需要她后，她已经有五天没打过电话来，也没来看我们。爸爸的怪异行为又多了几条，他会穿着拖鞋四处踱步、流着眼泪喃喃自语，我都快不认识他了。他的感冒症状越来越糟，我想这又进一步证明，其实妈妈早已经是她一心想成为的医生了。

伤风、感冒、扭伤、割伤和其他各种疾病症状，碰到她全都没辙。她杀病毒的妙方有大蒜、葡萄柚和她的独门痊愈大补汤——把胡萝卜、马铃薯和洋葱压碎熬成浓汤，好喝得不得了。她会质疑医生，会自己制作夹板，还会在家里帮我们拆线。我们生病时悲惨的模样会引出她的另一面，那是她在我们健康时很少会浪费时间显露出来的。不止一次，我希望自己发烧的体温不要降下来，因为妈妈只在我发烧时才会唱歌。

我趁每次中场休息的时间跑去洗衣服，先洗爸爸的，然后再洗我自己的。妈妈知道了一定会生气，但我就是不懂，为什么白色衣服要分开洗。内衣裤要那么白干吗？一直等到第七局结束中场延长休息的时候，我才开口问爸爸可不可以养狗。

爸爸听了我的问题后流下眼泪。就像我说过的，他真的不需要太多刺激，光是联合航空公司的广告就能让他哭到崩溃了。"小子，你知道你妈妈不喜欢狗的。"

我盯着他看，他又说："等她回来以后要怎么办？"

我迟疑、等待、在心中不断演练，但最终还是没有在那忙碌的晚上找到合适的时间，问他弗洛伦斯的事情该怎么办。

§

"醒醒，安琪。"

她脸朝下趴在厚厚的粉红色枕头上，像是想闷死自己。

我轻拍她在床垫外摇晃的右脚底，要她起来。

然后我又试了一次，她终于翻过身来，微微张开一只眼睛。

"有东西要给你看。"我说。

"晚一点啦，迈尔斯，"她喃喃道，"我在睡觉。"

"已经十一点四十五分了。"

"为什么所有人都要告诉我现在几点呢？"她又翻过身去趴在枕头上。

"你一定要来看。"

"晚一点啦。"

"晚一点就不在了。那东西只有现在有，说不定已经太晚了。"

"什么东西啊？"

"时间会毁掉它的！"

她转过头来对着我："你已经毁掉我的睡眠了。"

"拜托啦。"

"我不要起床去看什么有趣的海星，"她含糊不清地说着，"就算你发现沉没的海盗船我也不在乎，懂了吗？"

"反正你已经醒啦。"

她整只右腿都滑出被子外，害得我的呼吸几乎瞬间停止了。然后她翻过身仰躺，被子盖在身上，屈起左脚摇晃着。她卷曲的头发整个散开，很像我看过的一幅水母素描。她微微睁开眼睛，眯着眼看我湿答答的脚。"你把泥巴带进法官的家里来？"

"他不在家。"我说，"你到底要不要起来啊？"

她朝天花板伸了伸手臂。"这是一天中我感觉最像自己的时候。"我可以清楚看到她腋窝的凹穴，这才意识到她是裸睡的，"那些药丸把我从这个身体里带走了。如果我已经不是自己了，那我根本一点都不想待在自己身边。你懂我在说什么吗？"

"我会在门外等你穿好衣服，但是要快一点，好吗？"

"你遗传到你妈妈不耐烦的眉毛了。"她说。

在离开之前，她坚持要把法官上教堂前留给她的咖啡再加热一次。她将热好的咖啡倒进塑胶杯里，但烫得她拿不住，所以她想再拿一个塑胶杯套在外面，结果一找又是半天。等我们好不容易到达弗洛伦斯家门口的沼地时，那些卵鞘已经有部分被淹在水里了，但还是紧紧地挨在一起，像朵巨大的雏菊，透明的花瓣包住一颗颗像是小扁豆的东西。

"这是蝴蝶鱿鱼的卵，"我说，"最夸张的是，这可不是一只鱿鱼产的哦，而是八只鱿鱼一起产的。"

"不可能，"她盯着我说，"它们怎么能计算好时间同时产卵？而且干吗要把卵弄得这么漂亮？"

我耸耸肩：" 也许把卵产在一起，会让它们比较有机会存活下来。也或许这是一种团体艺术创作，就像全五年级的学生一起在晨星餐厅的墙上画壁画一样，谁知道呢？我最近在书上看到，有种小小的湿地海螺，必须在每次潮水上涨前爬到草叶子上，否则就会淹死。到底是什么东西在警告它们，每十二小时就要开始往上爬到安全的地方呢？"

我不确定安琪是不是在微笑，是对我还是在对完全不相干的东西微笑。"就是这个吗？这就是你把我从床上挖起来要我看的东西？"她努力想装出生气的样子，但很明显可以看出，她很享受在沼地上的时光，就像一只懵懂的小鹿，独自享受着在宁静田野上休息的片刻，直到发现你在看它为止。

"在夏天产卵是不是有点晚了？"安琪问。

"对啊。"我点点头说，"不过这个夏天本来就很怪。"

她差点死于毒品过量后的这几个星期，我几乎没跟她说过话。在少数几次对话时，她也总是一副茫然和漠不关心的模样，仿佛早就忘了送我那张卡片的事，仿佛我身上已经不再有原先吸引她的特质。

这段日子以来，她常和一些"无聊的治疗师"在一起，而且大多数夜晚都睡在塔克玛的哥哥家，因为法官正忙着竞选，而为了某种理由，所有人都坚持她晚上不应该单独一个人在家。关于我的那些疯狂报道，她显然不太清楚；对那些俄罗斯人、弗洛伦斯和我妈妈的事也一无所悉。

"靠近一点，"我说，"到这下面来。"

她蹲得很低，眉环都快碰到我了。"你可以看到它们在里面动呢！"

我感觉到她的呼吸轻拂过我的脸。"这代表什么呢？"她问，"它们快孵化了吗？"

我把她带来的两只塑胶杯稍微洗了洗，在其中一个底端塞些褐色的海草，再盛上两杯半满的海水，然后将游动得最厉害的两个卵鞘分别放进两个杯里。我将杯子放在她手上，一起看着这些灰色的鱿鱼宝宝在薄膜中旋转游动。没过几秒钟，白底杯子中的卵开始变白，而另一杯的卵颜色也开始变深。

"我的天啊。"安琪将杯子拿得老远，好像它们可能会爆炸似的。

深色的卵中开始冒出第一只迷你小鱿鱼，靠在杯缘喷起水来。安琪呆站在那里一句话也说不出来，小腿浸在逐渐上涨的潮水中，脸色像白色的卵一样明亮。

"这些卵中只要能有两只顺利长大，就算很成功了。"我说，"大多数情况下，它们只是其他动物的蛋白质来源。"我边说边伸手到装海草的杯子里，抓了一颗未孵化的卵丢在我的舌头上。

安琪大笑："你疯了啊。"

我把它咽了下去。"我有躁郁症。"我说，并告诉她随时可以将那些鱿鱼放掉。

好一会儿，她什么也没做，只是面无表情地看着我。一切都进行得如此美好，这一刻我很想告诉她，光是能看着这些蝴蝶鱿鱼的卵孵化，活着就很值得了。我脑海里的这些话听起来实在太陈词滥调了，所以我过了几秒后，说："我知道这听起来很可笑，但我真的可以照顾你。"

她眯起了眼睛，仿佛脑袋里正运算着一道冗长的算式，然后别开目光，弯下腰将所有的小鱿鱼放掉。

我回到家里，爸爸睡眼惺忪地问我今天是几号，然后用力地擤了擤鼻子，声音之响简直像在铲雪。

我知道还有六天"生物闪电战"就要开始了。还有七天就是弗洛伦斯和我预测的大潮日，还有十一天学校就要开学。而且我也知道，白昼时间已经减少到十三小时又十九分钟，也就是说，没错，今天是九月的第一天。

这次我没再跟爸爸提全世界成功矮子的伤心史了，我只是脱掉鞋子，挺直身体，用力到脊椎都痛了。他拿了一本他从没读过、略带霉味的硬壳书放在我头上，盯着杂物柜的门仔细研究，然后责备我不应该偷偷踮脚。

"你自己看啊。"我说。

他检查我的脚跟，瞄了我的头顶一眼又看看我的脚，然后他退开，要我放松下来让开几步，他要检查书是不是正的。我照做了。

"再站回来。"他低沉的声音里透着兴奋。

我站得不能再直了。"现在是完全平的了。"他轻声说，然后再次命令我站开，他在书的下缘画了一条细细的线，比前一次量时高出了惊人的零点三厘米！

我们两人盯着那条新画的线，好像在看彗星一样。

随后爸爸打电话给三剑客之一，请他来再次确定我们的测量是否准确。完全没有问题，我已经超过了一百四十四厘米，而且依照剑客伊萨克森的说法，我会像棵该死的黑莓树藤一样长得飞快。

爸爸没有打电话给妈妈，他不想听到那本书可能歪掉了之类的丧气话。他绝对不想。他和剑客伊萨克森倒了两大杯的皇冠牌威士忌，喝得一点点小事也能笑到快疯掉，还不停地叫我"老大"。最后，当我要爬上楼回到自己房间时，发现在进房门时几乎要微微低点头，否则就会撞上门框。

　　离"生物闪电战"的时间越近，史班瑟岬附近的气氛就越像某种令人困惑的狂欢庆典。史班瑟岬南侧，在霍尔小屋附近有许多肮脏的帐篷、挡风玻璃上布满斑斑虫痕的汽车和旅行车，里面住了超过五十个人。同时，蓝月运动用品商在北侧草地上搭起的鲜艳大型帐篷和遮棚，也很快拥入了一群新来的陌生人，他们穿着适合地形的鞋、干净的牛仔裤和便利实用的背心，上面还装满了量尺、小瓶子和随身旅游指南。

　　当科学家们聚集在一起时，本地的家庭也都出来四处闲晃拍照，仿佛某件值得纪念的大事即将发生。受到好奇心驱使的人们，通常都会到霍尔小屋附近，看看那群低声祈祷或唱歌的怪人，而那一具具涂满泥巴的身体，总会惹得孩子们咴咴偷笑或哇哇大哭——这要看他们几岁而定。我故意离霍尔的露营区远远的，避免听到人们指着我低声说出那句可怕的话："就是那个小男孩。"虽然他们通常都带着微笑，而且也不会拿问题逼问我。

　　就算我走在那些科学家附近，也很难不被认出来，不过还好因为他们大部分都是克拉马教授的朋友，通常只是跟我打个招呼，或问一些关于沼地的问题。我真的很后知后觉，原来克拉马教授就是负责这整个计划的人。不管他之前和我有什么不愉快，现在似乎都消失了，这对我来说真是意外的礼物。我拼命地谢谢他，以至于让他有点莫名其妙。

如同克拉马教授不断重复提到的，这个活动的目的是要对海峡最南端的动植物，做一次"快速普查"。但尽管这些大人物们说了这么多，这活动听起来还是很像一个小孩子设计出来的愚蠢游戏，因为他们所谓的"普查"必须在二十四小时之内完成。

类似的"快速普查"也曾在长岛海峡和苏必利尔湖①进行过，但就像克拉马教授提醒所有人的，那些活动都有很长时间的准备工作。这次的活动预定在星期六早上九点三十分开始，因为这个月最低的潮水将会出现在接下来的二十四小时内。这整件事对我最大的好处是，当所有人的注意力都集中到这些科学家和治病的人身上时，似乎不会有人再想到我那个可笑的预测——星期天稍晚时，五十年来最高的涨潮将袭击奥林匹亚。

§

查塔姆湾到处是穿着橡胶靴和防水长靴的人，每个人手上都拿着水桶、瓶子和网子。沼地跳着比平时更快速的脱衣舞，来迎接这群科学家和义工。潮水着急地后退着，沼地罩上一层闪闪发光的海白菜和紫色的杉藻，映照着周日早晨冷清、不安宁的灰色天空。

早在我还不是专家之前，我就已经在查塔姆湾的沼地上混了。现在走在上面的可都是货真价实的生物学家，他们有人能完整说出普吉

---

① Lake Superior，北美五大湖之一，世界最大淡水湖。

特湾里四十种水母的名字,解释纽虫①的性生活,也有人能说明马蛤和小小的软壳豆蟹②之间共享家园的奇怪伴侣关系。不过,他们没有人比我更熟悉这里,因此在活动正式开始前的几分钟,克拉马教授要我向他们大略说明哪里可能有值得看的东西。

当我开始说话时,发现这些义工真是各形各色,都是我没料到会在沼地上见到的人。譬如像我二年级和五年级的老师,还有妈妈的一些朋友,他们甚至还皱着鼻子嫌过我们家外面有"臭蛋味"呢。水泡、暴眼和柯林斯兄弟也都在那,看起来好像很兴奋地要帮忙数海生植物的样子。要是你在一个月前要求他们做同样的事,一定会换回一巴掌外加一串脏话,但不知道为什么,现在这却成了一种荣耀。甚至连爸爸和三剑客的另外两个成员,也自愿在营地为大家烤肉和煮咖啡。那天早上,爸爸还跟我再三保证,他预计妈妈在午餐的时候也会过来。

我来海湾的次数已经多到我自己都记不清楚了。我知道哪里有什么蚌类,但我并不像自以为的那样清楚所有东西的位置,何况潮间生物的变化是很快的。而我太兴奋地想解释所有我确定的东西,到最后已经变得不知所云了。再加上我的声音不够大,大概有一半的人根本听不到我在说什么,但似乎也没有人介意。

在大家散到沼地各处之后二十分钟,所有人又聚回一位软体动物学家附近,听她兴奋地对一群丛生的海笋③大加评论。

海笋是一种蛤类动物,但你平常看到时会以为不过是一种在浅水中摇曳的强韧植物,或者像半埋在地上的人类心脏,上面还有大动脉

① nemertoid worm,海虫的一种,较低等的海洋生物,身体最长者可达55米。

② pea crab,形似豆子的小型螃蟹,靠寄居为生。

③ piddock,双壳贝类的一种,喜在木材、岩石上凿洞而生。

直直地往外伸出。我以前曾在土堤旁的深水池中看过一些，但现在这片海笋群的范围可能有半个网球场这么大。

海笋并不是那么罕见或特别有价值，但这位绑着马尾、脸上有着点点雀斑的科学家所用的词汇，像是在大礼堂里发表演说似的。就在她差不多要说出这是普吉特湾有记录以来最大的海笋群时，海绵动物组的组长忍不住插嘴说，这附近的紫海绵——某种看起来像假橡胶呕吐物的动物——颜色是他所见过最鲜艳甚至有点吓人的。

科学家们摸着胡子或兴奋地猛嚼口香糖，每个人工作和说话的速度都加快了，仿佛是在参与一场赌博，而赌注被大大提高了，非得找到可以超越海笋的发现才行。

下一个吸引群众围观的是环节动物组，组长正在滔滔不绝地讲解她发现的一只沙蚕①。她对这只蓝绿色的海虫特别情有独钟，它的大小像一支皮尺，正像鳗鱼一样地翻腾不休。

"我不知道在海峡中，它们能长得这么大。"她边说边用手背将垂下的刘海从窄窄的脸上拨开。

我们大家往她旁边靠得更近了。"这真的很壮观。"大家应和着。

我找了一个空当插嘴说："我在海湾里见过一些比这个更大的。"

喋喋不休的声音突然停了下来，这位女士眯起眼睛怀疑地看着我说："你确定那些是沙蚕吗？"

"有天晚上我看到密密麻麻的一大群，"我感觉其他人的目光集中在我身上，也看到费普斯在故意吞一根巨藻想让我分心。"那是在七月中旬的时候，"我说，"事实上是因为它们在海面上翻搅个不停，制造

---

① nereid brandti，海虫的一种。

出许多发光的波浪，我才注意到的。我本来搞不清楚是怎么回事，等靠近后用头灯照在它们身上才看到的。不过，我还真希望没看到过呢。"

群众的窃窃私语声中不时出现"头灯"、"巨鱿"、"他才十三岁"等字眼。小组长说海虫和鳗鱼是很容易搞混的，我回应她说，我只知道我看到的正是在她桶子里翻扭的那种蓝绿色海虫，只不过体型更大罢了。在回答了一些问题后，我就回去做自己原来的任务了——在一米见方的潮间沼地上，尽可能找出所有的生物，并加以分类。

我找到一块看起来有很多生物的地，用四支塑胶管围了起来，然后计算出上面共有三只粉红色和白色的海葵、二十六只寄居蟹（其中大部分背着玉黍螺的壳）、一百零九只藤壶、三十六个贻贝、十二个蛤蜊的呼吸孔（其中三个正在喷水）、四只海螺，还有一只蓝灰色的杂色海星——它正缓慢地试图将一只布满青苔的石鳖从它的壳里拉出来。

所有东西看起来似乎都比平时变得更快速，也更明亮一些，好像沼地正在为我们所有人表演似的。就连海螺的动作也变快了，它们闪着微光的白色身体比它的螺旋状的壳超前许多，似乎在和寄居蟹赛跑。温哥华蚬互相推挤喷水，水沫四溅，以至于它们四周的沙砾都在不停震动。海星沿着食物丰盛的路线一路滑行，它们平时只有在水中才可能这么快。海鸥和苍鹭也俯冲得比平日更低，翅膀的扑扇声引得所有人抬头查看，不禁怀疑它们是不是发现了什么我们没留意的东西。甚至连天气也多了些戏剧性，来自北方的阵阵狂风让节节败退的海湾变得阴暗沉闷，让人意识到这是六月以来最冷的一个早晨。

我和费普斯的距离近到可以看见，他正炫耀自己能从一个小小的呼吸孔中，挖出多少种不同的软体动物。随后，我还发现他把双壳类组一半的人全哄去抽烟，其中三人边喷着费普斯妈妈的烟，边大笑着听他被困在泥滩中，得"像个该死的贻贝一样"靠塑胶管呼吸的故事。

到了十一点三十分，甲壳动物组自夸他们已找到普吉特湾沿岸所有种类的蟹类，甚至还发现一些他们本来以为不可能游到这么南边来的邓杰内斯蟹①宝宝。但他们把大家召集过去的真正目的，是要宣布他们发现了一只可怕的欧洲绿蟹。至少那位眼睛很像猫头鹰的生物学家是这么说的，而且他至少重复了六次，因为不断有人质疑他的判断。

那只绿蟹看起来没什么杀伤性，整个壳的宽度只有六七厘米长，但听过这位生物学家的可怕描述后，会让你觉得所有人都应后退三步，拔出手枪来自卫才行。它的螯像开罐器一样锋利；它每天要吃三个牡蛎外加三十颗贻贝；它为了吃蛤蚌会挖洞到十五厘米深的地底；它甚至还会吃其他螃蟹！这听起来简直像是那种夸张卡通片里的大反角——比如强壮有力又邪恶，还会攻击其他老鼠的大老鼠。

突然间，这个有趣的"生物闪电战"，变成了将海峡从邪恶螃蟹手中拯救回来的重要任务。甲壳动物组的组长重新分配任务，我们原先负责计算物种的人半数以上都被指派去专门搜捕这种绿蟹。不过我承认，在找了二十分钟之后，我就失去了兴趣，开始观察寄居蟹的贝壳争夺战。这天早上的贝壳一定是稀缺货，因为我发现到处都有寄居蟹拖着一个额外的贝壳到处走，要不然就是威吓其他寄居蟹把壳让出来。我看到两只个子最大、到处欺负弱小的寄居蟹——一只身上长了许多毛，另一只的螯是蓝色的——正为了抢夺一个白色的岩螺壳，进行一场激烈的拔河战。这个闪亮城堡本来属于另一只较小的寄居蟹，但现在显然已经没它的份了。我扮演着上帝的角色，将壳从这两个大家伙手里移开，但没多久又被它们找到了。决斗重新上演。最后，蓝

---

① dungeness，得名于美国华盛顿州的老镇邓杰内斯。

螯寄居蟹将对手一把抓住，直接摔到一只大海葵的毒触手上，并将它按在上面，让那可怜的对手窒息在海葵的毒素里。我十五分钟后又溜回来，发现那只蓝螯寄居蟹还狠狠地按在那里，等待落入陷阱的对手投降放弃自己的壳。我没有留下来看结局，毫无疑问，中毒的寄居蟹会被海葵吞掉，那只以大欺小的家伙会住进它的新家。真可惜，沼地上发生的事情太多了，我不能同时看到所有的东西。

终于，刺细胞动物组也在某位生物学家走进水深及膝处检查了一只他所宣称的澳洲水母后，把我们大家拉离沼地，走进了水里。这位生物学家更可能是忘了或根本不知道那只水母的种名，但他用超过实际需要两倍以上的音量，不断重复说那是一只货真价实的澳洲水母。他说得太激动了，以至于有口水悬在他两边嘴角吸进又吐出，而他的肚子就像微波炉加热后快胀开的爆米花袋。那只水母真的很特别，白色伞形的身体有一只篮球那么大，还带着小小的斑点，长长的触手上有许多皱褶。我在这个夏天看过至少十五种不同的水母，但从来没看过这么大、这么像球和动作这么迅速的。

我突然觉得，我们是不是上了某种无聊恶作剧的当，会不会是某个浑蛋——就像墙板工人 B. J. 那样的——昨天夜里偷偷拿了一些外国品种的生物放进了海湾里。

克拉马教授一定听说我们有了些发现，因为他正跨着大步亟亟地从营地走回沼地来，先是研究了海笋，再来是绿蟹，最后他涉水朝我们走来，后面跟着一群义工和科学家。

"在巴德湾的船艇小组刚刚鉴定出了三只黑色海豚。"他甚至还没看我们那只澳洲水母，就连忙宣布道。

"黑色海豚？"有人问，"它们不是南半球的动物吗？"

"没错，"教授肯定道，"通常只会在智利附近看到它们，而且这个季节它们很少出现，尤其不可能在这附近。"

"这只也是啊。"那位胖胖的生物学家指着正在水里缩放鼓动的大水母说，"这里到底是怎么回事啊？"

我们等待着，但教授没有回答。这时头足类动物组的一位组员突然拿出一个雷尼尔啤酒的空瓶给大家看，瓶里是一只章鱼宝宝，身体紧塞在瓶身里。他把瓶子放下，举起另外一只，里面又是一只小章鱼。

我们没再说话，全都低下头开始默默寻找脚边的啤酒瓶。

28

当天下午，营地里挤满了科学家、义工、记者和一波又一波的观众，里面包括了政府官员、警察、中学校长和一群身上只穿着短裤、涂着泥巴的人。各种各类的海虫、水母、海葵、蛤蚌、螃蟹、等足虫和其他无脊椎动物，全被装在试管、锅头和罐子里，把五个大会议桌都摆得满当当的，旁边还有三个桌子，也都被岩草、大叶藻、虎耳藻和其他植物所淹没。科学家们开始分类，并且驼着身子凑在显微镜前研究一些细小、肉眼看不见的生物。另外还有两名速记员，将我们从高潮线以下搜集来的生物全都编制成目录。

因为那天下午有太多人拥到沙洲这边来了，导致五名奥林匹亚的自行车警察不得不出动负责监控群众。流动厕所前的队伍大排长龙，所以很多男士都肩挨着肩在酒馆后面站成一排，把黑莓丛当成了小便池。几乎所有人都到这里来了，除了妈妈和安琪。我很担心安琪是不是已经出发去了北卡罗来纳州。

我看到很多厄琉息斯秘仪教徒，卡洛琳也在其中，她看起来很想拥抱我的样子，但还是尊重我的意愿。我还看见潘西，他双手庄重地放在背后，慢慢从放满生物的桌子旁边走过。我叫他的名字，他对我露出一个大得出乎我意料的微笑。我看见史坦纳法官坚定、优雅地和所有人握手打招呼，好像这些人出现在这里是为了表达对他的支持似的。我看见许多本地居民脸上写满了惊讶，这是他们第一次好好地盯着海洋生物看。他们大部分人都不知道这次活动的目的是什么，但看着科学家们兴奋的样子，多少受了点感染。

我们有所发现的消息早已泄露了出去，但等到下午四点半，克拉马教授站在野餐桌上公布我们的工作进度报告后，我们的发现就真的变成了全国性的新闻。两小时后，陆续传回了更多消息。有潜水人员在史夸辛湾底发现了蕨藻——报纸上称之为"海藻杀手"——看来它们已经从我第一次看到时的煎饼湾蔓延过去了。而我在威士忌角附近发现的中国螃蟹，也被证实已经开始在奥特曼湾和贾斐湾的悬崖上钻地道了。接着又有船艇小组在库伯角看见一只他们猜测是鲨鱼的动物，因为它的背鳍和鲨鱼一样，但很快便被潜水人员证实了那完全是另一种动物。

翻车鱼①看起来就像是被活生生剖开一半的丑陋鲸鱼，而且行为也很怪异。它们很喜欢吃水母，所以常待在漂浮于海面上的水母群旁。我跟着克拉马教授和另外两位生物学家搭船出去，想亲眼看看那只怪物。我们将它打捞上来，称重（三百零五公斤！）并且拍照后，就放它自由了。但它还是像茫然困惑的外国人一样，紧紧挨在我们船旁，闻起来臭得像条死鱼。

我们的普查结果也发现了一堆来自异国的垃圾，包括有两个垒球大小的玻璃浮标——日本渔夫用来固定渔网的，和一个四十三年前的清酒瓶——里面塞了一张污迹斑斑的留言字条。另外还有两个假模特

---

① Mola mola，因为它会上浮侧翻，在海上做日光浴，也称"sunfish"。看起来只有头没有身子，是世界上最大、形状最奇特的鱼之一。

儿头、一把小提琴和三个长满藤壶的曲棍球手套——跟我之前在斯库克姆查克湾发现的很像。

到了黄昏，某位划着橡皮艇出海的植物学家发现了一小队像叶子一样的东西，正游着越过彭罗斯角。她凑近一看，发现这些蓝色闪亮的身体，正伸出像帆一样的触手，随着水流摆荡。她采集了一些装进罐子后便往回划，这为刺细胞动物组带来了一大惊喜。

这五只帆水母①立刻成了大明星，被放在灯光下进行检验，连从未听过它们名字的人们，现在也都呆呆地盯着它看。强劲的西风经常让上千只帆水母搁浅在华盛顿的沙质沿岸上，但这些看起来像是迷你三角帆船的小小水母，显然是跨越了整个太平洋，一路游到了斯库克姆查克湾口，这简直是航海史上的奇迹。

我那些把科学当成最无聊科目的同学，竟然也都排着队来看这些水母。一些从没跟我说过话的孩子（包括费普斯最喜欢的胸部的主人），也对着我微笑、击掌、大声问好，这还真是吓了我一跳。我以往看到克莉丝蒂·戴克时，她永远是同一号表情——以一种慵懒、性感的方式嚼着口香糖——看到她在我身边绕来绕去直说那些水母好酷，我才惊觉她也和一般人一样会说英语。她弯着腰紧挨着我，近到我可以闻到她的薄荷口香糖味，然后问我是否知道那个清酒瓶里模糊字条的背后，究竟藏了什么故事。

我嘀咕着说了几句含糊的答案，反正可能让她觉得我正领导某个小组在探究那个秘密就是了。

费普斯站在她背后几步远的地方，不停挥动手臂，假装正摸着一

---

① Velella，水母的一种，特征是有一充气的帆状浮囊，喜欢群聚并凭借海风四处漂游。

对巨大的胸部。就算他不那么做，和她说话对我来讲也是一件很困难的事，不过我还是努力地回应了几句毫无意义的废话，也压根没敢直接盯着她胸前那对和我嘴巴同等高度、隐藏在 T 恤里的哈密瓜，但我敢肯定，里面一定还包着一件得是天才保险箱大盗才解得开的双排扣环胸罩。

在傍晚气温下降、令人沮丧的秋天气息阵阵来袭时，克拉马教授在遮棚外进行了当天最后一次媒体简报。

他首先表示，所有人一定都非常惊讶和兴奋，但这点他其实不必说明的，光看他那一头被抓得越来越高的卷发就知道了。"可以确定的一点是，"他说，"现在你根本不必到加拉帕戈斯群岛①去看异国的海洋生物了。"听众们咯咯笑着，"只要到查塔姆湾走一圈，"他说，"就可以看到其他地方没有的东西。比如，我们刚在威士忌角附近偶然捞获了一种小型鳗鱼，这里虽然有这么多生物学家，但我们仍然没法确定那到底是什么品种。"

在教授长篇大论地描述欧洲绿蟹时，群众开始骚动，低声交谈，忽然一下子就完全没人在听他说话了。我本来以为人们只是对教授的话有所质疑或感到无聊，却突然看到有摄影师和其他人往流动厕所的方向挤去，紧紧围住了一个矮胖的秃头男人。那男人眼神飘忽不安，语调激动，说话的模样就像他家里的车库被龙卷风吹走了一样——我在电视新闻上常看到。

"就像我说过的，我的左耳已经聋了整整十七年了，"他的头皮在闪光灯下油亮油亮的，"不相信的话去问我的医生啊。我现在就可以

---

① Galapagos Islands，位于太平洋东部的赤道上，现在是厄瓜多尔共和国的一个省。

给你们他的电话号码，你们可以打去自己问。你们要知道，我从来没试过这种事情。我没什么宗教信仰，对所谓的治愈之水也不抱太高的期望。但是我听说这里发生了一些事，所以就从格兰茨帕斯①开车过来亲自瞧瞧。"

他说话的方式就像唱歌一样，会将你吸引过去，但有时又会突然冒出一阵小小的咆哮，让你忍不住往后猛退三步。"我以前常去钓鱼，所以防水长靴就放在卡车后面。我只是在霍尔的小屋前面随便晃晃。可当我走到膝盖那么深的水里时，大概二十或二十五分钟之前，一阵大风停下来以后，我的两只耳朵突然都能听得见了！"他用手盖住一边耳朵，接着又换到另一边，"现在还是能听得到！"他边说边露出像铁锈般的牙齿。

他摆动毛茸茸的双手拒绝所有提问，头不停猛摇直到所有人都闭嘴为止。他接着说，他已经和一些人谈过话，有人发誓说自己的牛皮癣已经被泥巴清除了，还有一位来自犹他州的女性宣称，她蹚着水走了半小时后，膝盖的关节炎就消失了。接着他透露，这个海湾的治愈能力可能会在隔天满潮时达到极致。这些话他自己都未必全相信，但借着他那引人注目的声音，已经开始往外散播。

他就这样在灯光下滔滔不绝地说着，没多久科学家们便失去了兴趣，窃笑着返回自己的岗位上，继续他们单调的计算工作。

等天色完全沉了下来，媒体都离去后，天空开始下起了大雨。弹珠大小的雨滴打在薄薄的塑胶遮棚上，所有人都忍不住停下手头的计算工作，抬头看着。雨声实在太吵了，因此我们在彼此通报各种生物

---

① Grants Pass，位于美国俄勒冈州西南部。

的种名时，不得不用喊的。

没多久，营地里就只剩下十几位眼睛满布血丝的科学家和义工了，他们将在晚上继续分类和计算的工作，而同时会有好几个夜间小组，将不断设置陷阱抓螃蟹，捕捞浮游生物，并用大型手电筒照射漆黑的海水以求有新的发现。我帮助快忙昏头的生物学家们，记住哪些是他们已经数过了的。不再有人会想要认出我是谁，这感觉太棒了。甚至连感冒已经扩散到胸部的爸爸，都答应我想待多晚都可以，只要别忘了吃饭就行。不过我确实没吃。

十一点的时候，我决定休息一下去给妈妈打个电话。我想这么做已经好几个小时了，我真的好想在她睡觉前，和她分享这一天所有大大小小的精彩场景。我也打算试着和她道个歉，我在她想提供帮助时那样回应实在太不知感恩了。而且我知道，要是我不说些话让她感觉好过一点，她就会一直僵在这里。

我表哥先是抱怨我这个时间打电话过去太晚了，然后告诉我妈妈和珍妮阿姨已经飞到芝加哥去度周末了。

芝加哥。

我突然想到这年春天的时候，妈妈曾经突然对爸爸说，她现在都没什么机会去旅行了，自从迈尔斯出生后，她就再也没去过纽约、芝加哥和其他真正的城市。

爸爸穿着四角内裤，嘴里含着牙刷，慢慢地走了出来。就算他有注意到我那只握着电话的手正在发抖，他也什么都没说。

"她们在芝加哥的电话号码是多少？"我问表哥。

"什么？"

"我需要她们的号码。"

"你现在不能打给她们。那里的时间比这里还要晚两小时。"

“我有急事。”

“是吗？”

我提高了音量：“我爸爸病得很严重！”

爸爸看着我拨通电话，告诉负责转接的女士妈妈房间的号码，但他什么也没说。铃响了几声后，电话那头传来妈妈压低了的声音，隐约听到珍妮阿姨含糊不清地问着是谁打来的。

“是迈尔斯。”妈妈捂着电话轻声说道，然后问我，“怎么了？出什么事了吗？”

“爸爸说你今天会来的。”我说，“所有人都来了。”

接着便是一阵长长的沉默，我听见珍妮阿姨咕哝着问了些什么，妈妈回答她后又回到电话上：“你半夜两点打电话来不会只为了这个吧，迈尔斯。”她的声音里透着担心，“你没有受伤吧？你爸爸还好吗？”

“连爱丽斯·迈当诺和安奈特·伦金也来了。”我几乎是用吼的，“大概有七十三位科学家，还有上百名义工，都来到沼地上，下了水，还扎了营。克拉马教授还要我告诉大家该到哪里去找什么。”

她停了一下，轻声说：“告诉我发生了什么事吧，但小声一点，我有在听的。”

我尽可能把我所记得的一切全都说出来，大概说了有五分钟吧。而且我没有降低声音，也没有道歉什么的，我说的每一句话都像是在用力敲打钉子。

等我终于说到没力时，她说：“很抱歉我错过了。”她不再压低声音，“我也很抱歉用这样的方式离开。但我非这样不可，迈尔斯。尽管这对你并不公平。”

我感到诧异，忍不住想叫她再说一遍。我猜当鱼儿从沉重的水中跳到轻盈的空中时，一定就是这种感觉——窒息。但最后我只回了一句：

"我也很抱歉。"她没说话，于是我又补一句："爸爸感冒很严重，我想他需要你的魔术汤。"

等我回到营地时，没有得失眠症的科学家们都已经离开去小憩一会儿了。最后只剩下包括我在内的六个人，在雨声的旋律中继续计算着。看来这场雨决心要把它缺席了两个月的分量，在这一夜之间都补回来。

奥林匹亚的雨很少需要用到帽子，更别说雨伞了，但这场雨却下得像瀑布一样，气势磅礴。凌晨一点四十五分，我在留下来的生物学家头上看见了灵光，或许那只是灯光从他们背后照过来，配合了雾气所形成的效果也说不定。但我的确在他们每个人的头上都看到了蓝色的光。弗洛伦斯教过我，有蓝色灵光的人心情都很放松，他们准备好了随时迎接任何挑战，这种特质倒是蛮适合这些人的。

一小时后，克拉马教授命令我回家睡觉，我绕了远路，在大雨中走过我家的房子，又经过了安琪房间暗着的窗户，再越过大大小小的水坑，一路走到弗洛伦斯的小屋。

为了避开大雨，我躲在屋檐下偷看她。她嘴巴张得开开的，正坐在窗帘后面的椅子上。看到她的胸口还在起伏，让我松了一口气。我本来打算叫醒她，扶她到床上睡，但最后还是决定算了。我不想吓到她或让她太兴奋，而且我知道，她其实比较喜欢坐在椅子里入睡。

爬上楼梯时，我觉得靴子沉重得像是灌满了铅，不禁想到，弗洛伦斯的脚出状况时，会不会就是这种感觉。我努力想象她还是一个年轻活泼的女人时候的样子，而且长得很像某个有着索菲亚·罗兰这种悦耳名字的美女。但我就是怎么也想象不出来。

我把脱下的湿衣服堆成一堆后，就整个人瘫在床上了。不过没错，我还是睡不着。

妈妈的影像出现在我的眼皮上，我努力想看清她在家里的样子。

我看见她对着长满杂草的花园皱眉头，看见她躺在珍妮阿姨家的大扶手椅上。我不断在自己的脑海中回应她的道歉，次数多到我已经分不清哪些是她说过的话，哪些又是我自己希望听到的。但无论如何，我还是没办法将她的身影放进我们的小屋子里。

我仍旧睡不着，所以我开始看一本关于太平洋中最深的峡谷的书，其中最宽的海沟可以藏进一座珠穆朗玛峰，深渊里滚烫的火山口附近，竟然很奇妙地繁衍着大量的生物。

§

隔天早上，雨仍淅淅沥沥地下个不停，让参加闭幕仪式的人少了很多。克拉马教授快速地背诵出物种的最后统计数字：三百一十四种无脊椎动物、三十二种鱼类、七种哺乳类动物和一百八十六种植物，总计有五百三十九种潮间生物。同时他也列出了十三种入侵生物的名单，以及十一种在北方相当罕见的生物。最后他提到有一种眼睛是柠檬绿、身长五厘米的半透明鳗鱼，我们还不知道它的确切名字。

大约有五十名科学家、义工和观众一起为这些发现鼓掌，这些喝彩或许是为了那些被发现的生物，也或许是为了这场破纪录的雨吧。这场大雨并没有停的意思，雨滴打落了松果，扯下了玛都那木的叶子，也让教授的声音变得更模糊、更遥远。

"最重要的是，"他说，"这个活动将提醒我们，以南湾为家的成千上万的物种中，我们不过是其中之一。我也希望我们能从活动中学习到，应该更密切地掌握入侵物种的行踪，以免我们的水域受到更进一步的危害。"

他肿胀疲倦的眼睛发现了我，招招手叫我上前去。我穿着妈妈的黄色大雨衣,羞怯但仍乖乖地爬上了桌子。他用长长的手臂环在我背后,大声说:"如果迈尔斯·欧麦里没有将他对海洋生物的爱化为行动的话,我们是不可能发现这一切的。如果迈尔斯没有将他的夏天都投注在观察海湾上,我们所有人就没有理由……"

他的话无论是听起来或是感觉上,都很不真实。对我来说,这个活动不过是证明了一件事——这个夏天所发生的一切都跟我毫无关系。一点都没有。百分之百没有。海湾中出现了新的生命,而我所看到的只是其中的一点点而已。我之所以比一般人看到更多,只因为我是唯一在看的。

另一方面,我也大大地松了一口气,幸好我真的不是什么被选中的人。不过当然,在知道自己就和想象中的一样平凡时,我承认我有点失望。

我太疲倦了,没办法同时兼顾教授和雨的声音,我放弃挣扎,干脆只专心聆听雨声,直到四面八方的掌声把我惊醒为止。不知道是教授撞了我一下,还是我自己走的时候不小心,总之我在潮湿的桌面上失足滑了一下,但即便在半昏眩的状态中,我竟然还是奇迹般地稳住了脚步,并努力挤出一个微笑,结果却荒谬地引来了更热烈的掌声。

29

海洋生物和满潮之间浪漫动人的关系，曾令蕾切尔·卡逊发出热烈的赞叹。

她曾经写道，欧洲牡蛎、北非海胆和热带海虫的产卵模式，与潮汐的步调竟是如此同步一致，要是有一天你遇到船难，或许靠着观察追踪它们的性生活，就可以算出日期和时间。还有一种银汉鱼，也让她大感惊奇，这种闪亮的小鱼似乎可以及时感应到，最高的浪潮将在何时涌上加州南部的海滩。

三月到八月间，每当满月过后不久，好几千条银汉鱼便会聚到海岸边，等待每个月最高浪潮的到来，并乘着飞溅的浪花涌上沙滩。它们会躺在沙砾上呈现暂时休克的状态，停止呼吸。在下一波海浪到达之前，母鱼必须及时产下鱼卵，让公鱼来授精。

如果你恰好在月光下目睹了这一仪式，可能会以为这几千条发狂的鱼正打算集体自杀，之后又突然改变了心意，重返大海。你很可能根本不会注意到埋在地上的卵，它们会在沙里度过平静的两个星期，直到下个月冲刷上岸的满潮，来将刚孵化出的小银汉鱼带走。

蕾切尔·卡逊感到不解的是，究竟是海水的压力、水流的运动、月光的亮度，还是别的一些东西，告诉这些银汉鱼何时该冲上海滩，争分夺秒地繁衍后代呢？

看吧，就算是蕾切尔·卡逊，也不是什么都懂。

§

闭幕仪式结束后，我睡了一个无梦的好觉，沉得像个死人一样，就连有人来踹我们家的门或奥林匹亚东南方五十六公里外的小地震，都没能把我吵醒。我最后之所以会醒过来，是因为那位身高接近一米八的肯尼·费普斯先生，结结实实地一头撞上我房间倾斜的天花板，雨衣也落在了我那脏兮兮的地毯上，因此刷新了他自己的脏话纪录。

"你他妈的快给我起来！"他吼着，好像一切都是我的错似的，"你说的大涨潮已经开始了！"

我撑着坐起身子，眯着眼睛往窗外看，看见许多断裂的玛都那树枝正从我家前面流过。我看看时钟，离满潮还有两小时，但潮水已经迫不及待，涨得又高又急。风势是这几个月来最大的，滂沱大雨正将水流不断地灌进沟渠里。大雨引起的浓雾让海湾对面的陡峭森林变得模糊不清，看着像是一片深色的污渍，夹在尚可辨识的灰色天空和海水之间。

费普斯说，刚刚发生了一起三点二级的地震，他本来误以为那是路易士堡又在发射迫击炮了。"我的屁股可以作证，连马桶都在摇了。"他还告诉我已经有一大群人聚在市区里，准备目睹这场越发猛烈的暴风雨。"我老哥说，大风把浪吹得有一米高，就那么直直地打在巴德港上。我们快走吧。"

我听到声音往外看，发现车道上有五个穿着雨衣、吵吵嚷嚷的人，其中一个正用力敲我们家的前门。

费普斯越过我的床往窗外看，水全滴在了床单上。"你老爸在家吗？"他问。

"他这星期天去轮班了。"

另外一人敲得更用力了。而且我还看到其中一人的雨衣下鼓起一块摄影机的形状。

"他们不知道你住在这里，对不对？"费普斯问，"当然了，他们不可能知道，除了小矮人谁会住在上面啊？"

我穿上军用短裤，找出自从春天以来就没穿过的毛夹，同时努力想听清外面的人在说什么。

我们悄悄地从屋后的楼梯下去，走到一半，我低声告诉费普斯我饿了，结果他连头都没回，就静静地递给我一包绿色的星暴软糖[①]。

我们骑脚踏车来到了市区，还有一段距离时我便听到了喧哗声，离近后看到许多兴高采烈的群众正聚在一块狭长的地上，指着北边。越过人行道和储木场，"寇立电台"办公室的基柱正承受着狂风怒浪的击打，不锈钢色的波涛重重地落在它的身上，碎裂在海岸大道上，溅起的水花得有五六米高。

费普斯和我骑车穿过人群，直到人实在是太多了，才不得不下车步行到海滨。有十一名穿着工务局橘色背心的男人正在堆叠沙包，全身都浸湿了。在他们身后还围着大概一百来人——每当席维斯特公园有免费音乐会或者有人打架时，就会出现这样的观众。工作人员快速地堆建着屏障，很显然，他们清楚这些围观者和自己不是站在同一边的——这些人都是来支持暴风雨的。

---

① Starburst，一个国际著名的软糖品牌，在十几岁的青少年中颇受欢迎。

第二波的海浪掼在海边的巨石上，哗的一声漫过了沙包，越过人行道，直直地冲向储木场和市区。我看见一个身上有刺青的小鬼慌忙拿起脚下的滑板，一位拿着摄像机的女士在用水冲脚，还有很多人把粘在脸上和胸前的海草小心翼翼地拿掉。接着，又一波更大的浪潮袭来，打在沙包上，泼溅到围观者的小腿肚上。突然有人冲着我们大吼，要我们离那根该死的高压无线电塔远一点，人们这才目瞪口呆地注意到旁边立着一根近百米高的尖塔，开始争先恐后地往后推挤逃开，其中一些人因此跌倒在漫着水的人行道上，连带绊倒了附近的十几个人，摔成了一团。这时海浪毫不留情地再次冲来，直直刷过那些还来不及站起的人，淹没了电塔底端。

我在人群中看到了水泡，他正与某个穿着国王第五频道蓝色防雨夹克的男人说话。他把手抬高到下巴的高度，慢慢扫过人群，嘴里还喋喋不休地说着。我有预感他的手将会指向我，但当他的手指冲着我猛然指来的那一瞬间，就好像在指认银行抢匪似的，这令我一阵毛骨悚然。

那个摄影师和身着同色系服装的同伴朝我冲来，我赶紧骑上脚踏车，连喊了五声"借过"，踩着踏板蹿进水坑里，再猛地一个回转，溅起的水花迫使惊慌的人群让出一条路来。

后来费普斯说，他看见我在人群中迂回穿梭，加足马力越过了马林路上的木堆，再一个掉头让一堆冒着烟的汽车追撞成一团，接着穿过农民超市和议会路，飞梭上了第四大道，最后经过大桥回到了西区。他说自从我开始骑这辆三段变速、体型与我极不相称的大脚踏车以来，这是表现最棒的一次。

我们随后骑回了斯库克姆查克湾，水气像烟雾一样吹拂到我们身上，暴风稍微有所停息，雨势也没那么大了，但似乎还没有就此作罢的迹象。风虽然变得比较缓和，但偶尔还是会激起阵阵巨浪，淹过与海湾接壤的洼地。

史班瑟岬看起来从未如此窄小过。酒馆附近的牧场范围因为上涨的潮水缩减了许多，小屋也变得更为靠近海湾边缘。而且虽然没有科学家和义工，海岬上的人却比往常多出许多。

费普斯和我推着脚踏车在人群中穿梭，很迷惑为什么会突然聚集了这么多人。有一小群人正在霍尔的十字架下祈祷，另外还有十几个人肩并肩地在水边排成一列，就像等着鲑鱼洄游的渔夫一样，只是手里少了钓竿。

其中一人戴着眼罩，还有两个拄着拐杖。我看到一名妇人将她的黑色拐杖丢在一边，慢慢地将脚踏进水里——那只脚真是白得吓人，还布满了曲张的静脉，看起来好像曾经被用在解剖教学上一样。另外一个女人将秃了的头浸在水里，一位穿着牛仔衬衫的年轻母亲把哭闹不休的小宝宝拉进水中。更有一些人拎着水桶蹚入深水，装了满桶的泥巴带回岸边。

我们往桥边骑去，看见一位蓄着胡子的高大男人正比画着空手道，像是在演示分节慢动作。他身后有一位漂亮女士在卖"神奇自动开启伞"，做生意的同时还向来往的人们宣告，还有不到一个小时就要满潮了。这让我意识到这个海湾有个奇怪的现象，斯库克姆查克湾满潮的时间会比市区晚十八分钟。

我们继续往前骑，到哈龙桥附近时，气氛就完全不同了。酒馆的客人多得都满到了街上来，桥的东侧还有一些年纪比我们稍大的小青年，鬼哭狼嚎地唱着费普斯最爱的摇滚乐。这时的哈龙桥距离急速上涨的水流只剩下三十多厘米了。

突然间，费普斯看见了他老哥，并决定和他一起去"朝拜"那见鬼的音乐，留我独自一人回去查看我家的房子和弗洛伦斯。

§

　　最高的浪已经可以打到我们房子基柱的顶端，这令我实在不想进到里边去。可我转念一想，如果水已经涨到这么高了，弗洛伦斯家的地板一定已经浸湿了。

　　我赶紧朝她家的方向全力跑去，直到累得喘不上气时才不得不改用小跑的，但等我发现那可怜的小屋几乎已经被水包围后，立刻又加快了速度。我踏过积水冲到门前，没有敲门便直接闯了进去。

　　我花了一段时间才适应屋里阴暗的光线，可以听见浪花泼溅在地板下的声音，整个小屋弥漫着海水的味道，浓郁得像是在木筏上一样。不过神奇的是，地板上居然是干的。

　　我终于找到了弗洛伦斯，看到她安然无恙地坐在椅子上，不像是在等我扶她去上厕所，也没发生更糟的状况，我松了一口气。

　　我一边为自己没早点过来看她而道歉，一边气喘吁吁地走进房里，顺着尘埃飞扬的光源一步步向她靠近，这才发现她额头上又添了一道新伤口，鼻子也肿得更大了。

　　"啊……弗洛伦斯……"我整个人充满了罪恶感，"我去拿一点冰来。"她紧闭着双眼，但我没有多想，她经常这样闭着眼睛休息。至于她嘴角上干硬掉的薄膜，我以前也见过好几次。只是她嘴巴的样子吓到我了。难道她摔得太厉害，跌断了下巴吗？

　　"弗洛伦斯？你还好吗？"

　　没有回答。这一瞬间，我突然意识到，她已经死了，已经不在了，我的胃开始灼烧，喉咙一阵哽塞，所有的一切都变得缓慢了下来。

　　我不太确定接下来的几分钟内我做了什么，只知道等我终于将视线从她身上移开之后，便开始将地上的书搬到桌子和料理台上。

我想我是在等着我的大脑追上眼睛，告诉我下一步该怎么做。慢慢地，我心里浮现出一个想法：我应该打电话给911，看是否能找人过来救活她。或许她还没有死！但我是如此的害怕，根本不敢碰她一下。而且我见过太多死掉的鱼、海豹和鸟，我很清楚，死亡看起来是什么样子的，无论你是什么物种。

所以我还是继续叠着书，听着脚下潮水的拍打声，接着冰箱附近也传来了海水穿透地板的咝咝声。这时我才注意到掉落在她椅子旁边的那瓶蓝色药丸。

我把它塞进雨衣。我不知道弗洛伦斯会不会希望我这么做，但我还是做了。然后我打给911，告诉一位忙碌的女士，弗洛伦斯·达蕾山卓已经死了。

她问我地址，我把我家的地址给了她，告诉她弗洛伦斯家距离我家只有两个车道。挂下电话后，我踩着水走进再度增强的暴风雨里，把剩下的安眠药通通喂给了黑莓丛。

接着，我跑回屋内，将空药瓶埋在厨房的垃圾袋里，并将垃圾袋拿到屋外，放在越积越高的水坑旁。我再度将身后的门重重地关上，发现自己喘得很厉害，于是就着水龙头咕咕地灌了几口水。我觉得自己的这种行为似乎很自私。救护车呢？我要不要再打一次电话？

地板下的声音更响了，汩汩的水声夹杂着呼咻声，好像底下藏着一只贪吃的怪兽。除了厨房外，大部分地板都还是干的，但渗漏的范围已经从冰箱扩大到小餐桌了。我还发现，事实上从厨房到卧室，一直到卧室门后面的地板都是潮湿的。

弗洛伦斯总是把卧室门关着，仿佛是想隐藏或保留什么秘密。我以前只偷瞄过里面一两眼，现在真正踏进房里，却发现里面和我想象的完全不一样。小屋的其他部分感觉都很弗洛伦斯，但她的卧室却平凡得可以属于任何人——简单的绿色窗帘、相搭配的床边桌、四角都相当贴合的绿色和金色床罩，墙上还挂着三张镶着同样相框的照片。一切看着都很完美。

我猜，其中一张嘴唇和她很相似的男人是她的父亲，另外两张都是年轻时的弗洛伦斯，身边两个长得和她很像的年轻女人一定是她姐姐。那个时候的弗洛伦斯看起来还是很像她的，不过她当时的眼睛在脸上的感觉比现在协调多了，虽然还是有点过大，可看起来确实很漂亮，也没有压迫感。看着她们姐妹的照片，我突然意识到，老弗洛伦斯是她们中最晚离开的一个，他们家族的小宝宝都像我一样大了。

"砰——"一波海浪突然重重地拍击在我的脚下，水透出客厅的厚木地板发出了扑哧声。我冲出去，发现弗洛伦斯椅子前面的椭圆小地毯开始发潮，颜色变深了，边缘也泛出了点点水珠。我充满罪恶感地看了弗洛伦斯一眼，仿佛她可能会醒过来责备我，怎么可以在她的房子泡水时溜到她的卧室去偷窥呢。

我感觉自己像在接受一个不可能通过的测试。我知道我应该帮她洗洗脸，再把她的下巴扶正，但我担心会把她弄得更糟，要是她的假牙弹出来怎么办？我考虑把她搬到屋外，但又不确定没有她的帮忙自己是否抬得动她，也害怕最后必须将她拖过湿漉漉的地板。而且，我把她搬到屋外后要做什么呢？

就在我将最后一批书从地板上搬起来时，又一波海浪打来震动了整个小屋，料理台上的两堆书就在我眼前垮了下来。我用最快的速度把书重新堆上去，虽然知道已经来不及了，但至少这样能让我有事情可做。我看看四周，发现整个地板都已经湿透并且开始积水，而冰箱附近的积水已经有几厘米高了。

我将脚凳推近弗洛伦斯，不去看她的脸，把她湿掉的脚跟抬离地板。我屏住了呼吸，害怕会闻到什么异味。她的腿很沉，仿佛死亡增加了重量。我将凳子迅速推进她的脚下，将她的腿放了上去，这时又听到更多的水喷进地板缝隙的声音。

　　又是一波海浪在屋子底下嘬嘬作响，并且声势惊人地在厨房喷出三十厘米高的喷泉。我冲到屋外透气，跌跌绊绊地蹚着水走进沙砾路上，像只莽撞愚蠢的看门狗一样等在那儿，直到救护车的声音终于响起。

　　其中一位医护人员低垂着头，另一位则面无表情地听我气喘吁吁地解释：弗洛伦斯以前就经常跌倒，而且当天稍早时显然也摔了一大跤。那位医护人员最后开口问我的是："你还好吗？"

　　他大概看得出来，我是内疚，不是不舒服。

　　等救护车开走后，我走回现实想找一个人诉说：我最好的朋友死了。

　　没错，我找不到人可以听我诉说。

　　史坦纳家空无一人，爸爸还在上班。我唯一看到的是那些闯进来的陌生人，这些人在车道上跑上跑下，想找个最近的点观看还在继续涨个不停的潮水。

　　我跑回家，打电话到爸爸的办公室，但一听到他答录机启动声我就挂断了。再打电话到芝加哥的饭店，发现妈妈已经退房后，只好又打到珍妮阿姨家中，结果也是答录机。我很讶异自己现在最需要的竟然是妈妈，可是我过去从来没有因为少了她而觉得自己这么悲惨过。

　　单独一个人在家让我觉得很恐慌，尤其脚底下的水还在发出嘬嘬声。我开始往桥边和音乐的方向跑去，努力想在弗洛伦斯的样子还来不及深植之前，先把它们赶出我的脑海。虽然妈妈现在并不在我身边，她也无法看到，但我要向她证明，就算碰到这样的状况，我也不会哭，我也可以应付这一切。

海水和音乐声正同时升起，费普斯的老哥和另外十几个跟他很像的年轻人，都穿着同样的褪色牛仔裤，摇晃的节奏也一致，但从他们当中依然很容易就可以辨认出费普斯的身影。一段吉他对决刚刚结束，费普斯站到其他比他大的男孩面前，将想象中的吉他背带往头后面一甩，开始表演弹奏空气吉他，逼真的样子引起一阵欢呼，怂恿他继续弹下去。费普斯不可能注意到我的。他的头不停摇晃，刘海也跟着摆动，整个身体都投入到由他指尖爆发、越来越强的电吉他乐声中。

我想等他弹完这首歌，再把他拉到旁边，但他怎么都不肯结束，而我全身上下奔流的血液让我无法一直呆站在那儿。于是我急忙走回家附近，结果刚好看到潮水扫过史坦纳家门前的土地。那不只是一两波海浪溅上去而已，而是整个海湾的水都卷高起来，就像你一直放水流个不停的浴缸一样。整个蒲公英和黑莓丛都被淹没了，平坦的金色草原也已经是一片汪洋。水势距离牛群最爱吃草的地方还有一点点距离，有两头牛开始砰砰作响地朝地势较高的地方跑去，其他的牛随后也跟了上去，只剩两头最肥的还待在原地继续嚼着，仿佛那里的草真是好吃到就算这样被淹死也是值得的。

从水面上浮着的冷杉和雪松看来，这次潮水一定也扫到了海湾东岸。我沿着已经改变的海岸线往南跑，跑过艾瑞克森家，他们的牧马场围栏也被潮水淹没了。我又继续跑到勒梅斯家的空旷牧草地，爬上地势较高的小山丘，想办法查看整个日落房地产的状况。有五个男人正在那里堆沙包，但显然是徒劳无功，最大的地基工地已经灌满了水，映照出灰蒙蒙的阴郁天空。我再往更高处跑，气喘吁吁地往四处疯狂察看，尽最大努力不让弗洛伦斯的身影闪现在我脑海里。

或许我是幸运的，可以看的东西确实太多了。海湾看起来只剩下原先的一半，水面上的粗大树枝和断裂的树木，边打着旋儿边往南端漂去，同行的还有两艘小船、三艘独木舟和一座浮动码头，都朝着已是一片沼泽的日落房地产飘荡。

潮水为什么还在涨个不停呢？

我跑回史坦纳家，敲他们的门，又大叫安琪的名字，虽然我知道她根本就不在。我看见他们家那艘被阳光晒得发白的"科曼牌"独木舟，已经被风吹上了被淹没的码头，我踩着水走近，发现里面有两只桨。我将船拉到水较深的地方，小心地爬上去，以免晃得太厉害。

风势渐渐平缓下来，天空低沉的灰色逐渐褪去，露出了一点蓝色的缝隙，滂沱的大雨逐渐变成了细细的薄雾。我跪在船尾，让船首微微翘高，朝着人声鼎沸的哈龙桥划去，丰满的月亮照亮了海湾东缘的树林，平静冷清的模样，仿佛它只不过是一朵无辜的、恰好路过的云。我闭上眼睛，努力想感受它的引力，可我什么都没感觉到。我开始冲着月亮大声嘶吼。其实我什么也没多想，就只是想这样这样嘶吼着。

我在书上看过，狼会冲着月亮嗥叫只是一种神话。它们会在打猎前以此作为召集同伴的信号，也会在寂寞时发出悲鸣，但这一举动本身与月亮毫无关系。有的书上还说，某些印地安人认为狼嗥声意味着有死者失落的灵魂想重回凡间。谁知道呢？我只知道我对着那个月亮号叫着，自然而然的。到后来，我的号叫声变成了某种尖叫，每当叫到没气时，我就换口气继续下去。一次又一次，直到我的喉咙再也发不出任何声音为止。

我坐在小舟里，可以清楚地看到支撑我家地板的木柱已经整个被潮水淹没，现在欧麦里家的小房子看来就像一座浮在水上的孤舟。我没多看一眼，只是划了过去，不在乎那房子，也不在乎里面的任何东西，继续往喧闹的桥边划去。我快速急促地挥动船桨与水流对抗，直到我认为它已经举旗投降为止。

就这样，潮水终于停止上涨了。

30

　　酒馆也有一部分淹了水。酒保将所有人赶到外面，这些人手里还握着鸡尾酒杯，有的呆望着高涨的潮水，有的则四处闲晃。在桥附近摇头晃脑的摇滚乐手们，还在弹奏之前弹过的同一首歌。又或许，那首歌从刚刚弹奏到现在一直没停过，不过主奏吉他手显然还是肯尼·费普斯，看他卖力表演空气吉他的模样，估计没多久就该扭伤脖子了。

　　在海岸线的上缘，有十几个或上百个人，正踩着潮水走在淹水的小屋旁，但我没再多看他们，因为我很确定自己看见了安琪·史坦纳，她正大咧咧地走在哈龙桥上，旁边跟着虚伪法兰基和我最爱的那条狗。

　　我将独木舟拉到哈龙桥旁地势较高的草地上，这该死的桥已经几乎是半浸在水中了，然后往她的方向冲过去。我撞到一位在桥上查看潮汐表的女士，还推翻了一辆婴儿车——幸好里面没有婴儿。我没停下来道歉，我心中的那种恐怖感，就像是突然在市集中走失了的小孩，而且知道再见到爸妈的机会微乎其微。我不知道在平常的状况下自己认人的能力算不算好，但这时周边的每个人看起来都像陌生人，又都像是安琪。有两次我以为自己看到她了，而且每次我的胸口都像是松了一口气一样。最后，我终于放弃了追逐，弯下腰来喘个不停，我想我该找点喝的东西，除此之外，我完全不知道自己下一步该做些什么。

我又走回桥上，想去抓住费普斯，让他停下来，这时突然听到靠近酒馆的那端传来一声狗吠，我看到法兰基正将一颗橘色的网球丢进不断打转泛着泡沫的水边。

安琪正面对着另外一个方向，专心地盯着气势汹涌的海湾。她戴着棒球帽，穿着裤管剪掉一半的牛仔裤，从这个距离看过去，一切都正常得不得了。我走到她身边时，她花了一段时间才认出我，连忙伸出手来抱住我。

"迈尔斯，"她说，"我可爱的迈尔斯。"她抱得是那么的紧，让我的眼泪不禁夺眶而出。一旦开始哭我就停不下来了，就像打嗝打得太厉害，或是那种无法自抑的笑，就算有人拿着 BB 弹猛射你的鼻子，你也停不下来。我哭得太厉害，声音听起来简直像是喉咙哑掉的海狮。安琪像以前一样轻轻摇晃我，好不容易让我说出弗洛伦斯的事，结果我忍不住又哭个不停，哭到整个人都虚脱了。

我只记得，接下来我听到法兰基叫某个人滚开。

我抬头张望，看到离我们五六米左右有两个模糊的人影。"自重一点，"法兰基大吼，"滚开！"

"迈尔斯？"一个女士问道，我过了一会儿才发现摄影机镜头正对着我。她的声音听起来很耳熟，但我看不清楚她的样子。"可不可以和我谈谈你预测的这次奇妙的大涨潮？"

法兰基再次命令他们滚开，而摄影师也冲他吼了回去，警告法兰基别再告诉他们什么该做什么不该做。丽兹叼着球冲上岸来，把海水甩到所有人身上，我才认出那个女人的声音和那双分得过开的眼睛。这时，安琪突然拉着我跑向酒馆进水的那一侧，然后再转个圈绕回来往桥边跑。此刻，这座桥仍然半浸在五十三年来最高的潮水中。

我指给她看独木舟的位置，安琪说我们坐船出去，我一时之间还会意不过来。一直到我们将船拉过桥，往北划出，我才明白了她的意思。虽然应该由她坐在船尾比较好平衡，但她还是让我坐到了后面。

等我们划到了潘西角附近，四周一切便平静了下来。为了让我不再想起弗洛伦斯，安琪指着一群棕色浮游生物，叫我看在其中悠闲游动的海月水母；又指着天上八只散乱不成队形的鸬鹚，说它们就像是栖木被高涨的潮水吞没后，迷失了方向。"你看那棵落叶松，"她边说边往那棵孤单矗立在绿色山坡上的黄色树木划去，"那么的明亮，看起来好像着了火一样。"

安琪将大部分划桨的工作都交给了我，开始喋喋不休地说起，当天下午她和某个会吹高音萨克斯风的朋友一起去参加了爵士音乐会，结果引发了她们想组个纯女子乐队的灵感。她还说，她决定放弃北卡罗来纳大学，改去长青学院，至少先待一个学期。"我爸爸需要我。"她坦然地说着，还兴奋地提起一种叫皮克西或是皮克喜什么的新抗抑郁药，虽然会让她想睡觉，但她终于感觉活得又像自己了。"无论是好还是坏，"她拍拍自己的额头，"至少这里又是百分之百的安琪了。"

一群海豹冒出保龄球似的脑袋，小心翼翼地查看着我们。安琪欢快地向它们打着招呼，并跟一条提早洄游归来的鲑鱼道贺，就连附近五只慌忙擦过水面的野鸭——像失控的飞机在水面上紧急着陆一样——也引得她咯咯笑个不停。这时，潮水开始掉头，将我们向外拉。

我们身后跟着漂浮不定的浮木、黑莓树枝和各种不知名的灌木残枝，远处的海岸边也漂荡着两艘空独木舟，还有一艘不知从哪被潮水顺手牵羊带出来的绿色小船。突然我在水面上再次看见一道狭长的闪光——皇带鱼？结果发现那不过是光线的反射，又一次光影的诡计罢了。不过说了你可能不信，两星期后报纸上真的出现了一条皇带鱼的新闻。那条鱼有两米长，需要三个渔夫一起抓着才能老老实实地拍照。

而同天的报纸上，在皇带鱼的上方出现了一张史坦纳法官不甚光彩的照片，一旁的文字报道说，由于法官对某位旧室友徇私枉法，相关机构将对此展开侦查行动。

安琪停下手中的桨，问我妈妈有没有说过什么时候回家。

"她只是说要'一阵子'。爸爸一直说她随时都会回来，但我很怀疑。"

安琪没有试图解释什么，或许因为她知道我是对的，也或许是因为她看出来，我在这个夏天中已经学会并接受了一件事——所有的一切都会改变，包括我自己在内。在接下来的十个月中，我长高了十五厘米，我的声音开始变得低沉，那个小不点迈尔斯·欧麦里就这么溜走不见了。

坐在船头的安琪半转过身来盯着我，问我到底是如何知道潮水会涨得这么高的。"弗洛伦斯说的。"我说。

"她又是怎么知道的呢？"

在随后的几个星期里，我们所有人都听说了很多造成这场疯狂洪水的原因。海洋学家承认，这和他们原先所预测的潮水高度要高了三十甚至是六十厘米。也许月球的轨迹发生了偏移，与地球的距离产生了变化，谁知道呢？更何况，那天还下了场暴雨，让水面升高了十五厘米。而地震学家的说法是，费普斯在马桶座上感知的那起地震，可能也从土壤中挤出了更多的水分，溢到小溪和河流中，抬高了海湾的水平面。连那该死的风势可能也是助纣为虐的因素之一。对此，气象学家很快提出了警告：总之海峡每年将会升高两三厘米，最终奥林匹亚得靠着抽水机和堤防，才能勉强避开海洋的侵袭。但就算你相信上述的所有理由，我们所经历的这场潮水还是高得不合常理，而这份深刻的记忆也无法因此削减。

之后没多久，关于这个夏天所发现的各种奇怪的海洋生物和垃圾，也陆续出现了种种复杂的科学解释。厄尔尼诺让太平洋暖化的程度超过了人们的想象，促使黑海豚、翻车鱼和其他生物转移到更北的区域。我们也得知，北太平洋有巨大的旋涡，各种垃圾经常会被卷入其中达数十年之久，直到适时的一阵西风将旋涡扯出裂口，它们才会得到解放。那些玻璃浮标、日本路标、一整箱的曲棍球手套，或许再加上一只受伤的鲨鱼和一只巨鱿，恐怕就是被一阵恰到好处的凛冽北风，以及这一年中最强劲的洋流，拉出了旋涡，吸进狭窄的海峡通道，带入我们浅浅的港湾中。

剩下的责任可能就必须由人类来承担了。海草杀手可能是被某个粗心的鱼缸主人随意倾倒进了海湾；至于澳洲水母和中国螃蟹，极可能是通过一些韩国货轮在某个外国港口吸进，又在南湾吐出的"压舱水"，搭便船偷渡而来的。

这些解释此起彼落，人们听过后便不再关心。不过有些人还是很愤怒，觉得科学家只是决心将所有事物的魔力都榨得一干二净。但我在这些所谓的科学理论和实际事件之间，看到了一些落差，也听出他们话的背后还是藏着几分讶异。不过无论如何，大部分来此寻找奇迹的人都不见了，尤其是那个宣称自己恢复听力、哗众取宠的秃头男，被新闻揭露是个骗子惯犯之后。据说那家伙不但两只耳朵都好得不得了，还找了个假医生和他搭档。

然而，这一切解释都无法回答安琪的问题。

弗洛伦斯怎么会知道？大满潮为什么会恰好就在这怪异的一天预言成真呢？我猜，这位最后成为水灾中唯一受害者的老太太，其实并不知道这一切，因为弗洛伦斯告诉过我的预言中，有太多结果证明都错得离谱。我给安琪的答案是，我不晓得弗洛伦斯是怎么知道的。我宁愿如此。

太阳不过是与我们小别了两天，但划过查塔姆湾时，阳光轻抚在我们的背上，感觉却像是个友善的陌生人。那种感觉很奇妙，就像是你感冒太久时，会忘记一切正常时的感觉该有多棒。

"你知道有十一个著名的科学家在研究我发现的巨鱿吗？"我问安琪，"不过，他们到现在还是什么鬼东西都不知道——连它吃什么、游得多快、自然体色是什么都不晓得。人类总觉得自己什么都知道了，而科学正是对所有已知事物的解释。结果连科学家也不知道！这是不是很不可思议？"我从背后看见她点了点头，但我知道她根本没在听。"我的意思是，这就像是有个人，最近将一艘单人的小型潜水艇放入深海中，里面还藏着一堆我们完全不知道的东西，包括在海底火山喷口附近闲晃的各种深海怪物。"我和她分享我从探险书上看到的各种描述，像是近两米长的管虫、橘色的娃娃鱼、蝰蛇鲨，以及各种色彩缤纷、像是手偶般的无名生物。

她不断点着头，但她转头拨开脸上的刘海时，我看到她的眼睛是闭着的。

"几年前，他们根本没预料到会在深海底下发现任何生物，"我滔滔不绝，"而现在这些疯狂的东西却开始一个个冒了出来。这就好像我们好不容易爬上珠穆朗玛峰，结果发现上面有蓝色猫头鹰和长翅膀的豹，在稀薄的空气中优游自在得很。我是说，他们现在每年都会发现好几百种新的鱼类，这是很棒没错啦，但我还是希望我也能参与到其中，发现一部分神奇的东西。在这之前，海洋不要把所有的秘密全放出来了。我知道这听起来有点自私，但你明白我的意思吗？"

我说得越来越多，完全刹不住。我害怕被困在自己的思绪里，只能喋喋不休地唠叨着，让自己什么都不想。每次与安琪独处，我都是这样。但最后还是——还真意外——又扯到了蕾切尔·卡逊。"她的哥哥姐姐年纪都比她大很多，所以基本上她和我一样是家里唯一的小孩。但你知道吗，她在匹兹堡附近长大，在二十二岁之前甚至没看过海。你能相信吗？这位代表着海洋之声的女士，在长到比你还大的年纪时，甚至连海都没看过。你知道她最酷的地方是什么吗？她完全不受时间的阻碍。大部分人的想象力没办法延伸到一百年之外，但蕾切尔·卡逊眼睛都不眨一下就能想象亿万年后的事。在《大蓝海洋》这本书的结尾，她用两句话总结了海洋在完整历史中扮演的角色：'在它神秘的过往时光，它环绕包围着所有生命幽暗的起源，而最终，在这些生命经历了可能的各种变形之后，它也将接受他们的残骸。因为所有一切终将回归于海——回到海洋之神的怀抱。而那与海洋相连之河，就如同川流不息的时间之河，是最初的起点，也是最后的终点。'"

安琪垂下头，不住点着，随后又坐直起来，小心翼翼地调整身体的位置，最后她睡眼惺忪地看着我说："我需要伸展一下。"

"你想划回去了吗？"我用力拉着桨，开始将船回转，发现水流变得很强，几乎划不动。

"我只是想伸伸腿。"她说。

我耸耸肩："伸到哪里啊？"

她撑住船缘，跪着朝我爬了过来。在独木舟上做这种事真是再蠢不过了，但我并没有阻止她。当她爬到我身边时，船尾开始晃个不停。她将我的膝盖分开，再次优雅地转过身去，背靠着我坐下，将她晒得黝黑、上面还有蚊子叮咬痕迹的腿伸直出去。在我们迅速漂过威士忌角时，船首被浪抬得高高的，她赤裸的肩膀就这样压在我的膝盖上。

我松开腿，想让她坐得舒服些。她终于调整好姿势后，便将头懒洋洋地靠在我的大腿上，我不但能闻到她头发的青草芳香，还能由上而下检视她的整个脸庞。我努力让自己不要直盯着她看，因为我很确定她是那种闭着眼睛也能透过眼皮看的人。但我感觉她的身体渐渐松弛下来，等她很明显已经睡着时，我开始数她脸上的雀斑，最后还忍不住碰了碰她的眉环——不过其实只是用两根手指头很小心地溜过她的刘海而已。

"海洋会等你的，迈尔斯。"她喃喃自语，"我也会。"

或许我听错了，毕竟那只是微弱得不能再微弱的喃喃低语。她也有可能只是在说梦话罢了。

但无论如何，这些都不能阻止我将她的话解读成我所希望的意思。

在她的呼吸变缓，嘴唇微张之后，我试着不要去想弗洛伦斯，不要动到腰部以下的身体，不要摇晃独木舟，也不要吵醒我最美丽的安琪·史坦纳。我只是静静地划着。一切都是如此的顺利，直到我感觉船桨像是陷入了橡胶中时，我才低头发现，好几百只鼓动着身体、悠然漂游的海月水母，围在我们小船的右侧。我马上发现左边至少也有上千只。它们像是一群晶莹剔透、缀着流苏的花朵，紧紧地簇成一团，看不见尽头。久违的银色阳光下，海涛如雪，这些美丽花朵的点缀，改变了整个海湾的质地和颜色。我越看越多，一只只水母聚成的闪耀银河，正乘着强劲的海流，紧紧抵在独木舟旁，将我们带向海洋。

图书在版编目（CIP）数据

少年迈尔斯的海 ／（美）林奇著；殷丽君译. — 北京：北京联合出版公司，2016.1
ISBN 978-7-5502-6503-5

Ⅰ．①少… Ⅱ．①林… ②殷… Ⅲ．①长篇小说－美国－现代 Ⅳ．①I712.45

中国版本图书馆CIP数据核字(2015)第252324号

少年迈尔斯的海

出版统筹：新华先锋
责任编辑：李　征
特约编辑：刘　柳
封面设计：郑金将
版式设计：杨祎妹

北京联合出版公司出版
（北京市西城区德外大街83号楼9层　100088）
北京鹏润伟业印刷有限公司印刷　新华书店经销
字数187千字　620毫米×889毫米　1/16　16印张
2016年1月第1版　2016年1月第1次印刷
ISBN 978-7-5502-6503-5
定价：39.50元